穆旦译文集

MUDAN YIWENJI

查良铮

7

人民文学出版社

一九五八年夏与英传、明传在天津水上公园,带孩子游园并读书。

给娜塔丽亚 ①　　　　　1813

> 为什么我不敢把它明说？
> 玛尔戈最合我的胃口。

好，连我也清楚知道了，
丘庇特是怎样的一只鸟；
这热情的心已到沉迷，
我得承认——我也在热恋！
幸福的日子已经飞去；
这以前，不知爱情的重担，
我只是生活而又歌唱，
无论在剧院，在舞乐厅中，
在游乐或是在舞会上，
我只像轻风一般飞翔；
并且，为了对爱神嘲讽，
我还把可爱的异性
可笑地描画过一番，
但这嘲讽呵，岂非枉然？
我终于也掉进了情网，
连我，唉，也爱得发狂。

① 娜塔丽亚是 B.B.托尔斯泰在皇村中的剧院的农奴女演员。题辞摘自法国作家肖德尔罗·德·拉克罗的"致玛尔戈书简"(1774年)，其中对国王宠爱杜巴丽侯爵夫人加以嘲讽。普希金引用它以示娜塔丽亚出身寒微。
② 丘庇特，希腊神话中的爱神，他是一个有翅的，手执羽箭的神童。

一九七六年修订完稿的《普希金抒情诗选》译稿第一页手迹。

目　次

一八二四年

"沙皇门前的静止的守卫睡了" …………………… 1
给达维多夫 ………………………………………… 5
普洛斯嫔 …………………………………………… 6
"一切都完了" ……………………………………… 8
"你负着什么使命" ………………………………… 9
致海船 ……………………………………………… 11
讥渥隆佐夫 ………………………………………… 12
摘自致渥尔夫函 …………………………………… 13
致雅泽珂夫 ………………………………………… 14
书商和诗人的会谈 ………………………………… 16
致大海 ……………………………………………… 24
奸猾 ………………………………………………… 27
"噢,玫瑰姑娘" …………………………………… 29
葡萄 ………………………………………………… 30
致巴奇萨拉宫的喷泉 ……………………………… 31
"夜晚的轻风" ……………………………………… 33
"阴霾的白天逝去了" ……………………………… 35
仿可兰经 …………………………………………… 36
"你憔悴而缄默" …………………………………… 45
给恰达耶夫 ………………………………………… 46
北风 ………………………………………………… 48

"即令我,这赢得美人儿心许的人" ………………………… 49
给书刊审查官的第二封信 …………………………………… 50
警句 …………………………………………………………… 54
摘自致普列特奥夫函 ………………………………………… 55
"特—很对,他把您真实地" ………………………………… 56
警句 …………………………………………………………… 57
"不顾人言谴责" ……………………………………………… 58
"丽莎" ………………………………………………………… 59

一八二五年

焚毁的信 ……………………………………………………… 60
讥渥隆佐夫 …………………………………………………… 61
致朋友们 ……………………………………………………… 62
劝告 …………………………………………………………… 63
"《欧罗巴》用不着叹气" …………………………………… 64
居然无恙,半死不活的人! ………………………………… 65
给柯兹洛夫 …………………………………………………… 66
声誉的想望 …………………………………………………… 68
EX UNGUE LEONEM ……………………………………… 70
给 П. А. 奥西波娃 …………………………………………… 71
"保护我吧" …………………………………………………… 72
安得列·谢尼埃 ……………………………………………… 74
致罗健科 ……………………………………………………… 82
给克恩 ………………………………………………………… 84
新郎 …………………………………………………………… 87
"假如生活欺骗了你" ………………………………………… 95
酒神之歌 ……………………………………………………… 96
给 H. H. ……………………………………………………… 97
"田野上残留的一枝花朵" …………………………………… 98

十月十九日	99
夜莺和布谷	106
运动	107
"一切都为怀念你而牺牲"	108
浮士德一幕	109
冬晚	114
"欲望的火"	116
"我的姐姐的花园"	117
风暴	118
"我爱你的朦胧"	119
散文家和诗人	121
给安娜	122
"你怎么了"	123
译自葡萄牙文	124
"只有玫瑰枯萎了"	127
"在天空中"	128
摘自致维亚谢姆斯基函	129

一八二六年

给 E. H. 渥尔夫	130
"在她的祖国"	131
给维亚谢姆斯基	132
致雅泽珂夫	133
斯金卡·拉辛之歌	134
默认	138
先知	140
给 K. A. 蒂玛舍娃	142
给普希钦	143
四行诗节	144

答 Ф. Т. —……………………………… 146
冬天的道路……………………………… 147
给——…………………………………… 149
给莫尔德维诺夫…………………………… 150
摘自致大波里斯基函……………………… 152
给乳妈…………………………………… 153
函索波列夫斯基摘录……………………… 154

一八二〇——一八二六年

"朋友,我不愿意"………………………… 156
"啊,火热的讽刺的诗神"………………… 157
咏亚历山大一世…………………………… 158
友谊……………………………………… 159

一八二七年

寄西伯利亚……………………………… 160
夜莺和玫瑰……………………………… 161
警句……………………………………… 162
"有一枝珍奇的玫瑰"……………………… 163
给乌沙科娃……………………………… 164
给 З. А. 渥尔康斯卡娅郡主……………… 165
给 Е. Н. 乌沙科娃……………………… 166
三条泉水………………………………… 167
阿里安…………………………………… 168
天使……………………………………… 169
给吉普林斯基…………………………… 170
给 Е. Н. 卡拉姆金娜的颂诗……………… 171
诗人……………………………………… 172

"在金碧辉煌的威尼斯城" …………………………… 173
"在权贵的荣华的圈子中间" …………………………… 174
一八二七年十月十九日 ………………………………… 175
护身符 ……………………………………………………… 176
"啊,春天" ………………………………………………… 178

一八二八年

致友人 ……………………………………………………… 179
函大波里斯基 ……………………………………………… 181
给 B. C. 菲里蒙诺夫 …………………………………… 183
给陶君 ……………………………………………………… 184
回忆 ………………………………………………………… 185
你和您 ……………………………………………………… 186
"枉然的赋与" ……………………………………………… 187
给 И. В. 斯辽宁 ………………………………………… 188
"冷风还在飕飕地吹着" …………………………………… 189
"年轻的小牝马" …………………………………………… 190
她的眼睛 …………………………………………………… 191
"美人啊,那格鲁吉亚的歌" ……………………………… 192
致雅泽珂夫 ………………………………………………… 193
肖像 ………………………………………………………… 195
知心的人 …………………………………………………… 196
预感 ………………………………………………………… 197
溺死鬼 ……………………………………………………… 199
"韵律" ……………………………………………………… 203
"乌鸦朝着乌鸦飞翔" ……………………………………… 206
"灿烂的城" ………………………………………………… 207
一八二八年十月十九日 …………………………………… 208
"畅快的喷泉" ……………………………………………… 209

毒树	211
答卡杰宁	213
答 А. И. 葛多夫左娃	215
小花	217
诗人和群众	218
"我以前是怎样的"	221
"唉,爱情的絮絮的谈心"	222
给 Н. Д. 吉谢辽夫	223
"多么快啊"	224
"你悒郁的幻想"	225

一八二九年

给 Е. Н. 乌沙科娃	226
给 Е. П. 波尔托拉茨卡娅	228
"驱车临近伊柔列驿站"	229
征象	231
文坛消息	232
讥大波里斯基	233
警句	234
赠人面狮身铜像题诗	235
"夜的幽暗"	236
给一个加尔梅克姑娘	237
仿哈菲斯	239
奥列格的盾	240
"当我以匿名的讽刺诗"	241
"你勾引傻妞儿"	242
鞋匠	243
顿河	244
旅途的怨言	245

"冬天" …………………………………………………… 247
冬天的早晨 ………………………………………………… 249
警句 ………………………………………………………… 251
警句 ………………………………………………………… 252
"我爱过你" ………………………………………………… 253
"我们走吧,朋友" ………………………………………… 254
"每当我在喧哗的市街漫步" ……………………………… 255
高加索 ……………………………………………………… 257
雪崩 ………………………………………………………… 259
加兹别克山上的寺院 ……………………………………… 261
昆虫集览 …………………………………………………… 262
"当那声势滔滔的人言" …………………………………… 263
题征服者的半身像 ………………………………………… 265
"集合号在响" ……………………………………………… 266
咏纳杰日金 ………………………………………………… 267
"我也当过顿河的骑兵" …………………………………… 268

一八三〇年

独眼巨人 …………………………………………………… 269
"我的名字" ………………………………………………… 270
答复 ………………………………………………………… 271
"在欢娱或者无聊的时候" ………………………………… 272
"不,我并不珍惜" ………………………………………… 274
十四行 ……………………………………………………… 275
讥布尔加林 ………………………………………………… 276
致权贵 ……………………………………………………… 277
新居 ………………………………………………………… 282
"当我以臂膊" ……………………………………………… 283
致诗人 ……………………………………………………… 284

7

圣母 ... 285
鬼怪 ... 286
哀歌 ... 289
答无名氏 ... 290
工作 ... 292
皇村的雕像 ... 293
"聋子告聋子" ... 294
告别 ... 295
侍童 ... 296
"我的红面颊的批评家" ... 298
题依里亚特的翻译 ... 300
"我在这儿" ... 301
韵律 ... 303
少年 ... 304
警句 ... 305
招魂 ... 306
"如今，加吾尔们" ... 308
不痳章 ... 310
英雄 ... 311
"为了遥远的祖国的海岸" ... 315
译自白瑞·康瓦尔 ... 316
"两个骑士" ... 317
我的家世 ... 318
附记 ... 322
茨岗 ... 324
"野鹿" ... 325
"有时候，当往事的回忆" ... 326

一八三一年

回声 ... 328

"皇村中学的周年庆祝" ……………………………………… 329

一八三二年

题 A. O. 斯米尔诺娃手册 ……………………………………… 331
题 A. Д. 阿巴梅列克郡主的纪念册 …………………………… 332
给格涅吉屈 ……………………………………………………… 333
美人 ……………………………………………………………… 335
给—— …………………………………………………………… 336
纪念册题词 ……………………………………………………… 337
"司葡萄的快乐的神" …………………………………………… 338
纪念册题词 ……………………………………………………… 339

一八三三年

骠骑兵 …………………………………………………………… 340
布德累斯和他的儿子 …………………………………………… 345
督军 ……………………………………………………………… 348
"要不是" ………………………………………………………… 351
秋 ………………………………………………………………… 352
"天啊,别让我发了疯" ………………………………………… 357
"啊,法兰西一群诗匠" ………………………………………… 359
"像一层斑驳的轻纱" …………………………………………… 361

一八三四年

"够了,够了,我亲爱的" ……………………………………… 362
"他生活在我们中间" …………………………………………… 363
"我郁郁地站在" ………………………………………………… 364
西斯拉夫人之歌 ………………………………………………… 365

（一）国王的幻象 367
（二）杨珂·马尔纳维奇 370
（三）巨瞳之战 373
（四）菲奥多和叶琳娜 374
（五）威尼斯的扶拉赫人 378
（六）首领赫里西奇 379
（七）葬歌 381
（八）马尔珂·雅库波维奇 382
（九）庞纳帕脱和黑山人 385
（十）夜莺 387
（十一）黑心的乔治之歌 388
（十二）米罗式司令 390
（十三）吸血鬼 391
（十四）兄妹 392
（十五）雅内什王子 396
（十六）马 399

一八三五年

（译安纳克利融） 401
颂诗第五十六首 402
颂诗第五十七首 403
"嫉妒的少女" 404
统帅 405
乌云 408
"哪一位神灵" 409
旅人 411
"我又造访了" 415
"我原以为" 419
鲁库尔病愈咏 420

彼得一世的欢宴	423
仿阿拉伯文	425
咏敦杜克-库尔沙科夫	426
"在我的秋日的悠闲里"	427
"哦,贫困"	429

一八三六年

给 Д. В. 达维多夫	430
给一位艺术家	431
世俗的权力	432
"我徒然逃到"	433
(译宾得芒蒂)	434
"索居的神父和纯洁的修女"	436
"我沉思地走出了"	437
"纪念碑"	439
"想从前"	441
题投钉者的雕像	444
题投骰者的雕像	445
"昨天晚上,雷拉"	446

一八二七——一八三六年

给俄国的海斯涅尔	447
黄金和宝剑	448
"不知在哪儿"	449
"为什么我对她倾心"	450
"啊,不,我没有活得厌烦"	451

附录:别林斯基论普希金的抒情诗 ……… 452

一八二四年

"沙皇门前的静止的守卫睡了" 1824

1

沙皇门前的静止的守卫睡了,
在宫廷里,惟有北国的君王①
默默地没有睡,人间的命运
在戴王冠的头里密密地隐藏,
  它们要一连串显露
给世间带去禁锢,作为礼物——

2

而帝王在赞叹自己伟大的事业。
"这是德政啊,"他想,他的视线
从泰勃河直扫到维斯拉②涅瓦,
从皇村的菩提树到直布罗陀塔尖:
  一切默默地等待一击,
一切匍匐着——在轭下低头、屏息。

---

① 本诗由于审查之故,在诗人生前未发表。"北国的君王"指亚历山大一世,他在一八二三年开完了维罗纳会议后返回俄国,以他为首的"神圣同盟"决定了镇压南欧的革命运动的政策。
② 泰勃河,在意大利。维斯拉,即维斯杜拉河,在波兰。

3

"大业完成了,"他说,"世界各民族
歌颂伟大偶像的倾倒才有多久?
……
　　……
　　　……
　　　　……

4

"老朽的欧罗巴可会长久发疯?
德意志已为新的希望而沸腾,
奥地利在动摇,尼阿波里起义了,
在比利牛斯外,是否自由能
　　把人民的命运主宰得久长?
难道专制政体只荫蔽着北方?

5

"啊,自由底创始者,你们在哪里?
好了,辩论吧,尽你们去找天赋人权,
哲人啊,尽你们去鼓动愚蠢的人群,
恺撒在此。布鲁塔斯①呢?啊,滔滔的雄辩,
　　请吻一吻俄国的王杖,
吻一吻这惩罚过你们的铁的脚掌。"

---

① 古罗马时,拥护共和体制的布鲁塔斯刺杀了想称帝的恺撒。

6

他刚说完,一个精灵在隐隐飘飞,
像寒风吹拂,起而又灭,又吹过身,
北国的君王受到一阵冷气缭绕,
不禁迷惑地注视着宫廷的大门——
  他听到了子夜的搏战——
一个不速之客在皇宫里出现。

7

这就是那盖世之雄,上天的使者,①
不可知的天意之命定的执行人,
也是作乱的"自由"的继承者、扼杀者。

他这个骑士,连帝王对他都要躬身,
  啊,这冷酷的嗜血鬼,
这国君,消失得像晨曦的阴影,像梦魅。

8

不会有阴沉无事的疏懒的皱纹,
不会有过早的白发、迟缓的行动,
不会有叠皱的眼皮下的暗淡的光
来嘲笑他,嘲笑这被放逐的英雄:
  由于帝王们的指使
他已被大海的静谧之苦所处死。

---

① 指拿破仑。自此以下都是描写他的。

9

啊,不,他神异的目光灵活得难测,
它忽而凝神远方,忽而炯炯有力,
有如英武的雷神,有如一道电闪,
在健壮、刚毅、有力的壮年时期——
　　是这个主宰西方的人
威严地面临着主宰北国的国君。

10

正是这样,他在奥斯特利兹平原[①]
以强大的手把北国的大军驱赶,
使俄国人第一次在死亡前逃跑;
也正是这样,他带着胜利的条款,
　　带着和平与屈辱的主张,
在蒂尔西特[②],面对着年轻的沙皇。

---

① 拿破仑在奥斯特利兹击败俄奥联军。
② 亚历山大一世在蒂尔西特与拿破仑签约,将普鲁士的一半让与法国。

给达维多夫[①] 1824

不,我肥胖的阿里斯吉帕[②],
尽管我喜爱你的言谈,
你温和的性情,可爱的嘶哑,
你的胃口和油腻的午餐,
但我不能和你结伴同游
南国的塔弗利达的海岸。
只求你别忘记我这朋友,
你酒神和维纳斯的宠幸!
当稍许清癯的伊尼德——
他患肺痨的父亲[③]终于海行,
荷拉斯,那聪明的阿谀者,
就给他庄严的颂诗一首:
对这位奥古斯达的知交,
诗人奉献了好的气候。
但阿谀的诗,我可写不了,
你也没有肺病,谢谢上天;
我只有一事向神祷告:
但愿你一路食欲不减。

---

① А. Л. 达维多夫(十二月党人之弟)约普希金到南方克里姆海滨同游,普希金辞却了,因为这次旅行是渥隆佐夫组织的,而渥隆佐夫没有约他。
② 阿里斯吉帕,纪元前四世纪的希腊哲学家,主张人生享乐。
③ 指史诗《伊尼德》的作者维吉尔。他受罗马皇帝奥古斯达的宠幸,当他由罗马赴雅典时,荷拉斯曾赠以颂诗。

普洛斯嫔[①] 1824

弗列格顿[②]扬起了浪花,
冥府的拱门在颤栗,
正是普鲁东的车驾
朝着贝里昂[③]的美女
飞速地载去阴界的神。
在这以后,普洛斯嫔
虽嫉妒而又冷漠,
也沿着荒寂的河湾
在同一条路上驰过。
一个怯懦的少年
跪在这女神的脚下,
偷情使女神们心欢,
可爱的凡人迷住了她。
这阴界骄矜的女皇
用媚眼向少年招呼,
她拥抱了这个情郎,
车驾载他们驰向冥府。
滚滚在白云中间,
他们看到常青的草原,

---

① 本诗是法国诗人巴尼的《维纳斯的变形》第二十七景的意译。据希腊神话,普洛斯嫔是农艺之神凯瑞厮的女儿,被冥府府君普鲁东盗去为后。但由于凯瑞厮的请求,天神宙斯允许她半年在地面上与母亲相会,半年在阴界。因此谷物的种子半年埋在地下,半年滋长和繁茂。
② 弗列格顿,冥府中的河水。
③ 贝里昂,希腊山名。

乐土和幽暗的忘川
沉沉安眠的河岸。
啊,那里是寂灭,是永恒,
那里是无尽的欢情。
普洛斯嫔在狂欢中
除下了冠冕和袍服,
她听从欲望的摆布,
把一切珍藏的美色
都向他的吻儿献出。
她在情欲的奢靡中沉没,
不语而又轻轻呻吟……
但爱的时刻已尽,
弗列格顿扬起了浪花,
冥府的拱门在颤抖,
正是普鲁东的车驾
飞速地载了他回头。
凯瑞厮的女儿也赶紧
沿着一条隐秘的小径
从乐园引出幸福的人。
幸福的人享尽欢情,
便以小心翼翼的手
打开门,一群不真的梦影
就从那乐园里飞走。

"一切都完了" 1824

一切都完了,我们是一刀两断。
最后一次抱过你的膝,我垂下
乞求的手,不禁发出痛苦的怨言。
一切都完了,我听见了你的回答。
完了,我不会再来欺骗我自己,
也不会再追逐你,郁郁地想念;
也许,这过去的一切我都会忘记,
爱情原不是我的,和我无缘。
你还年轻:你有一颗美丽的心灵,
还有很多人会对你恢恢地钟情。

"你负着什么使命"[①] 1824

你负着什么使命,谁派你到世上?
善或恶,你是那个忠诚的使者?
　　为什么熄灭了,为什么辉煌,
　　你这奇异的人间的来客?

学究在推测,帝王忧心忡忡,
　　群众在他们面前骚动,
被戳穿信仰的神坛荒凉了,
　　自由底风暴在汹涌。

它突然袭来……人们流血,死亡,
　　古老的训示一扫而光;
命运之主来了,奴隶们又屏息,
　　剑和枷锁开始鸣响。

　　荒淫显现得骄傲而赤裸,
　　面对着它,心灵都已变冷,
　　人们为权势忘了祖国,
　　弟兄为黄金出卖了弟兄。
　　狂人宣示道:没有自由,
　　人们信以为真地忍受。
　　在他们的语言里,混淆了
　　善和恶,一切都成了幻影——

---

① 本诗描绘了拿破仑的历史命运。

啊,一切都扬弃给轻蔑,
有如风卷谷中的灰尘。

致 海 船[①] 1824

哦,你海上生翅的霸王,
我寄语你——漂去,漂去,
多少祈祷、爱情、希望:
无价的抵押,请你珍惜。
风啊,请以清晨的呼吸
鼓满那幸福的帆篷;
波浪也不要猛然颠簸,
以免疲惫她的心胸。

---

① 本诗显然与 E. K. 渥隆佐娃于一八二四年六月十四日自敖德萨乘船去古尔卒夫有关。

讥渥隆佐夫[①] 1824

其 一

半似英国贵族,半似商贾,
半似哲人,半似无知之徒,
半似无赖,但是很有希望
使他的卑鄙变为十足。

其 二

歌者大卫身材不大,
可是打得戈利亚丧命[②]:
这被打死的也是将军,
而且,也许不比伯爵傻。

[①] M. C. 渥隆佐夫伯爵(1782—1856),驻敖德萨的总督,普希金的上司,曾在英国受教育,在生活上自比为英国贵族。在总督任上,兼管商业,为人冷酷而伪善。
[②] 据圣经故事:《诗篇》的作者大卫以一石击死权贵戈利亚。

摘自致渥尔夫函[①] 1824

你好,我亲爱的渥尔夫!
请你冬天坐车到这里,
还有诗人雅泽珂夫,
务必也把他拉在一起,
我们可以骑马游玩,
还可以练习手枪射击,
"赖昂"[②]我卷毛的兄弟
(可不是这村子的总管),
会给我们带来珍奇……
什么?——一整箱酒瓶。
让我们宴饮吧,安静!
隐士的生活真够美妙!
在三山村里直到深宵,
在米海洛夫斯克呢,
直到破晓;白天交给恋爱,
夜晚就让酒杯主宰;
我们将时而烂醉如泥,
时而钟情得活来死去。

---

① A. H. 渥尔夫(1805—1881),米海洛夫斯克的邻村三山村女地主 П. A. 奥西波娃的儿子,他和雅泽珂夫同在德尔普大学读书。本诗是附在信中的,在同一信中还有《致雅泽珂夫》的诗。
② "赖昂"(Lion),英文"狮子"的音译,普希金的弟弟名"列夫",在俄文中意即"狮子"。

致雅泽珂夫[①] 1824

(米海洛夫斯克,1824)

自古以来,在诗人之间
就缔结着美好的友情:
他们激于同一种火焰,
而且都只把缪斯侍奉;
尽管是彼此命运有异,
他们凭着奥维德的诗魂
在灵感的国度结为兄弟:
雅泽珂夫啊,我们很亲近。
我早想在一个清晨走上
德尔普大道,在友善的门前
放下我的沉重的木杖;
于是我回来,可以欣然
回忆那无忧之日的景象,
我会为尽兴的随意闲谈
和你铿锵的竖琴而心欢。
但命运恶意地把我耍弄,
我很久没有固定的屋檐,
只任随专制意向的吹动;
睡了,就不知在哪儿苏醒。
如今,永远被迫害的我,

[①] H. M. 雅泽珂夫(1803—1846),俄国诗人。当时他在德尔普大学读书,但已颇负诗名。他在一八二六年夏天才到米海洛夫斯克与普希金相见。本诗初发表时,被审查官删改。"专制"被改为"坏天气"并把"我把你等候"以下诗句删除。

正在幽禁里恹恹地过活。
诗人啊,请听从我的召唤,
来吧,别辜负我的心愿。
在这个乡下,我的外曾祖,
就是彼得所抚养的黑奴,
被皇家父女爱过,又被忘记①
他曾经来到这儿隐居;
在这儿,他忘了伊丽莎白,
忘了宫廷和辉煌的诺言,
却在菩提荫中自自在在:
一边过着清凉的夏天,
一边想着遥远的非洲,——
就是在这里,我把你等候。
你将会看到有一个顽童,
我的同宗和同心的弟兄,
他等着在乡下的茅棚中
拥抱你我。还有诗神的喉舌,
我们那崇高的德里维格
将放下一切赶来。我们三个
将照耀这流放的阴暗角落。
我们将骗过监视的卫兵,
一起歌颂自由底馈赠,
并且以我们青春的情热
激起宴饮的笑闹欢腾;
我们要使友人们倾听
酒杯的碰撞,诗歌的音调,
我们要用美酒和歌声
逐开漫漫冬夜的无聊。

---

① 指普希金的外曾祖阿伯拉姆·彼得洛维奇·汉尼巴。伊丽莎白赐给他米海洛夫斯克的田产,普希金流放所居的村落即其一部分。

书商和诗人的会谈 1824

书 商

写诗对于您不过是消遣,
您坐下来,不费什么力气,
您的名声早已不胫而走,
而到处传开这可喜的消息:
据说一篇长诗就要脱手,
是您最近的心血的结晶。
因此,您说吧,我等您决定
这篇新作要出售的价格。
缪斯和美神的宠儿的佳作
转眼间就能把卢布换到,
我们会把您的一页页稿纸
变成一大捆现成的钞票……
啊,为什么您在深深地叹息?
我能不能知道?

诗 人

　　　　我在回想。
我想起过去有个时期
我曾经多么富于希望;
我是个无忧的诗人,我写作
出于灵感,而不是为了价格。

在回忆中,我仿佛又看见
那山居和幽暗孤寂的住所,
在那里,我常常把缪斯呼唤,
请她来到我幻想底华筵。
在那里,我的歌声更为优美,
在那里,一切鲜明的幻影
更久久地,说不出的妩媚,
在灵感澎湃的幽深的夜晚,
围绕着我,在我头上盘旋!……
盛开的原野,月光的银辉,
老妈妈口述的神怪的流传,
颓残的教堂里风雨的喧声:
一切都激动我柔弱的心灵。
一个恶魔主宰了我的悠闲
和弹唱,它到处跟着我飞翔,
向我低语,发出奇异的音响,
这时我的头颅就充满了
一种沉重的,火热的病痛,
于是奇妙的梦开始滋生;
我的语言扣着和谐的节奏
和嘹亮的脚韵,随着梦涌流。
在乐声上,我要去比拟的
是旋风,是树林的喧响,
或是夜晚轰隆震耳的海洋,
或是小河的潺潺的低语,
或是金莺的动人的歌唱。
那时,我一任作品寂无声息,
而不愿把激情与世分享;
我没有把缪斯美好的赠与
在市上可耻地标价兜售,
却吝啬地,严密地把它看守。

这有如一个执迷的情人
守护他年轻的恋人的赠品,
他沉默而骄傲的,要使它
躲开伪善的世俗的眼睛。

书　商

但是,您有广大的声名
代替了秘密的幻想底慰安:
您的作品已经人手一篇。
而另外,在灰尘的堆积下,
有多少积压的散文和诗章,
它们都枉然地等待读者
和那种捉摸不定的报偿。

诗　人

这样的人有福了,谁要能
守住心灵的崇高的创造,
而且不期望他的感情
得到人们的奖赏,就好像
我们不想从坟墓得到反响。
啊,那沉默的诗人有福了,
假如他被可鄙的世人忘掉,
他没有为声名的荆棘纠缠,
却湮没无闻地离开人间!
声名啊,比希望底梦更骗人,
它是什么?是读者的传言?
是无知的小人的迫害?
还是愚蠢的人们的赞叹?

书　商

诗人拜伦①有过这种意见，
茹科夫斯基②也曾这么说；
然而,世人仍旧赏识和争购
他们的声韵优美的诗作。
你们的命运真令人羡慕！
诗人可以口诛,可以赞扬,
他以永恒的羽箭,使恶徒
在遥远的后世还受到创伤；
他以赞颂的诗取悦英雄；
他让恋人,像克琳娜③一样,
高高坐在爱神的宝座上。
赞誉对于您是可厌的闹声。
但女人的心却爱虚荣,
为她们而写吧；对于她们
安纳克利融的恭维很中听。
在我们年轻的时候,玫瑰
比赫利孔④的桂花更为珍贵。

诗　人

什么是自我陶醉的幻梦？
不过是狂热的少年的娱乐！
而我,在暴风雨里生活的我,

---

① 拜伦,英国十九世纪诗人。
② 茹科夫斯基,和普希金同时的俄国诗人。
③ 克琳娜,古罗马诗人奥维德所歌颂的美人。
④ 赫利孔,希腊中部山名。神话中指为缪斯的圣地。"赫利孔的桂花"指诗名,"玫瑰"指爱情。

也曾追求过美人的垂青。
那迷人的眼睛读我的诗
曾经带着多情的微笑,
她们那富于魅力的嘴唇
也曾经低吟我优美的音调……
可是,够了!哪一个梦幻者
肯为了她们把自由牺牲?
算了,让青年歌唱美人吧,
她们本来是自然底娇宠。
但她们和我有什么关系?
我的日子在荒远里,默默流去;
如今,我忠实的竖琴的呻吟
已触不到她们轻浮的心灵。
她们的幻想并不很纯洁,
她们并不能理解我们。
神的幻影,真纯的灵感,
对她们不是可笑,就是无缘。
有时候,为她们而写的诗句
不自觉地在记忆里浮起,
我的脸会发烧,我的心会痛:
我为我的偶像感到脸红。
不幸的我,还有什么可向往?
这高傲的头脑要献给谁?
有谁值得我以纯洁的思想
热情地崇拜,而不感到羞愧?

书　商

我爱您的激愤。这才是诗人!
什么原因使您如此不平
我无法知道;然而,难道没有

一个例外,能使您垂青?
难道没有一个可爱的女人
值得您的灵感和热情,
并且以她超凡的美色
完全配得上您的歌颂?
啊,您沉默了?

诗　人

　　　　唉,沉重的梦,
为什么你要苦恼诗人的心?
你徒然折磨着他的记忆。
随它吧! 这和世人有什么关系?
一切已和我绝缘! ……我的心
可留下了任何不灭的形影?
我可曾体验过爱情的幸福?
我可曾悄悄地流过眼泪,
忍受长久的怀念的痛苦?
她在那儿了? 那眼睛像是天庭
对我微笑的? 我整个的一生
难道只是一两个黑夜?
……
但那又怎样? 爱情的悲吟
已令人厌倦;我的话语
都不过是狂人的梦呓。
但是,它们却打动过一颗心,
那颗心也在悲伤地颤栗:
命运就是如此地决定。
唉,每当我想到那枯萎的心,
它就复燃起我的青春,
而过去的诗情和梦想

便团团绞痛在我的心上！……
只有她理解我隐晦的诗情，
只有她会使爱情的明灯
在心里燃烧，发出纯洁的光。
算了，我只是在这里妄想！
她已经拒绝了我深心的
呼喊、恳求和郁郁的思念：
她就像是那天上的神灵，
不需要尘世的热情的奉献！……

书 商

因此，对于爱情意懒灰心，
也厌倦于啧啧的人言，
您早早便已和竖琴疏远。
现在，您既抛弃了诗神，
烦嚣的社会和时尚的旋流，
您选择了什么呢？

诗 人

自由。

书 商

好极了。我要给您一句忠告，
请听取这一句至理名言：
我们这时代是个叫卖商人。
在这铁的世纪里，没有钱
就没有自由。什么是诗名？
对于歌手的陈腐的破烂

出色的付款。我们要的是
金钱,金钱,金钱！请把黄金
堆积如山！我知道您会驳斥,
可是,我很清楚,凡是诗人
都很重视自己的作品,
就是当您的创造的火焰
使幻想沸腾;可是等它变冷,
那作品就使您感到羞惭。
请容许我简短地说吧:
您不必兜售自己的灵感,
但是手稿却可以卖出。
还何必迟疑？许多读者
已经询问我几时出书;
报刊的记者,憔悴的文人,
都先后来我的店里游逛,
有的为讽刺而寻找食粮,
有的为了笔,有的为了心;
我得承认,从您的诗琴
我能预见一大笔财源。

诗　人

您说得很对。这就是一卷
我的手稿。让我们订个合同。

致 大 海 1824

再见吧,自由的元素!
最后一次了,在我眼前
你的蓝色的浪头翻滚起伏,
你的骄傲的美闪烁壮观。

仿佛友人的忧郁的絮语,
仿佛他别离一刻的招呼,
最后一次了,我听着你的
喧声呼唤,你的沉郁的吐诉。

我全心渴望的国度呀,大海!
多么常常的,在你的岸上
我静静地,迷惘地徘徊,
苦思着我那珍爱的愿望①。

啊,我多么爱听你的回声,
那喑哑的声音,那深渊之歌,
我爱听你黄昏时分的幽静,
和你任性的脾气的发作!

渔人的渺小的帆凭着
你的喜怒无常的保护
在两齿之间大胆地滑过,

---

① 诗人一度想从敖德萨偷渡出海,逃避流放,但未成功。

但你若汹涌起来，无法克服，
成群的渔船就会覆没。

直到现在，我还不能离开
这令我厌烦的凝固的石岸，
我还没有热烈地拥抱你，大海！
也没有让我的诗情的波澜
随着你的山脊跑开！

你在期待，呼唤……我却被缚住，
我的心徒然想要挣脱开，
是更强烈的感情把我迷住，
于是我在岸边留下来……

有什么可顾惜的？而今哪里
能使我奔上坦荡的途径？
在你的荒凉中，只有一件东西
也许还激动我的心灵。

一面峭壁，一个光荣的坟墓……
那里，种种伟大的回忆
已在寒冷的梦里沉没，
啊，是拿破仑熄灭在那里①。

他已经在苦恼里长眠。
紧随着他，另一个天才
像风暴之声驰过我们面前，
啊，我们心灵的另一个主宰②。

---

① 拿破仑于一八二一年死于圣·海伦那岛的囚居中。
② 指英国诗人拜伦。拜伦在一八二一年参加希腊革命时死去。

他去了,使自由在悲泣中!
他把自己的桂冠留给世上。
喧腾吧,为险恶的天时而汹涌,
噢,大海!他曾经为你歌唱。

他是由你的精气塑成的,
海啊,他是你的形象的反映;
他像你似的深沉、有力、阴郁,
他也倔强得和你一样。

世界空虚了……哦,海洋,
现在你还能把我带到哪里?
到处,人们的命运都是一样:
哪里有幸福,必有教育
或暴君看守得非常严密。

再见吧,大海!你壮观的美色
将永远不会被我遗忘;
我将久久地,久久地听着
你在黄昏时分的轰响。

心里充满了你,我将要把
你的山岩,你的海湾,
你的光和影,你的浪花的喋喋,
带到森林,带到寂静的荒原。

奸　猾[①] 1824

要是你的朋友对你的言语
报以尖酸刻毒的沉默；
要是他将自己的手,颤栗地
躲开你的,像躲开一条蛇；
要是他以尖刻的目光盯你,
又似轻蔑地摇一摇头——
不要说:"他难过,他孩子气,
是无望的相思使他太难受";
也不要说:"他翻脸无情,
他邪恶、无味,不配做朋友;
他一生都是个沉重的梦……"
难道你说对了？你可好受？
啊,如果这样,他就会匍匐
恳求一个友人的宽恕。
可是,如果你利用友谊的
神圣的权柄,尽量对他狠毒,
如果你是千方百计地
刺着了他最怕人的痛处,
并且看着他丢脸、忧伤
和哭泣,而傲然感到欢欣；
如果你把对他的下流诽谤

[①] 本诗由于普希金友人 A. H. 拉耶夫斯基的背弃友情而写成。后者知道普希金对渥隆佐夫夫人的感情后,称普希金为"魔鬼"。据推测,普希金因此迅速离开了敖德萨。

亲自作了无形的回音，
如果你把枷锁给他戴上，
笑着出卖了这做梦的敌人，
而他在你缄默的心灵里
悲哀地看出那一切秘密——
好了，走开吧，无须多废话：
只有末日裁判将把你惩罚。

"噢,玫瑰姑娘" 1824

噢,玫瑰姑娘,我受到了幽禁,
但别为你给的枷锁感到愧羞:
同样地,那月桂丛中的夜莺
本来称王于林间有翅的歌手,
他就靠近美丽而骄矜的玫瑰,
在她的幽禁中快乐地栖息,
并且温柔地歌唱给她的心扉,
在荡人神魂的幽暗的夜里。

葡 萄 1824

我不再惋惜玫瑰的消逝了,
它已随着飘忽的春天枯萎;
我喜爱的是成熟的葡萄
在山坡的藤蔓上,累累下垂。
它是这金色的秋天的喜悦,
它给缤纷的山谷频增点缀;
成串的葡萄椭圆而又透明,
恰似少女的素手那样妩媚。

致巴奇萨拉宫的喷泉[①] 1824

爱情的喷泉,灵活的喷泉!
这里是两朵玫瑰,我的礼物。
我爱你的不停的絮语
和你的诗一般的泪珠。

你喷出银白色的水尘
像寒露一样洒了我一身,
啊,喷吧,喷吧,畅快的水泉!
淙淙地,把你的往事铺陈……

爱情的喷泉,伤心的喷泉!
我要问一问你的大理石墙:
我看过了对这远邦的礼赞,
但玛利亚怎样了?你却不响……

你后宫里暗淡的一颗星!
难道在这里你也被人遗忘?
难道玛丽亚和莎丽玛
不过是诗人的美丽的想像?

难道她们只是幻觉的梦

[①] 巴奇萨拉宫的喷泉在克里米亚,传说,鞑靼王基列为了纪念他所爱的波兰郡主玛利亚而建筑了这个喷泉。玛利亚是被俘来的少女,在禁宫内被基列的妻子莎丽玛杀害。

在那幽暗的荒原之中
给自己描绘的瞬息的影子,
只是心灵的模糊的憧憬?

"夜晚的轻风" 1824

夜晚的轻风
流香在半空。
　　喧响着,
　　奔跑着
瓜达尔几维河①。

天上升起金色的月亮,
静一些……听……吉他在响……
一个西班牙的姑娘
正倚靠在阳台边上。

　　夜晚的轻风
　　流香在半空。
　　　喧响着,
　　　奔跑着
　　瓜达尔几维河。

可爱的天使啊,摘下面纱,
像灿烂的白天露出容光!
把你那美妙的玉足
向铁栏杆的外面伸出!

　　夜晚的轻风

---

① 瓜达尔几维河,西班牙的河流。

流香在半空。
　　喧响着，
　　奔跑着
瓜达尔几维河。

"阴霾的白天逝去了"[①] 1824

阴霾的白天逝去了；阴霾的夜晚
以铅灰色的棉絮铺满了天空；
像一个幽灵，从松树林的后面
  朦胧的月亮冉冉上升……
一切给我的心投下黯然的伤感。
远远的，在那明月升起的远方，
醉人的空气充满了黄昏的温暖；
在那儿，大海以一片灿烂的波浪
  在蔚蓝的天空下起伏……
正该是这时，她啊，走下山径小路，
走到喧响的波浪拍溅的海岸；
  挨近那庄严的峭壁，
这时，她坐下来了，凄凉而孤单……
孤单的……没有人对她倾诉、哭泣；
也没有人忘情地吻着她的双膝；
孤单的……啊，没有谁的嘴唇去吻
她的肩膀，雪白的胸，湿润的唇。
……
……
没有一个人值得她天庭的爱情。
不是吗？你孤独，你哭了……我却平静；
……
然而，如果……

[①] 本诗写出北方米海洛夫斯克的景色和与之对照的南方的敖德萨。

仿可兰经[①] 1824

献给 П. A. 奥西波娃

1

我凭乘法和除法起誓,
我凭剑和正义之战起誓,
我凭着晨星和晚祷词
向你,我的使徒啊,起誓[②]:

不,我是不会遗弃你的。
是谁,受到我的钟爱,
被我领进宁静底荫蔽,
躲开了众目的迫害?

是不是我,在干渴的时候,
给你啜饮了沙漠的泉水?

[①] 穆罕默德写道(见奖赐章):"不敬神的人认为,《可兰经》是新编的谎话和古老的寓言的集成。"这些不敬神的人的意见,当然,是正确的;可是,尽管如此,在《可兰经》中,有很多精神的真理以有力的诗的形象阐明了出来。这里提供了几篇意译的仿作。在原作中,上帝到处以自己之名说话,穆罕默德只是以第二身或第三身被提到着。——普希金注
按:这些诗名为意译,实应视为普希金的创作,因为它们含有自述因素。例如第一首中"迫害"和"舌头的权威"等纯是普希金的话。

[②] 在《可兰经》的其他地方,上帝凭马蹄、凭无花果的果实、凭自由的麦加、凭美德和罪恶、凭天使和人等等起誓。在《可兰经》中,随时可以见到这样奇怪的辞藻。——普希金注

是不是我赐给你的舌头
对心智的有力的权威？

振作起来吧，蔑视虚幻，
勇敢地走进真理的小径；
要爱孤儿，要把我的可兰
宣示给颤栗的生灵。

2

哦，先知底纯洁的妻妾，
你们和一般的女人不同：
对他的影子也要惊觉。
在宁静底甜蜜的荫蔽中，
谦谨地生活吧：在脸上
务必罩着处女的面网。
要紧守着真诚的心灵
为了正当而羞怯的欢乐；
别让异教徒的狡猾眼睛
在你们的颜面上掠过！

哦，还有，穆罕谟德的客人，
你们去领受他的圣餐，
小心啊，别以世俗的纷纭
使我的先知感到厌烦。
在虔敬的思想的萦绕中，
他不喜欢浮夸的人众
和不敬的、无聊的语言：
要以谦卑的言行去尊敬
他的圣餐，也不要冒犯

他年轻的女奴的贞行①

3

先知听到了盲人走近,
便眉头紧皱,心中发慌②,
接着跑开了,先知不敢
向他透露自己的迷惘。

那天书的抄本赐予你,
先知啊,不为了执拗的人;
安静地传播《可兰经》吧,
也不要强迫不信神的人!

人为什么要骄傲自满?
可是因为他赤裸而生,
因为他呼吸不会很久,
将脆弱而死,和出生相同?

可是因为上帝能任意地
叫他死去,又叫他再活?
因为上天排定他的日子
既有悲哀,又有欢乐?

可是因为上帝恩赐了
他的山冈、田地和果园,

---

① 上帝接着说:"我的先知没有对你们说到这件事,因为他是十分谦虚和恭谨的;可是我就无须和你们客气了。"在这段训诫中,很可以看出阿拉伯人的嫉妒心。——普希金注
② 译自盲人书。——普希金注

上帝赏给了他的劳作
果实、五谷、枣子和橄榄?

但天使将两次吹起喇叭,
天庭的雷将在地上轰鸣:
弟兄将要逃躲开弟兄,
儿子将避开他的母亲。

所有的人都往见上帝,
他们将吓得失色,颤栗;
不信神的人都要倒下来,
埋在火焰和灰烬里。

4

在古代,噢,全能的上帝,
那狂傲而有力的人
妄想和你的力量相比;
可是你,主啊,使他俯顺。
你说:我把生命给了世界,
我用死亡惩罚大地,
我的手掌支撑着一切。
他说:我也把生命赐予,
我也以死亡惩罚世界:
我和你啊,上帝,势均力敌。
可是,他这罪恶的猖狂
只消你一句怒言就沉寂;
你说:我从东方举起太阳,
请把落日从西方举起!

5

大地不动,天空的圆顶
创世主啊,你用手支撑,
使它不至压在我们身上,
不至落在陆地和海中①。

你在宇宙里燃起太阳,
让它普照大地和天空,
就像吸满橄榄油的亚麻
在水晶灯里放射光明。

向创世主祈祷吧,他全能:
他管辖风;在炎热的天气
他给空中布满了乌云,
他把树木的荫凉铺给大地。

他是仁慈的:他对穆罕谟德
打开了光辉的《可兰经》,
于是我们也向光明汇集,
暗雾脱离了我们的眼睛。

6

我没有白白地梦见
你们剃了头的人战斗,
我见你们举起血腥的剑,
在城墙和楼塔上怒吼。

---

① 这是拙劣的物理学;然而,另一方面,却是怎样豪爽的诗! ——普希金注

倾听我欢乐的叫喊吧,
哦,炎热的沙漠的子孙!
俘虏年轻的女奴吧,
把战利品拿出来平分!

你们胜利了,你们光荣;
胆小的只该受到嘲笑!
他们不相信神异的梦,
他们不响应战争的号召。

如今,迷于你们的俘获,
他们悔恨没参加战争;
把我们带去吧,他们说;
可是你们回答:不成!

死于战斗的人有福了,
如今他们已进入伊甸,
他们从此在安乐里逍遥,
不再感受到任何凶险。

7

起来呀,胆怯的人:
在你的岩洞中
有一盏神圣的灯
彻夜烧得通明!
用真挚的祈祷
先知啊,快驱散
你忧郁的思潮
和狡狯的梦幻!

在天亮前写出
你虔诚的祷告,
把那天国的书
阅读一个通宵!

8

你在苍白的赤贫之前交换良心,
可别以吝啬的手散播你的礼品:
上天喜欢慷慨。在那可怕的
审判的一天,有如肥沃的田地,
　　啊,顺利的播种者,
你的慷慨将百倍地偿报予你。

但你若不致力于土地的收获,
你若对贫穷人赠与得吝啬,
而只捏紧你的斤斤计较的手——
那么,你的馈赠就像是一把灰尘
　　被雨水从山石冲掉,
它消失了——主所拒绝的贡品。

9

疲倦的旅人在对上帝抱怨:
他为干渴所苦,祈求树荫。
在沙漠上游荡了三日三夜,
他把炎热和灰尘重压的眼睛
郁郁无望地向四面观看,
突然,他看见棕榈树下的水泉。

他朝那荒漠中的棕榈跑去,

并且贪婪地,以泉水的清凉
慰解他烧焦的舌头和瞳孔,
接着他躺下,睡在驴子身旁——
很多年在他身上流了过去:
这是主宰天地的大神的旨意。

旅人苏醒的时刻终于来到;
他起来,听见了奇异的声音:
"你在这沙漠里沉睡了多久?"
他答道:"啊,是在昨天的清晨
太阳已高高地在空中照耀;
我从昨天早晨睡到了今朝。"

但声音说:"旅人啊,你睡得更久;
看,你躺时年轻,起来却是老人;
棕榈已经枯萎,而清凉的泉水
也在干燥的沙漠里涸竭、消隐;
它早就被荒原的沙子所覆盖,
你那驴子的骨头也已发白。"

这转瞬老了的人充满悲哀,
他垂下颤栗的头,泣不成声……
就在那一刻,沙漠出现了奇迹:
逝去的一切以新的美色复生,
棕榈的密叶的头又在摆动,
泉水又在流泻,幽暗而清冷。

他的驴子的枯骨也起来了,
又披上了肉体,暴躁地鸣叫;
旅人又感到了力量和欢欣,
复活的青春在血液里欢跳;

神圣的热情充满他的胸中：
他跟随上帝走向更远的旅程。

"你憔悴而缄默"[①] 1824

你憔悴而缄默;忧郁在折磨着你;
啊,那少女的唇边也失去了笑意。
很久以来,你懒得用刺针去绣出
花朵和图案,却只爱无言的孤独
和闷坐。啊,少女的悒郁我却很熟悉,
我的眼睛早就读出了你的心意。
你在爱着,别隐瞒吧:和我们相同,
温柔的少女也恋爱,为爱而激动。
幸福的青年啊!请告诉我,他是谁——
那个英俊的少年,他的鬈发那么黑,
眼睛那么蓝?……你脸红了?我默默无语,
然而我知道一切,一切;如果我愿意,
我会说出他的名字。是不是他常常
在你家附近徘徊,视线投到你的窗上?
你秘密地等待他。他走了,你跑出门,
久久望着他的背影,却把自己藏住。
在明媚的五月,在欢乐的节日里,
一群少年人在华丽的马车里驰驱,
自由而大胆的少年啊,任凭喜好,
有谁肯勒住马儿,不让它尽情奔跑?

[①] 这是法国诗人安德列·谢尼埃的一首诗的意译。

给恰达耶夫 1824

为什么要有冰冷的怀疑①?
我相信:那可怕的神庙
和那嗜血的神就在这里
受着祭祀的烟火缭绕;
是在这儿,复仇的女神
把她凶残的怒恼平息,
而那塔弗利达的女尼②
在这儿对弟弟起过杀心;
在这荒墟上,神圣的友谊③
一度凯旋,而伟大的心灵
曾骄傲于自己的神性。
……
恰达耶夫,可记得前一首诗④?
才有多久,怀着青春的热情,
我曾想以复仇女神的名字
铭刻在另一片荒墟上?
但如今,只有懒散和平静
留在这风暴驯服了的胸膛,

---

① 在克里姆,有狄安娜神庙的遗址,但 И. М. 穆拉维奥夫·阿波斯托尔在一八二三年的一文中曾对它加以怀疑。
② 指伊菲金内亚。据希腊神话:她因为父亲亚加门农得罪了女神狄安娜,便到狄安娜神庙为尼,并杀戮外方人作为女神的祭品。当她将杀奥瑞斯蒂和比拉德时,发现前者为其弟,于是三人一起设计逃走。
③ 指奥瑞斯蒂和比拉德的友谊,他们彼此要求牺牲自己作为祭品。
④ 指普希金在一八一八年写的《致恰达耶夫》一诗。其中提到"专制政体的荒墟"。

我只有怀着诗灵的同情
在这纪念友谊的岩石上
写下我们两人的姓名。

北　风[①] 1824

凛冽可畏的北风，为什么
你把河边的芦苇吹向山谷？
为什么朝向遥远的天穹
你这样怒号地把云彩追逐？

不久以前，层叠的乌云
还将天庭的圆顶密密遮蔽，
不久以前，山上的橡树
还以骄傲的美色而挺立……

可是你起来了，你在欢舞，
带着雷鸣和荣誉，一路呼啸——
你吹散了密密的乌云，
庄严的橡树也被你掀倒。

啊，但愿太阳的明亮的脸
从现在起，愉快地闪耀，
和煦的西风舞弄着云彩，
芦苇静静地涌起绿潮。

[①] 这首诗基于著名的寓言《橡树和芦苇》的情节写出，但被赋予了另一种命意。普希金于一八三〇年的誊写稿上注明"写于一八二四年"，但这可能是为了掩饰本诗的含意。据猜测，这首诗是在一八二五年听到亚历山大一世逝世的消息后写出的。

"即令我,这赢得美人儿心许的人" 1824

即令我,这赢得美人儿心许的人,
有神圣的金环保留住她的倩影
和秘密的音信,那长期痛苦的酬报;
然而,在寂寞的别后,如此令人苦恼,
没有任何东西能愉悦我的眼睛;
没有任何东西,即令是恋人的馈赠——
我悒郁之情的慰藉,爱底神圣保证,
也不能稍减这热狂无望的爱之伤痛。

给书刊审查官的第二封信[1] 1824

金珂夫斯基不稳的事业的继承人[2]！
让我拥抱你吧，我曾经和你谈过心。
不久以前，我被逼人的审查所窒息，
连最后的微末权利也给无情地夺去；
我和所有的同业弟兄都受到威胁，
因此生了气，对你讲话时有点激烈，
满足了一下我狂妄好斗的性癖——
可是，请原谅吧，我实在是憋不住气。
这一时，我住在乡间，翻阅着杂志，
细细剖解我可怜的伙伴们的歪诗
（如今，我有了阅读的兴致和时间），
我高兴起来，因为从那里，突然
我发觉你有了新的想法和条例！
凭你心灵的顽固，头脑的肆无顾忌，
乌拉！你该已给自己赢得了桂冠。
而整个诗坛该是多么惊愕，你看，
当你怀着神奇的恩德，准予赐给诗
像"神圣的"、"天庭的"这样珍贵的字，

---

[1] 本诗以手抄稿流传。由于沙皇任命 A. C. 席席珂夫代替葛利金为民智部大臣（书刊审查为其所属），而席席珂夫曾上书反对审查的吹毛求疵，因此普希金怀有希望，以为审查制度会有所改变。但席席珂夫施政后，于一八二六年颁布了所谓"铁的"审查规章，给了审查制以滥施权力的一切手段。

[2] 指比鲁珂夫。金珂夫斯基于一八二一年辞去彼得堡的审查官时，即由他接任。

准许用它们(为了押韵)把美人称呼①,
而且这还不算是渎犯我主基督!
可是,请问:你何以突然改变了,
是什么平伏了你素性的骄傲?
虽然我很喜欢我上一次的书简,
虽然我知道,你读过了我的怨言,
可是,在刺激你以后,你的这种变更
使我惊而又喜,我岂敢一再骄横。
我对你评论,那是出于我的职务,
但我怎能纠正您? 不,我很清楚:
俄罗斯所以有这一重要的新猷
应该归功谁。终于,为了国是策谋,
我们的好沙皇任选了正直的大臣,
席席珂夫担负起学术界的重任。
我们敬重这老头儿:爱荣誉,爱人民,
他享有着一八一二年光荣的声名②;
在权贵中,只有他爱俄罗斯的缪斯,
曾经被漠视的她们召唤和聚集;
他保护喀萨琳桂冠上仅存的花朵③,
使它不至在今日的寒流中凋落。
他和我们一起埋怨,当我们的圣父④
对奥玛尔和阿里衷心表示佩服⑤:
一面侍奉主人,一面也愉悦自己,

---

① 审查官克拉索夫斯基认为"神圣的""天庭的"这些字用于阴性字如"美"或"美人"前时,是渎神的。
② 一八一二年为俄国对拿破仑战役获胜的一年。席席珂夫当时任亚历山大的国务秘书。
③ "仅存的花朵"指杰尔查文。席席珂夫经常在杰尔查文家中召集"座谈会"的诗友们。
④ 指葛利金。他以伪善和极端的蒙昧主义著称。
⑤ 奥玛尔,伊斯兰教教主,他焚毁了亚历山大城的古图书馆。阿里·穆罕谟德的女婿,他创立了"什一"教派。

51

他就热心而积极地把开明窒息。
一个虔信宗教的、温和的人士
竟讨伐纯洁的缪斯,挽救班特斯①,
协助他的,有高贵的马格尼茨基②,
一个心灵卓越、信仰坚定的人士;
甚至有我可怜的傻瓜凯维林③,
马格尼茨基的执事,加利奇的洗礼人。
呜呼,悲哀的学术,你就被寄留
给一切罪恶和它那污秽的手!
啊,审查制度! 你也就受着它的辖治!

可是,够了,幽暗的时期已经消逝,
开明底灯光已经烧得更为灿烂。
随着那位倒霉的首脑的更换,
老实说,我在期待审查官的辞职;
可是,不知怎样的,你显然在坚持。
因此,我赶紧向诸位朋友致贺,
并附带一句忠告,希望他们记得。

请严格吧,但须明智。我们并不要
你把法定的一切限制都取消;
也不要你独断地允许我们同业
安全地思想、讲话和印刷一切。
你有你的职责,请保留你的权利。

---

① 班特斯是葛利金所袒护的官僚,行为卑鄙。
② М. Л. 马格尼茨基(1778—1855),亚历山大时代最反动的官僚,他参与了一八二一年对彼得堡大学的镇压。他最初追随斯皮兰斯基,斯被放逐后,转入反动阵营。因此普希金讥讽他"信仰坚定"。
③ Д. А. 凯维林(1778—1851),彼得堡大学校长,一八二一年他解散了该校,后又制造了皇村中学教师加利奇"以激烈思想危害青年"的事件。加利奇公开忏悔,并在教堂中受了"圣水"的"洗涤"。

可是,对和煦的智慧,朴素的真理,
甚至对天真而适当的荒谬之谈,
请别以任意的关卡在路上阻拦。
假如你在消闲之笔的果实里
有时候看不出巨大的裨益,
可是也看不到有猖狂的淫乱
对皇座、神坛或习俗大胆挑战,
那么,就请真诚地爱护作者的荣誉,
挥挥手,我的朋友,大胆地签个字。

警　句[①] 1824

金珂夫斯基统治时，大家都高声说：
在全世界，你难以找到和他配对的笨伯。
比鲁珂夫来了，克拉索夫斯基随后继承：
真的，金珂夫斯基死也比他们聪明。

[①] 题名是译者加的。金珂夫斯基、克拉索夫斯基和比鲁玛夫都是彼得堡的书刊审查官。金珂夫斯基的任期自一八〇四年至一八二一年。他的继任者比他更为严格。

摘自致普列特奥夫函[1] 1824

你印行了我的叔父的作品,
那《危险的邻居》的作者[2]
很值得你这样关注,
尽管安静的"座谈客"
这一点却不曾看出。
如今啊,你又要印行我的:
我那空费心机的果实[3];
但是,朋友,为了菲伯,
我的普列特奥夫几时
做他自己的发行者?

---

[1] П. А. 普列特奥夫(1792—1865),普希金的友人,诗人兼批评家。
[2] 指普希金的叔父瓦西里·普希金,《危险的邻居》是他的杰出作品。"俄国文学爱好者座谈会"派的作者们只攻击卡拉姆金和茹科夫斯基,认为瓦西里不值得注意。
[3] 指《欧根·奥涅金》。

55

"特—很对,他把您真实地"[1] 1824

特—很对,他把您真实地
比作生动的一道彩虹:
您和彩虹一样的美丽,
您的心同样变化无定;
您也很像玫瑰,闪耀着春底容光:
您和她一样开得缤纷
而多姿,而且和她一样
(啊,天保佑您)能够刺人。
可是,有一个比喻最称我的心:
您很像我所爱的清泉。
是的,您的心灵和智力同样纯净,
而且比它更寒冷、自然。
再没有其他的比喻如此适合了;
这不是诗人之过,而是比喻不宜。
您容貌的妩媚,您心灵的美妙,
很不幸,简直无可比拟。

---

[1] 本诗所谈到的诗人特—(Т—),可能指一八二三年在渥隆佐夫幕下任职的 В. И. 杜曼斯基(1800—1860)。但在杜曼斯基的诗中,没有找到像这里所说的一首。"您"为谁也不详。

警 句[1] 1824

力求在杂志上吵架,
这催眠人的酷评家
以他那疯狗的唾液
把墨水的鸦片溶解。

---

[1] 这首诗是讽刺卡钦诺夫斯基的,题名为译者所加。

"不顾人言谴责"[1] 1824

不顾人言谴责,也不顾
甜蜜的希望唤我的低语,
我要摇落故国的尘土,
束起行装到异邦去浪迹。
安静吧,我心灵的梦呓,
我耽溺已久的柔弱的声音;
再见了,不仁慈的故乡!
你使我初见到人世的光。
再见了吧,幽暗的庭荫,
这里度过了我的往昔,
充满寂寞、疏懒和热情,
还有沉郁的心灵的梦。
当我面临着危险的分离,
我的兄弟啊,我只想着你;
让我们最后一次把手握紧,
然后默默地听从命运。

---

[1] 本诗为残段。普希金在这里和弟弟谈及逃出米海洛夫斯克的意图。

"丽　莎" 1824

丽莎爱一爱就心惊。
够了,这儿有没有骗人?
请小心吧——很可能
这新的狄安娜女神
藏起了温柔的热情,
并且以羞怯的眼睛
正在你们之间搜寻:
谁会帮她失足、伤心。

一八二五年

焚毁的信[①] 1825

别了,爱情的信!别了,这是她的旨意。
我迟疑了多久!多么久了,手在迟疑,
不愿把我所有的欢乐付之一焚!……
可是,算了,到时候了。烧吧,爱情的信。
我已经决定;我的心不再反复寻思。
啊,贪婪的烈火已经在吞噬你的纸……
只一分钟!……又扑起来烧,火苗的轻烟
冉冉地飘旋,和我的恳求一起消散。
那钟情的指环的烙印,那封口的漆,
都融化了,嘶嘶地响……噢,天命之火!
它完成使命了!焦黑的纸都皱起;
在轻飘的死灰上,那珍重的笔迹
现出白色……我胸口窒息。亲爱的火灰,
永远伴着我在我悲哀的胸口上吧,
你是我凄凉的命运之惨淡的安慰……

[①] 本诗和 E. K. 渥隆佐娃伯爵夫人(1792—1880)有关,普希金曾长期迷恋于她。

讥渥隆佐夫[①] 1825

有一次,沙皇得到人报信,
叛党里艾戈终于受到绞刑。
"我很高兴,"谄媚的人热心说,
"世上少了一个卑鄙的家伙。"
这冒失的判断使人好笑,
在座的都低头不发一言。
里艾戈冒犯了菲尔迪南,
我承认。可是他因此被绞。
请问:是否轮到你如此热心
对我们詈骂刽子手的祭品?
连君王自己,对这种好意
也不愿以微笑作他的赏赐;
媚臣啊! 媚臣啊! 尽管卑鄙,
可否保持一点高尚的姿势。

[①] 本诗以手抄稿流传。诗中所述的事件为:一八二三年十月一日,沙皇亚历山大一世在杜利清阅兵以后,宴会以前,接到法国外交大臣夏多布里安的一封信,告知他里艾戈被捕的消息。亚历山大在宴会上说出这消息时,渥隆佐夫说:"这是多么好的消息啊,陛下。"当时在座的巴沙尔金(十二月党人)后来说:"这句话是如此不恰当,使他当时在舆论界大失声望。事实上,知道了是什么命运在等待可怜的里艾戈的时候,对这消息高兴的人是很残忍的。"
按:里艾戈是西班牙军官,因要求实行一八一二年宪法,于吉罗加起义,终于失败,在一八二三年十月二十六日在马德里被处死。

致朋友们[1] 1825

我的敌人啊，我只是暂且无言……
于是，仿佛我熄了勃然的怒火；
可是，你们谁都没逃过我的眼，
总有一时，我会随意选中一个：
他不可能逃过这锋利的指爪，
我会以无情的突袭把他捕获。
请看那云端的饿鹰盘旋飞绕，
就是如此窥视着火鸡和鹅。

---

[1] 本诗初发表于一八二五年《莫斯科电讯》第三期上，维亚谢姆斯基给加上了一个题名是《给期刊的朋友们》。以后普希金致函《北方蜜蜂》更正说，只是《致朋友们》就够了。

劝　告 1825

相信我吧：每当你周身飞旋着
那来自期刊的一窠蚊子和牛虻，
别讲理，别浪费你尊贵的口舌，
别答复他们的嗡营和无耻的喧嚷；
无论逻辑或是风趣，亲爱的朋友，
都不会使他们顽固的一族平息。
愤怒也是不必的——只有一挥手，
突然用迅速的警句把它们拍击。

"《欧罗巴》用不着叹气"[①] 1825

《欧罗巴》[②]用不着叹气,
不是灾难,可无需哀呼!
从彼得堡的洪水里
《北极星》已经被打捞出。
别斯杜若夫啊,你看:
你的方舟[③]已泊在山头!
巴纳斯为之光辉闪闪:
舟中有人,也有牲口。

---

① 《北极星》杂志在彼得堡洪水期间(一八二四年十一月)停刊。但在一八二五年三月又出了一期。
② 指《欧罗巴导报》。
③ 方舟:据圣经,诺亚在大洪水来临前筑方舟,置人畜于其中,得免于难。洪水退后,方舟搁浅在山头上。

居然无恙,半死不活的人!①   1825

怎么! 死洋洋的评论家,还活着?
"好茁壮的人! 他还那么枯燥、无聊,
那么粗鲁、愚蠢,为嫉妒所苦恼;
还是把陈腐的废话,新编的胡说,
塞满了篇幅,不管人需要不需要。"
"唏! 真讨厌,这半死不活的论客!
怎样能扑灭这块木头,如此腐臭?
怎样能除掉我这冒烟的家伙?
给我想个办法吧。"好……啐他一口。

---

① 本诗讥讽卡钦诺夫斯基。诗在原文中有一个中心字和形象:КУРИЛКА。这个字是双关的,它可以指一个该消失而仍未消失的人或物,也可以指一种传火游戏,这游戏是由许多人传递一根燃烧的木头,直到熄灭为止。在传递时,人们喊着ЖИВ,ЖИВ,КУРИЛКА! (本诗的标题就是这样,意为:它还安然无恙。)本诗这两个意思都用到,译文中则不易完全体现。

给柯兹洛夫[①] 1825

歌者啊！当凡俗的世界
在你的面前隐入黑暗中，
你的诗灵倏然醒过来
回顾一切逝去的情景，
在明亮的幻影的合唱里
它发出了神奇的歌声。

噢，亲爱的弟兄！我流着
激动的泪倾听你的歌唱。
它以自己天庭的乐音
使尘世的痛苦归于遗忘。
它给你创造了新的世界，
在那里你观看而又翱翔；
你复活了，重又拥抱了
青春时代碎灭的偶像。

至于我，只要我有一句诗
能够给你暂刻的慰安，
我就无须什么酬报了——
在人世中，我就没有枉然
走过荒原上幽暗的曲径；

[①] И.И.柯兹洛夫(1779—1840)，俄国盲诗人。原为近卫军军官，一八二一年双目失明后，开始写作，成为诗人。他把自己的长诗《修道僧》亲笔署名送给普希金，普希金深为感动，便写了此诗作答。

真的！命运也没有白白
赋予我以生命和竖琴。

声誉的想望[1] 1825

每当我为爱情与幸福所陶醉,
屈着膝,默默无言地和你相对,
每当我望着你,心里想:你是我的——
你知道,亲爱的,我是否想望声誉。
你知道:自从避开那浮华的社会,
也不愿再为诗人的虚名所累赘,
倦于长期的风暴,我绝不再去听
遥远的谴责和赞誉的扰攘之声。
难道说,我会计较人言的裁判,
每当你向我低垂着倦慵的视线,
你的纤手轻轻在我的头上抚摸,
并悄悄问:你在爱我吗?你可快乐?
告诉我,你将不会爱别人和我一样?
我的朋友,你将永远不把我遗忘?
那时候,我只保持着困窘的缄默,
我的心里充盈着幸福感,我想着:
没有明天了,那可怕的别离的一天[2]
永不会来了……可是呢? 一转眼间,
眼泪、痛苦、变心、诽谤,一切在我头顶
纷纷碎落……天哪,我怎么了? 我站定,
像一个过客,在荒野上遇到电闪,
一切在我眼前昏黑了。而今天

---

[1] 本诗写给 E. K. 渥隆佐娃。
[2] 指普希金即将由敖德萨流放到米海洛夫斯克村。

我为一种未曾有过的渴望所煎熬:
啊,我渴望声誉,只为了一片喧嚣
会时刻把我传送到你的耳朵,
只为了要你的周身都环绕着我,
一切,一切都向你嚷着我的姓名;
于是,也许,听着这种钟情的声音,
你会默默想起我的最后的恳求
当我们在花园,在暗夜分手的时候。

EX UNGUE LEONEM[①] 1825

不久以前,我没有用自己的署名
把一首骂人的诗作交给期刊;
一个杂志的小丑就写了一篇短评
也不署名地发表了,这个坏蛋。
而结果呢？无论我,无论那个丑角,
都没有能掩遮各自的把戏:
他知道是我,只要看看那指爪;
我呢,看看那耳朵:准是他无疑。

---

① 拉丁文,意为"我们根据指爪就认出狮子"。普希金在《莫斯科电讯》上用"А. П."字首为名,发表了《致朋友们》一首诗。《友谊》杂志的出版者 А. Е. 伊斯玛依洛夫于是讽刺道:"奇怪！真奇怪！最使我吃惊的是:这写诗的先生竟有了指爪了！"本诗即其答复。

给 П. А. 奥西波娃[①] 1825

也许,在即将来的岁月中
我就会守着流亡的平静,
对着温馨的往日轻轻慨叹,
并且把我无忧的心灵
向乡间的缪斯静静地呈献。

但是,即使在陌生的远方,
我也将借着永存的幻想
在三山村的附近栈恋,
我将走过草地,小溪和山冈,
走进那家菩提树荫的花园。

就好像,当明媚的白日逝去,
从坟墓的幽寂里,孤独地
郁郁思乡的幽灵会出来翱翔,
他要回到自己的园地
对心爱的人投以多情的目光。

[①] 奥西波娃是三山村(在米海洛夫斯克附近)的女主人。普希金在写此诗时,正设想从米海洛夫斯克逃出国外。

"保护我吧"[1]   1825

保护我吧,我的护身符,
在我流亡的岁月里保护我,
让我把悔恨、激情的日子度过:
你是我忧伤的日子的礼物。

当海洋的浪涛的起伏
在我的周身咆哮、轰鸣,
当阴云里滚动着霹雳的雷声——
保护我吧,我的护身符。

当我在异邦里,忍受着孤独,
蜷伏在厌烦的平静之怀里,
或者在炽热的战斗里焦虑,
保护我吧,我的护身符。

欺骗戴上了神圣的悦人面幕,
一直是灵魂的神奇的明灯……
可是它背叛了我,隐没无踪……
保护我吧,我的护身符。

噢,别再回忆了,别再去戕毒
我终生的心灵的创伤。

---

[1] E. K. 渥隆佐娃送给普希金一个指环印章,上面雕有以色列文,这成为本诗写作的动机。印章现保留在列宁格勒的普希金博物馆中。

安睡吧,欲念;永别了,希望;
保护我吧,我的护身符。

安得列·谢尼埃[①] 1825

献给 H.H. 拉耶夫斯基

于是,当我忧郁和被囚,
我的竖琴就突然苏醒……

当整个惊愕的世界望着
拜伦的尸灰甑而暗伤,
当他的靠近但丁的诗魂
谛听着全欧洲竖琴的合唱;

另一个幽灵在呼唤我,
他早已停止歌唱,停止啜泣,
很久以前,在痛苦的时日,
他从断头台走进墓荫里。

歌唱爱情、树林、和平的诗人,

[①] 安得列·谢尼埃(1762—1794),法国诗人。法国革命初期,他曾赞助革命,以后反对雅各宾党人,被罗伯斯比尔处死,死于罗伯斯比尔被推翻的前三天。本诗描写法国革命的四十四行(由"我向你致敬,我的明灯!"至"于是幽暗的风暴消逝!")曾被审查官删去,但被删的部分以手抄稿流传,被沙皇政府发现,于是构成长期政治性的诉讼,拘捕数人,并曾传讯普希金。这一事件在一八二八年七月才结束,并由国务会议决定予普希金以秘密的政治监视。本诗有自述性质,普希金将谢尼埃写成暴政下的牺牲者,有比拟自己被暴君流放之意。结尾认为暴君的倾覆为期不远,也寄托着普希金对十二月党人推翻沙皇统治的希望。题词两行摘自雪尼埃诗《妙龄的女囚》。开头三节诗是写给拉耶夫斯基的。本诗有普希金注七条,以 abc 等标出,附于诗后。

我给你带来墓前的花朵。
不为人知的琴在弹奏了,
我要为你和他而作歌。

疲倦的斧头又举起来了,
　　它召唤着新的祭品。
歌者准备受刑;最后一次,
　　他要弹奏沉郁的竖琴[a]。

明天是死刑,人民经常的宴飨;
　　但是,青年歌手的琴弦
要弹唱什么? 啊,它要歌唱自由,
　　直到临终也不改变!

"我向你致敬,我的明灯!
我歌颂过你天庭的面容,
　　当它像火花爆发光明,
　　当你啊,自由,在风暴里上升。
我歌颂过你神圣的霹雳,
因为它扫荡了可耻的堡垒[①],
　　并且把权势自古的骄矜
　　劈散为耻辱和灰烬。
我看到你的儿子们的公民的义勇,
　　我听到他们弟兄般的保证,
　　还有伟大心灵的誓语。
和对专制政权的回答,坚决不移[②]。
　　我看到他们汹涌的浪潮
　　如何吸引一切,将一切推倒,

---

① 指巴士底牢狱,法国革命以人民攻破这一牢狱为开始。
② 国民会议宣誓不至宪法草成,决不休会。法王要求解散它,被密拉保断然拒绝。

75

而热情的护民官,满心狂喜地预言
　　大地的蜕化和改变。
　　啊,你睿智的精灵已经发光,
　　神圣的流放者的英灵
已经安置在永远不朽的庙堂①,
　　腐朽的宝座显露原形,
　　被剥去了偏见底外衣,
　　枷锁跌落了。于是法理
以自由为支柱,宣告着人人平等,
　　我们快乐得高呼:幸福!
　　噢,可悲!噢,狂妄的梦!
自由和法理何在?到处
　　统治我们的仍只是斧头。
我们推翻了帝王们。可是我们又把
杀人犯和刽子手选为皇帝。可耻啊,可怕!
　　然而你,神圣的自由,
纯洁的女神啊——不,你没有过错。
　　当暴虐的盲动阵阵发作,
　　当人民陷入可鄙的暴怒,
你便躲开我们;你的救治人的容器
　　遮上了一层血腥的帷幕;
可是,你会再来的,带着复仇和荣誉——
　　你的敌人们将再倾覆;
那一度尝过你圣洁的甘露的人民
　　总是想再把它啜饮;
　　仿佛为酒神激得发狂,
　　他们将苦于渴望而游荡,
直到把你寻得。只有在你的怀抱里,
在平等底荫护下,他们才能安然憩息,

---

① 法国革命期间,伏尔泰和卢梭的尸灰都移葬于巴黎的伟人墓。

于是幽暗的风暴消逝!
但我将看不到你,啊,光荣、幸福的时日:
我已注定给断头台。我度着最后的时辰。
明天是刑期。刽子手将以洋洋得意的手
　　对着冷漠的一群人们,
　　抓住头发,举起我的头。
永别了,朋友们!我的无所归的尸骨
将不会埋在那花园里,是在它的亭荫
我们把无忧的时日用于宴饮和学术。
　　可是,友人啊,要是你们
　　还珍惜着对我的追念,
请答应把我临终的这个愿望实现:
悄悄地哀悼我的命运吧,亲爱的,
不要用眼泪惹起对你们的怀疑;
要知道,在我们这时代,眼泪也犯罪:
现在,连弟兄都不敢互相惋惜和安慰。
我还有一个恳求:你们已听了上百遍
我那些倏忽情思的急就章,那些诗篇
是我整个青春的繁复而珍重的遗言:
希望和梦想,眼泪和爱情,啊,朋友,
我的一生全在那些稿纸中。我恳求
你们从阿培尔、从范妮[b]把它们找出;
请把一个纯洁缪斯的贡品收集和保护,
可别向严酷的社会,傲慢的流言透露。
唉,我的头早早掉了,我未成熟的才能
还不曾写出崇高的作品为我赢得名声;
我很快就整个死去。然而,朋友们,
保存那些手稿吧,要是你们珍爱我的灵
　　魂!
等暴风雨过去以后,一群执迷的友好
也许聚会起来,读一下我忠实的手稿,

在久久听过以后,你们会说:这正是他;
这正是他的语言。而我,也许会忘了那
墓中的梦,隐隐走来坐听着你们,
听得出了神,并且把你们的泪啜饮……
也许我又将欢欣于爱情;也许,甚至
我的女囚°悒郁而苍白,在听着情
　诗……"

唱到这里,年轻的歌者暂停下歌喉,
温柔的感情使他垂下了沉郁的头。
他生命的春天,充满了忧烦和爱情,
在他面前掠过。美人的倦慵的眼睛,
歌声、宴饮、热情而欢乐的良宵,
一切都活跃地涌现;心儿飘到了
缥缈的远方……诗泉又潺潺地流溢:

"这害人的才能把我引到了哪里?
我本为了爱情与平静的喜悦而生,
为什么却要抛弃平凡生活的阴影,
自由、友人和甜蜜的懒散的时辰?
命运,她抚爱过我的金色的青春;
欢乐以无忧的手给我加过冕,
纯洁的缪斯也分享过我的悠闲。
在喧腾的晚会,我是友人的娇宠,
我曾以悦耳的诗歌和欢笑声
甜蜜地振响着家神护佑的门庭。
有一次,我苦于酒神给予的激动,
忽然另一种火焰在我心中燃起,
终于在清晨,去看我可爱的少女;
她看见我时,不禁愤怒和吃惊,
她一面恫吓,一面泪水充满眼睛,

诅咒我把生命虚掷在酒宴上,
她驱逐我,责备我,跟着又原谅——
啊,那时,我的日子多甜蜜地流过!
我何以抛下这单纯而懒散的生活?
却冲到这里,只面对着致命的灾星,
只面对暴虐的无知,粗野的热情,
愤怒和贪婪!唉,你把我领到了哪里,
我的希望!想想我,一个忠于静谧、
诗和爱情的人!和可鄙的强盗共图,
我该怎么办?可是,我又怎能约束
这倔强的马?怎能带住无力的马缰?
我将留下什么?不过是渺小的狂妄
和热狂的嫉妒,而连这也将被遗忘。
死吧,我的声音;还有你,虚假的幻象,
你啊,文字,空洞的声音……不!
快住口吧,怯懦的怨言!
诗人啊,你该欢乐和自负:
在我们时代的耻辱之前
不要垂下你顺从的头颅;
你唾弃过强大的恶徒,
你的火炬曾愤怒地燃烧,
它以无情的光辉暴露了
统治者的会议的耻辱[d];
你以诗句把他们鞭挞,
把专制的刽子手们痛责;
你的诗在他们头上嘘过;
你挑起他们:你歌颂了聂美尼达[①];
你对马拉的祭司们高歌

---

① 聂美尼达,希腊神话中的复仇女神。

匕首和少女犹门尼达①!
当神圣的老人以麻痹的手
从断头台上救下了戴王冠的头,
你大胆地向他们伸出手去,
啊,这使至高的裁判会议
对你们惊呆,颤抖。
骄傲吧,骄傲吧,歌者;而你,凶残的野兽,
任由你如今戏弄我的头,
它在你的爪中。但是啊,魔鬼,要知道:
我的呼喊,我的狂笑将追逐你不饶!
喝我们的鲜血吧,活着和杀人,

---

① 犹门尼达也是希腊神话中的复仇女神,这里指夏洛蒂·考尔黛,她刺死了马拉。马拉在革命期间采取激烈的手段,为诗人所不满。

普希金注释:
a 像最后的夕照,像风的最后的吹动,
　活跃着美丽的一天的黄昏,
　在断头台下,我还要把我的竖琴拨弄。
　(见安得列·谢尼埃的最后的诗)
b 阿培尔,我青春之秘密底心腹(哀歌之一):他是安得列·谢尼埃的友人。范妮是安得列·谢尼埃的恋人(见为她而写的颂诗)。
c 见《妙龄女囚》(库阿尼小姐)。
d 见他的抑扬格诗。
　　谢尼埃使叛乱者对他怀恨。他歌颂过夏洛蒂·考尔黛,辱骂过科罗·艾尔布,攻击过罗伯斯比尔。——众所周知,国王曾在一封充满沉着与尊严的语调的信中,请求会议准予他在得到判决的时候得向人民申诉的权利。这封在一月十七至十八日夜间签名的信是由安得列·谢尼埃起稿的。(H.德·拉杜式)
e 他是在共和历十一月八日被处决的,正是罗伯斯比尔被推翻的前夕。
f 载赴刑场的车上除安得列·谢尼埃外,还有他的朋友诗人鲁雪。他们在临终的一刻谈着诗。对于他们除了友谊而外,这是世上最美丽的事物了。他们所谈的,他们把最后的热情所寄托的是拉辛。他们要背诵他的诗。他们选择了《安得路玛克》的最后一幕。
　(H.德.拉杜式)
g 在受刑的地方,他敲着自己的头说:在这儿,我仍旧有一些东西。

你仍只是渺小的、渺小的侏儒，
　　　你的末日就到了……它已经临近：
　　　你就要倾覆，暴君！愤怒
　　　终必爆发。祖国的哭泣
　　　将把疲惫的命运激起。
　　　现在我去了……是时候了……但你跟着
　　　我；我等待你。"

　　　激动的诗人唱完了歌，
　　　一切归于沉寂。静悄悄的灯火
　　　在曙光之前变为暗淡；
　　　晨曦在牢狱里荡漾，弥漫。而歌者
　　　举目严肃地望着铁栏杆……
突然有喧声。他们来喊叫。希望沉没。
　　　响着钥匙、锁、门闩。
人们呼唤……住手，住手；啊，只一天，一天：
　　　死刑就没有了，人人将获得
　　　自由，而这伟大的公民
　　　就会在伟大的人民中行进[e]。
没人听见。队伍无言地行进。刽子手等着。
但友情给诗人的死亡之路带来了欢欣[f]。
到断头台。他上去。他给光荣以名字[g]
　　　噢，哭泣吧，哭泣吧，缪斯……

致罗健科[①] 1825

你答应我,还要和我商议
浪漫主义,那巴纳斯的邪说,
你说只谈谈她,再函告我
波尔塔瓦的缪斯的秘密……
但是,我的朋友,这可不必:
我知道,你又坠入情网中,
是不是,乌克兰的彼隆[②]?

你说得对:世间没有事情
比美丽的女人更重要。
她的含情脉脉,她的微笑,
远远胜过金银和名声,
也胜过不谐和的光荣……
我们还是谈谈她好了。

朋友,她的意图我很赞许,
她要歇一歇,就生儿育女,
像她那样美丽的后裔;
真幸福:谁要能和她一起
担负起这愉快的劳役;

[①] А. Г. 罗健科(1793—1846),波尔塔瓦的地主和诗人。他在给普希金的信中讲到,他的女友 А. П. 克恩要和丈夫和好,"并且想到久已冷却的愿望:生几个合法的孩子;我完了。""现在该是和你——我们的诗界泰斗——谈谈文学的时候了。"本诗即其答复。
[②] 彼隆(1689—1773),法国诗人和戏剧家,以大胆的爱情描写著称。

她不至于惹他打哈欠，
老天！但愿希门继续安眠。

有一点我和你有差别：
我不赞成他们夫妻离异！
因为第一，要尊重神圣誓约，
还有自己的天性和法律……
其次，我发现聪明的女人
需要一个拘于礼俗的丈夫，
这样，造访他们家庭的客人
就不会被注意，或不露骨。
亲爱的朋友啊，请相信我，
这两方面彼此有帮助：
婚姻的太阳将会掩遮
任何怯生的爱情的星宿。

给 克 恩[①] 1825

我忆起了那美妙的一瞬：
我初次看见你的倩影，
那如倏忽的昙花之一现，
有如纯净的美底精灵。

处身在喧腾的浮华漩涡中，
一种无望的忧郁使我疲倦，
但你的玉容和温柔的声音
却久久萦系在我的心间。

岁月流逝着。骤然的风暴
摧残了以往的种种梦幻，
我忘了你的温柔的声音，
也忘了你天庭似的容颜。

我静静挨过了一天又一天，
在乡野里，守着幽禁的暗影，
没有神性的启示，没有灵感，
没有生命和眼泪，没有爱情。

而突然，我的灵魂被摇醒：

[①] А. П. 克恩(1800—1879)，普希金的朋友。普希金在彼得堡和她结识，以后幽居在米海洛夫斯克村时，克恩又来到该村附近的三山村她的姑母 П. А. 奥西波娃家中住了一个夏天(一八二五年)，和普希金时常来往。在克恩离开三山村时，普希金将这首诗交给了她。

克 恩

〔俄〕一不知名画家 作

因为又出现了你的倩影,
有如倏忽的昙花之一现,
有如纯净的美底精灵。

我的心在欢乐地激荡,
因为在那里面,重又苏醒
不只是神性的启示和灵感,
还有生命、眼泪和爱情。

新　郎[①]　1825

商人女儿娜塔沙
　　　有三天不见行踪，
到了第三天晚上
　　　她昏迷地跑进院中。
爸妈赶紧跑过来，
　　　问了她一些问题，
娜塔沙都没听见，
　　　又是颤抖，又是噎气。

妈也伤心，爸也伤心，
　　　走来看看，又走开去，
弄了很久，到末了
　　　还是摸不清底细。
娜塔沙渐渐复原了，
　　　脸上又红润、快乐，
她又跟姐妹一起
　　　到大门口坐着。

有一回，在木板门旁，
　　　姑娘和她的女伴
正坐着呢，一辆三驾车
　　　迅猛拉着一个青年
在她们面前飞过；

---

① 本诗根据俄国民间故事《少女及强盗》写成。

马儿身上披着毛毯,
小伙子站在雪车上
　　把马儿紧抽紧赶。

他逼近时,看了看,
　　娜塔沙也看看他;
车像旋风似的跑去,
　　娜塔沙怔了一下。
她飞快地往家里跑:
　　"是他!是他!我认得出!
朋友们哪,救救人!
　　果然是他!快点抓住!"

全家都听见了,
　　摇摇头,很难过;
爸对她说:"亲爱的,
　　快把事情对我明说。
是谁欺负了你,说吧,
　　哪怕光是提一个头。"
娜塔沙只剩下哭啦,
　　多一句话也没有。

赶明早,出乎意外,
　　媒婆到了她们家,
夸着娜塔沙,接着
　　跟她爸打开话匣:
"你们有货,俺有买主,
　　人是个小伙子少年,
又麻利,又高个儿,
　　不爱吵架,十分体面。

他有钱、聪明,对谁
　　　也不肯弯一弯身,
他像贵族一样过活,
　　　没有什么可以烦心;
他能马上拿给新娘
　　　又是珍珠,又是狐皮,
还有宝石金戒指,
　　　还有锦缎的外衣。

昨天,他驾着车子,
　　　在门口瞧见姑娘;
岂不挺方便,迈出家
　　　一块儿走进教堂?"
接着,她坐下吃馅饼,
　　　转弯抹角说个不停,
唉,可怜的姑娘,
　　　她真是坐立不宁。

"答应啦,"老爸说,
　　　"去吧,顺顺当当,
我的娜塔沙到了年纪,
　　　自家在房里怪闷得慌;
哪能当一世姑娘呀,
　　　小燕儿不能老歌唱,
到了搭巢的时候啦,
　　　也教老的把心宽放。"

娜塔沙支撑着墙,
　　　有一句话想吐露——
可突然抽噎,颤抖,
　　　又是大笑,又是大哭。

89

媒婆慌忙跑过来,
　　　正喝着一杯冷水;
她就朝娜塔沙的头
　　　浇下其余的半杯。

全家都忧愁,叹气,
　　　娜塔沙醒转过来;
她说:"我一切听从,
　　　随你们怎样安排。
叫新郎来会宴吧,
　　　烤面包要多多的,
把成桶的蜜煮好,
　　　叫法官也来坐筵席。"

"随你,娜塔沙,安琪儿,
　　　只要你开心,要我的命
都可以!"——酒席像山高,
　　　煮的烤的,样样都精。
尊贵的客人都来了,
　　　新娘也扶到了席上;
女伴们唱歌、掉泪,
　　　接着,雪橇沙沙地响。

新郎来了,大家就座。
　　　酒杯叮当地碰撞。
祝福的酒杓传了一遍,
　　　客人醉了,话声响亮。

新　郎

"怎么,亲爱的朋友们,

我的俊俏的新娘
不吃,不喝,也不理人,
　　　新娘为什么心伤?"

新娘向新郎说了:
　　　"要我说呢,很难说出。
我的心里老不安宁,
　　　日里夜里我都要哭。
一个噩梦叫人忧愁。"
　　　爸对她说:"你这个梦
是什么? 说吧,我的孩子,
　　　我们听听有何吉凶。"

她说:"我梦见了自己
　　　走进了密密的树林,
天晚了,有些微月光
　　　透出了一片乌云,
我迷了路,树林里
　　　听不见一个人声,
只有松树和枞树,
　　　树梢儿飒飒响动。

突然,好像我醒着,
　　　眼前是一间茅屋。
我敲敲门,没有人声,
　　　我叫唤,没人走出;
我祷告着推开门,
　　　屋里蜡烛正在燃烧,
我一看,到处是金银,
　　　一切又光亮,又富豪。"

新 郎

"你的梦有什么坏呢?
　　看来,你就成了阔人。"

新 娘

"等等,先生,还没完哪。
　　看着黄金,看着白银,
看着呢绒、小毯子、花锦
　　和诺夫戈罗德锦缎,
我一声儿也不响,
　　看得我眼花缭乱。

突然,我听见人马声……
　　来到了小台阶跟前。
我赶快砰地关上门,
　　接着藏在炉子后面。
我听见很多人声……
　　有十二个小伙子
走了进来,还带着
　　一个俊俏的女娃子。

他们进来,也不躬身,
　　也不去理会神像,
不祷告,就坐在桌前,
　　帽子还戴在头上。
大哥坐上了首座,
　　小兄弟坐在右手,
左边是那个姑娘,

年轻俊俏的丫头。

叫呀,笑呀,闹个不停,
　　喝得烂醉,大声唱歌……"

新　郎

"你的梦有什么坏呢?
　　它的兆头是快乐。"

新　娘

"等等,先生,还没完哪。
　　人喝醉了,不断叫嚷,
酒席上尽是欢闹,
　　只有妞儿心里悲伤。

她静坐着,不吃,不喝,
　　眼泪泉水一般流着,
大哥抓起自己的刀,
　　一面吹口哨,一面磨着;
他看着俊俏的妞儿,
　　突然抓住她的发辫,
这恶贼就杀死了妞儿,
　　竟把她的右手砍断。"

"唔,这个,"新郎说,
　　"简直是荒唐!
但别伤心吧,你的梦
　　并不坏,亲爱的姑娘。"
她直望着他的脸。

"可是,这是谁手上的
戒指?"新娘突然说了,
　　所有的人都立起。

指环叮哨地滚着,
　　新郎脸发白,直颤栗。
客骚动着。法官说:
　　"拿住他,把坏蛋绑起!"
恶人上了镣铐,定了罪,
　　很快地就受到绞刑。
啊,娜塔沙美名远扬!
　　我们的歌就此告终。

"假如生活欺骗了你"[①] 1825

假如生活欺骗了你,
不要忧郁,也不要愤慨!
不顺心时暂且克制自己,
相信吧,快乐之日就会到来。

我们的心儿憧憬着未来,
现今总是令人悲哀:
一切都是暂时的,转瞬即逝,
而那逝去的将变为可爱。

[①] 这首诗是题在 П. А. 奥西波娃的女儿 E. H.(姬姬)·渥尔夫(1809—1883)的纪念册上的。

酒 神 之 歌 1825

为什么欢乐的声音喑哑了?
响起来吧,酒神的重叠的歌唱!
来呀,祝福那些爱过我们的
别人的年轻妻子,祝福柔情的姑娘!
斟吧,把这杯子斟得满满!
把定情的指环,
当啷一声响,
投到杯底去,沉入浓郁的琼浆!
让我们举手碰杯,一口气把它饮干!
祝诗神万岁!祝理性光芒万丈!
哦,燃烧吧,你神圣的太阳!
正如在上升的曙光之前,
这一盏油灯变得如此暗淡,
虚假的学识啊,你也就要暗淡、死亡,
在智慧底永恒的太阳前面。
祝太阳万岁,黑暗永远隐藏!

给 H. H. 1825

并赠她以涅瓦文集

请收下吧,这本涅瓦文集,
其中的诗文都很悦目。
您会读到大波里斯基,
波列沃依和赫瓦斯托夫;
克涅若维奇,您的远房亲戚,
也赐文装点了这本小书。
但是,您在这里看不到我,
我的诗呀,溜进了忘川之波。
声名算什么?不过是尘烟!……
您的心灵对我更珍贵!
可是,要想落到那集内,
看来对我似乎也很难。

"田野上残留的一枝花朵"[①] 1825

田野上残留的一枝花朵
比初开的花簇更可亲;
它能在我们悒郁的心窝
引动更多的幻想和柔情。
同样,有时候,别离的一刻
比甜蜜的会见更动心。

---

① П. А. 奥西波娃在深秋送普希金一枝花,因而成此诗。

十月十九日[①] 1825

树林脱落了紫色的衣衫,
枯干的田野闪着银白的霜,
白日仿佛不情愿地出现,
随即溜到群山的后面隐藏。
炉火啊,烧吧,在我凄凉的一角,
还有你,酒啊,秋寒的伴侣,
快把酩酊的快慰向胸中倾倒,
我要把深刻的痛苦暂且忘记。

四周冷清清:没有一个朋友
可以和他畅叙久别之情,
或者可以彼此衷心地握着手,
举杯互祝长远的健康、昌盛。
我独自酌饮;在我的脑海中
我枉然呼唤着每一个友伴,
门外听不到熟悉的脚步声,
我的心也没期待他们出现。

我独自酌饮;今天,在涅瓦河边
友人们也会把我的名字提起……
然而,你们可有很多人在欢宴?
你们念到谁没有把数凑齐?

[①] 十月十九日是皇村中学开学的日子。普希金这一班毕业生每年在这一天必在彼得堡相聚庆祝。

有谁背弃了这可喜的传统?
有谁被冷酷的社会引离你们?
在兄弟的叫嚷中,谁已经无声?
谁没有来? 谁是那看不到的人?

啊,他不来了,那目光火热的
我们会弹吉他的鬈发的歌手①:
他已静静安睡在意大利的
桃金娘花下;而那刻石碑的朋友
也忘了描几个祖国的文字
在这个俄罗斯人的坟墓上,
等北国的游子行经那异邦时
也好感到乡里的温暖和惆怅。

你是否坐在朋友的团聚中了,
好动的人,那么喜欢异域的天空②?
是否你又走过了炎热的赤道
和北国海上的永恒的冰层?
幸福的道路!……从中学的门槛
你一步跨上海船,从不知保重,
你的道路从此就铺在海面,
噢,风暴和波浪所钟爱的儿童!

在你的漫游中,你得以保持
美丽的青春的最初的习性:
在狂暴的浪涛中,你想像那是
中学时代的嬉戏和闹声;

---

① 指克尔沙珂夫,他在一八二〇年死于意大利。
② 指马丘式金(1799—1872),航海家,自一八二〇至一八二四年曾参加北冰洋探险。一八二五年八月起环行世界。

你从海外把手伸向了我们,
你年轻的心只把我们铭记;
你重复着说:"也许,未知的命运
注定了我们将永远各自东西!"

朋友啊,我们的联系是美丽的!
它自由、无忧、坚定而永恒,
它像灵魂一样的不可分离,
在友好的缪斯荫护下交互滋生。
无论命运使我们怎样遭劫,
无论幸福把我们向哪儿导引,
我们不会改变:整个的世界
对我们都是异域,除了皇村。

霹雷追着我,一处又一处地
我缠进了乖戾的命运之网;
疲倦了,我以温情的头,颤栗地
贴靠在新的友谊的胸上……
我以忧郁而激动的恳求,
我以早年对人的期望和信赖
全心去结交过新的朋友;
然而,我却尝到了苦涩的接待。

而如今,在这被遗忘的山乡,
在风雪和寒冷包围的幽居,
不料有甜蜜的欣慰等我品尝:
你们中的三个,我心灵的伴侣,
我在这里拥抱了。哦,我的普希钦①,

---

① 普希钦是十二月党人,普希金的好友,他在一八二五年一月十一日曾到米海洛夫斯克村访问普希金。

这失意诗人的茅舍你首先造访，
你给我凄凉的流放日子以温馨，
你把它变成了中学的时光。

啊，葛尔恰科夫，一向幸福的人①！
我赞美你，富贵的寒冷的光
并没有使你背叛自由的心灵，
你仍旧正直，对朋友和从前一样。
命运给我们指定了不同的路程；
一走进生活，我们立刻分道扬镳，
然而，想不到在这乡村的小径，
我们会见了，像兄弟般的拥抱。

当命运的震怒对我肆虐不休，
仿佛无家的孤儿，举目无亲，
在风暴里我低垂了疲惫的头，
我等待你，侍奉诗神的仆人②，
而你就来了，噢，我的德里维格！
闲适的灵感之子啊，你的声音
燃起我久已沉睡的心灵的火，
你使我又兴奋地颂扬命运。

从幼年起，诗魂就在胸中激荡，
我们都体验过那奇异的热情；
从幼年起，两个缪斯朝我们飞翔，
她们的爱抚甘美了我们的宿命：
然而，我爱上掌声，为了它吟诗，
你却骄傲地为了诗神和心灵；

---

① 葛尔恰科夫在一八二五年九月旅途中歇于邻村。普希金曾去和他相见。
② 指诗人德里维格。他在一八二五年四月访问普希金，住有一星期之久。

我把才赋和生命都任意虚掷,
你却在幽静里培育自己的诗情。

对缪斯的侍奉不宜于烦嚣,
美的追求应该崇高而庄严:
但青春狡狯地把我们劝告,
是种种喧腾的梦使我们心欢……
等我们清醒了——但已经太迟!
郁郁回顾过去:只是一场空。
维里海姆①啊,你我岂不是如此?
告诉我,诗歌和命运同宗的弟兄。

够了,够了!这世界已不值得
我们心灵的痛苦,且让我们抛开
那些迷妄,避居在乡野里过活!
啊,迟迟的友人,我等着你来——
来吧,以你热情的迷人的故事
把我内心的事迹也活跃起来;
让我们谈谈高加索战乱的日子,
谈谈席勒②,谈谈声名,谈谈恋爱。

我也就来了……朋友们,欢宴吧!
我已经预见和你们聚首言欢。
请记住一个诗人的预言吧,
再过一年,我就会和你们团圆,
我所梦想的上谕就会发出;

---

① 维里海姆·久赫里别克尔,诗人,普希金的好友。他曾在巴黎作了一篇谈俄国文学的讲演,触怒沙皇政府,被召回俄国,并不准住在彼得堡。一八二一至一八二二年在高加索军中任职,又以决斗事件而退职,被迫卖文为生。
② 席勒(1759—1805),德国戏剧家和诗人。

再过一年,我就又在你们面前!
啊,会有多少眼泪,多少欢呼,
多少酒杯高高地举上天!

满满斟上第一杯,朋友,满满的!
为了我们的团结,饮干这一杯!
祝福我们吧,欢欣雀跃的缪斯,
祝福吧,祝皇村中学万岁!
为爱护我们青春的老师的荣耀
(啊,有的健在,有的已经与世长辞)
让我们举起酒盅,向全体致谢,
把怨嫌忘掉,为了他们的恩赐。

斟满些,再斟满些!心在燃烧,
再一饮而干,别剩一滴,干杯!
这是为了谁?啊,朋友,猜猜瞧……
乌拉,我们的沙皇!对,为沙皇干杯!
他也是个人,他为时势所主宰,
做着人言、猜疑和情欲的奴隶;
让我们宽恕他不义的迫害
他建立了这个中学,他攻克了巴黎。

快快畅饮吧,趁我们还在世上!
唉,我们的人数每一刻都在稀少;
有的不在了,有的流落在远方,
命运看着我们凋零;时光在飞跑;
我们不知不觉地佝偻,受冷,
渐渐地,我们接近生命的来处……
啊,谁将活得长久,到了老年,
必须独自一个把这日子庆祝?

不幸的朋友！在新的一代中间，
他成了讨厌、陌生而多余的客人，
想起我们,和我们团聚的一天天,
他会以颤栗的手掩覆着眼睛……
但愿他高兴的,尽管有些悒郁,
把这个日子在杯酒里消磨,
一如此刻的我,一个受贬的隐士,
无怨而又无忧地把它度过。

夜莺和布谷[1] 1825

在树林中,在悠闲的夜里,
形形色色的春天的歌手
又是咕噜和呼哨,又是啾啼;
其中,只有布谷絮叨个不休,
很自鸣得意,实则毫无头脑,
惟有布谷才听得头头是道,
它们的回音也是异工同曲。
那哀歌叫得我们真不舒服!
只想拔腿而逃。呜呼,上帝,
让我们躲开号丧的布谷。

---

[1] 本诗嘲笑了当时诗坛上写哀歌的风气。

运　动　1825

运动是没有的,多须的哲人①说道。
有人便不作声,在他面前走来走去②,
哈,任何反驳都不能比这更有力;
所有的人都称赞这回答的奥妙。
然而,诸位先生,这件有趣的事情
却把另一个例子带给我的记忆:
固然,太阳每一天在我们面前环行,
但执拗的伽利略仍旧有道理。③

---

① "多须的哲人"指古希腊哲学家赛昂。
② 指古希腊哲人戴奥金尼。
③ 伽利略(1564—1642),意大利人,因创地球绕太阳学说而受迫害。

"一切都为怀念你而牺牲"[1] 1825

一切都为怀念你而牺牲：
那灵感的竖琴的歌声，
火热的少女的泪滴，
我的嫉妒的内心的颤栗，
还有光明情思的灿烂，
名声的闪耀，流放的幽暗，
以及报复，那激烈的苦痛
所引起的狂暴的幻梦。

---

[1] 据推测，本诗和《焚毁的信》都和 E.K. 渥隆佐娃有关。

浮士德一幕[①] 1825

（在海岸上。浮士德及梅菲士托菲里）
  浮士德
 我厌腻，魔鬼。
  梅菲士托菲里
  怎么办呢，浮士德？
这本来就是你们的疆域，
谁也不能够越出去一步。
所有理性的动物都要厌腻：
有的由于懒惰，有的由于事务；
无论是信徒，或失去信仰的；
也许是来不及娱乐感官，
也许在享乐上过于严谨，
任何人都活着，打着哈欠，
而坟墓，它正张口等着你们。
打你的哈欠吧。
  浮士德
  多乏味的玩笑！
想个办法吧，无论如何
让我开开心。
  梅菲士托菲里
 你该知道
让自己满足于理性底解说。
记进小本吧："餍足就是恬静，"

[①] 本诗为普希金创作，并非歌德《浮士德》片断的译文。

厌烦正好是心灵的休息。
我是心理学家呢……算了,学问!
告诉我,你几时不曾厌腻?
想一想,找找看:可是那时辰
当你对着维吉尔①垂头睡眠,
只有教鞭才搅动你的脑筋?
可是那时辰:你拿着玫瑰花冠
送给顺从的风月少女们,
并且在笑闹中,向她们呈献
你在深宵酒醉后的热情?
可是那时辰:你深深地沉湎
在伟大的心灵的幻梦里,
跌进了学识的幽暗的深渊?
但是那时,仿佛非常厌腻,
你才终于把我从火焰里
当一个小丑呼唤出来,
我扭动小小的精灵的躯体,
想尽各种方法使你愉快:
我带你去找女巫,去找妖精,
但这算什么?一切不值一提。
你要荣誉——就来了荣誉,
你要恋爱——就来了爱情。
你从人生尽可能取得了贡品,
你可幸福吗?

　　浮士德
　住口吧,
不要再刺痛我秘密的溃伤。
深邃的学识里没有生活——
我诅咒学识的虚伪的光芒。

---

① 维吉尔,纪元前一世纪的罗马史诗诗人。

而荣誉……谁又能够把握
它偶然的光辉？世俗的光荣
也是毫无意义的，像梦……
但有一件事是无疑的快乐，
那就是：两颗心灵的结合。
　　　梅菲士托菲里
还有初次的会见，对不对？
但能不能告诉我，你记起谁？
可是玛格丽特？
　　　　浮士德
噢，美妙的梦！
噢，你纯洁的爱情的火焰！
那里，那里有浓荫，树木的喧声，
还有那潺潺悦耳的清泉——
是在那里，在她醉人的胸前，
我曾经让我疲惫的头安息，
我曾经幸福过……
　　　梅菲士托菲里
　　　哦，我的天！
浮士德，你这是白日的梦呓！
你选择了对你有利的回忆，
欺骗自己。难道不是我
给你获得了美色的奇迹？
当午夜深沉，难道不是我
把她领来了和你一起？
那时刻，只有我独自一个
为我辛劳的果实感到欣喜，
你们俩所做的——我都记得。
当你的美人在兴奋和欢娱，
而你呢，不安的心灵却已沉没
在深思里（而你我都已证实：

深思就是——"厌腻"底种子)。
你是不是知道:我的哲人
你想着什么,在那个时辰
当一般人不会动脑子想?
要不要我说?

   浮士德
 说吧。怎么样?

   梅菲士托菲里
你在想:啊,我温柔的绵羊,
我多么渴望,多么需要你!
我多么巧妙地搅乱了
纯洁少女的心灵的梦!
无邪地,她把自己献给了
不自主的、无私的爱情……
但现在,为什么我的胸中
却充满可憎的忧郁和厌烦?
我沉湎于欢乐,却另一眼
望着我的情欲下的牺牲,
我有着无法克制的厌恶。
就好像一个没计算的蠢货
白白决定做一件坏事情,
他在树林里杀死一个穷人,
只好詈骂那褴褛的尸身。
同样地,对着出卖的美色,
荒淫的人匆匆把她饕餮过,
便畏缩地斜眼看一看……
而以后,从这所有的行动
你引申出来一个论断……

   浮士德
滚开吧,你地狱的畜生!
不要来冒犯我的眼睛!

　　　　梅菲士托菲里
随你吧。不过,请吩咐给我
一个差事:你知道,我不敢
没有任务就离开你的处所——
我不能白白浪费了时间。
　　　　浮士德
那里发亮的是什么？告诉我。
　　　　梅菲士托菲里
那是西班牙的三桅杆的船,
它正准备着开往荷兰。
里面有两只猴子,三百坏蛋,
很多巧克力,成桶的黄金,
还有你才得过的时髦的病。
　　　　浮士德
把一切沉没。
　　　　梅菲士托菲里
　　　遵命。

（无影无踪）

冬　　晚　1825

风暴把幽暗布满了天空,
空中旋转着雪花的风涛:
风吼着,忽而像是野兽,
忽而又像婴儿的哭嚎;
它忽而在残旧的屋顶上
把茅草吹得沙沙地响,
忽而又像迟归的旅人
用力敲打我们的门窗。

我们在这颓旧的茅舍里,
屋里凄凉而且幽暗。
我的老妈妈①,你怎么了,
默默无言地坐在窗前?
可是听着这旋风的嘶吼,
亲爱的,你渐渐感到疲倦?
还是你纺车的单调的声音
使你不由得在那里困倦?

我们且饮一杯吧,乳妈,
我不幸的青春的好友伴,
以酒消愁吧;那杯子呢?
它会让心里快活一点。

---

① 指普希金的乳妈阿琳娜·罗吉翁诺夫娜。她伴着诗人在米海洛夫斯克村度过了幽居的岁月。

请为我唱支歌,唱那山雀
怎样静静地在海外飞;
请为我唱支歌,唱那少女
怎样在清早出去汲水。

风暴把幽暗布满了天空,
空中旋转着雪花的风涛:
风吼着,忽而像是野兽,
忽而又像婴儿的哭嚎;
我们且饮一杯吧,乳妈,
我不幸的青春的好友伴,
以酒消愁吧;那杯子呢?
它会让心里快活一点。

"欲望的火" 1825

欲望的火在血里燃烧,
你已刺伤了我的灵魂,
蜜蜜吻我吧:你的吻,
对于我胜过美酒和香膏。
把你温柔的脸偎着我,
我也倚着你,一片恬静,
而这时,欢乐的一天沉没,
身边爬来了夜的暗影。

"我的姐姐的花园" 1825

我的姐姐的花园
是一个寂寞的园地,
她没有从那山间
引一道清澈的小溪。
而我园中的果子
圆熟的,闪着金光,
一条洁净的泉水
奔流着,灵活地喧响。
甘松、芦荟和肉桂,
都充满了馥郁芬芳:
只要西风微微吹起,
它们就会滴下香气。

风　暴　1825

你可看过岩石上的少女
穿着白衣裙,立于波涛上,
当海水在混乱的幽暗里
和岸石游戏,澎湃和轰响,
当电闪以它紫红的光线
不断地闪出了她的形象,
而海风在冲激和飞旋,
扬起了她的轻飘的云裳?
美丽的是这海,狂暴、阴郁,
闪烁的天空没一块蔚蓝;
但相信吧:岩石上的少女
比波浪、天空、风暴更美观。

"我爱你的朦胧" 1825

我爱你的朦胧,幽深莫测,
和你那秘密的花朵,
你啊,迷人的诗歌中
美好的幻梦!是你们,
诗人啊,使我们相信:
有一群飘忽的幻影
从寒冷的忘川彼岸
飞到这尘世的岸上,
它们冥冥造访的心田
感到一切已不似从前,
于是展开了梦的幻想
安慰那被伴侣遗弃的心;
心啊,既已把永恒品尝,
便在乐园里等待它们,
好似筵席上,有一家人
等待迟来的客人宴飨……

可是,也许,空洞的幻梦,
你会使我穿上了葬服,
弃绝了尘世的一切感情,
而人世间从此和我生疏?
也许,在那儿,一切闪着
不朽的美色和荣光,
纯净的火焰将要吞没
生命的不完美的万象,

这生活的瞬息的感印
我的心里将不再留存，
我将不知道有所惋惜，
而且忘了爱情的忧郁？……

散文家和诗人 1825

你在忙什么,散文家?
给我些思想,什么都好;
我会把它削得尖尖的,
然后装上展翅的韵脚,
把它搭在绷紧的弦上,
再使弓背弯一弯腰,
于是一鼓气将它射出,
看我们敌人一命呜呼!

给 安 娜[①] 1825

虽然在命名日写几行诗
给娜塔丽亚、卡杰琳娜
或索菲亚,也许已经过时,
但我,一直膜拜在您脚下,
为了表示忠诚的心田,
还是要以诗向您呈献。
可是,我不禁把自己咒骂,
当我知道了,为什么
您的命名是"天赐的福泽"!
不,不对,照我的意见,
您的话语,您悒郁的顾盼,
和您那秀足(让我大胆说)——
一切都是过分的可爱:
不能叫福泽,简直是灾害。

---

① 题名是译者加的。这首诗是写给 П. А. 奥西波娃的女儿安娜·渥尔夫的。"安娜"这名字在犹太语中意为"天赐的福泽"。

"你怎么了" 1825

你怎么了,告诉我,小兄弟?
你苍白得像个渎神的人,
头发都乱蓬蓬地耸起!
可是你和一个妙龄女郎
在篱墙的后面被人捉双,
于是你被看成了贼,
那看守人紧追着你不放?
也许是你白日见了鬼,
也许是为了深重的罪,
狂暴的灵感在把你折磨,
你竟然要写一首诗歌?

译自葡萄牙文[①] 1825

黄昏的星刚刚升起,
玫瑰花开得灿烂。
往常啊,在这种时候
我们就出来相见。

她经常露出半个身影
在门口,或者在窗前,
比初现的星星还晶莹,
比早晨的玫瑰还鲜艳。

在那绒毛的卧榻上,
姑娘以困倦的手
揉着多情的眼睛,
好把夜晚的梦驱走。

只要我看见她,
就像有清晨的风
在我周身轻轻地吹,
我也就飘游空中。

在村中的一群羊里,

[①] 原诗名《回忆》,作者是安托尼·冈沙加(1749—1808),巴西诗人。普希金将该诗的起头改写,并将中段缩短。本诗显系译自法文。

我认得我恋人的小羊，
那小绵羊是如此可爱——
我常常带它去到水旁。

把它带到河边的树荫，
也带到绿色的草原；
我给它饮水，爱抚它，
把花朵洒在它的面前。

我的姑娘会悄悄地
从远处朝我走近，
我见到美丽的人儿
就要弹奏起吉他琴；

"姑娘啊，我的欢欣，
世上有谁比她更娇丽！
啊，有谁敢在月光下
来和我的幸福相比？

"我呀，不羡慕皇帝，
也不羡慕神仙，只要能
一生看着她的黑辫子，
她的细腰和多情的眼睛。"

往常，我就这样歌唱，
我的恋人以整个的心
聆听着我的歌曲；
但幸福很快就消隐。

唉，我的美人在哪儿？
我如今独自哭泣——

哀声和无望的泪
已将柔情的歌代替。

"只有玫瑰枯萎了" 1825

只有玫瑰枯萎了,
她飘溢着神的芬芳,
她的轻盈的灵魂
朝向着乐园飞翔。

那儿,在沉睡的水波
带来寂灭的地方,
她的馥郁的游魂
正在忘川河边开放。

"在天空中" 1825

在天空中,欢快的早霞
对面遇上了凄凉的月亮,
一个在燃烧,另一个寒冷。
早霞光彩得像年轻的新娘,
月亮却暗淡,像临死的人。
你和我,艾丽温娜,正是这样。

摘自致维亚谢姆斯基函[1] 1825

在乡间,过着斋戒的生活,
我的肠胃空得疲弱了,
我飞不起来,像鹰般坐着,
为腹泻后的悠闲而苦恼。

但我却节省了一大卷纸,
不再为灵感的紧张所扰;
我很少散步到巴纳斯,
除非感到大便的需要。

可是,你那奇妙的大粪
却熏得我的鼻子很开心,
它使我想到赫瓦斯托夫——
那有牙的鸽子[2]的父亲,
它又激起了我的精神
想再像往日泻一个舒服。

---

[1] П. А. 维亚谢姆斯基(1792—1878),俄国诗人。在他致普希金的信中有如下三行:
  你赫瓦斯托夫的模仿者,
  贪婪地追求着他的美色:
  就是我的、他的、你的大粪!
[2] 赫瓦斯托夫曾写过一句诗:"鸽子用牙咬着纽结",被传为笑柄。

一八二六年

给 E. H. 渥尔夫[①] 1826

金娜,这是我给您的良言:
嬉戏吧,把快乐的玫瑰
编织起您胜利的花冠;
从今起,别再在我们中间
挖掘情诗或叩问心扉。

[①] 这是写在金娜·渥尔夫(П. А. 奥西波娃的女儿)的纪念册里的。

"在她的祖国"[①] 1826

在她的祖国的蔚蓝的天空下
　　她憔悴,枯萎,凋残……
终于消殒了。也许,她青春的幽灵啊
　　正飞在我的头上盘旋;
然而,不可超越的界限却隔着我们。
　　我枉然想把感情激发:
从淡漠的嘴唇传出了她死的音讯,
　　我也淡漠地听着它。
啊,这就是我爱过的人,我火热的心
　　曾为她那么沉重、紧张;
我爱得那么温柔、忧郁,暗暗伤情,
　　那么痛苦,那么疯狂!
现在,那一切哪里去了?唉,我的心里
　　对那可怜的痴心的灵魂,
对于那一去不返的往日的记忆,
　　既没有眼泪,也没有悔恨。

---

① 这首诗是诗人听到阿玛丽亚·里兹尼屈在国外的死讯而写的。

给维亚谢姆斯基[①]   1826

啊,可是海洋,那自古以来的
杀人犯,燃起了你的诗情?
你要在金质的竖琴上歌颂
凶恶的海神芮普顿的三叉戟。

别歌颂他吧。在这丑恶的世纪
白发的海神已是陆地的盟友。
人,无论在哪一种自然领域里,
一样是暴君、叛徒或者被幽囚。

[①] П. А. 维亚谢姆斯基(1792—1878),俄国诗人。他把自己的一首诗作《海》送给普希金看。这时正值普希金的好友和秘密团体的杰出活动家 Н. И. 屠格涅夫(1789—1871)传说在英国被捕并已移交俄国政府(沙皇政府已以缺席审判把他判处了死刑),诗人听到这个传闻,便写了这首诗。

致雅泽珂夫[①] 1826

雅泽珂夫,是谁感动了你
写成这篇大胆的即兴?
你多么可爱,多么顽皮,
多么蓬勃的力量和感情,
又是怎样青春的不宁!
不,不是卡斯达里的泉水[②]
你使你的缪斯去饮啜;
定然是另一个希波克林
彼加斯[③]在你面前踢开。
这条泉涌出的不是冷水,
而是强烈的酒在澎湃;
它多么激人,多令人陶醉,
正如在当代,在三山村里
由自由的热望所发明的
高贵的饮料[④],它甘而醇,
没混杂一些不佳的水分。

[①] 雅泽珂夫曾致普希金一首书信诗《哦,你的友谊对我更珍贵》,本诗是对它的答复。
[②] 卡斯达里泉在巴纳斯山下,希腊神话指为灵感之泉。
[③] 彼加斯,希腊神话中有翼的马,是阿波罗的坐骑,它的脚踢出了赫利孔山下的一条泉水,即"希波克林"灵感之泉。
[④] 在三山村中,有一种精制的酒,为酒、糖、果汁、牛乳混合而成。

斯金卡·拉辛之歌[①] 1826

1

嗨,一只头儿尖尖的木舟
在宽阔的伏尔加河上划动;
小船漂行着,大胆的水手——
哥萨克的儿子们多么骁勇。
坐在船尾的,是他们的首领,
可怕的首领,斯金卡·拉辛。
一个美丽的姑娘坐在他前面,
这是波斯公主,他们的俘虏,
波斯公主,可是他看也不看,
可怕的斯金卡·拉辛只望着
伏尔加母亲,他这样对她说:
"你好啊,伏尔加,亲爱的母亲!
从无知无识,你把我喂养成人,
在漫漫的长夜里,你摇我睡眠,
你忍受了狂风暴雨的凶险,
可是为了我年少,你睡也睡不安,

[①] 斯金卡·拉辛即斯捷潘·拉辛,他是十七世纪俄国农民革命的领袖,顿河的哥萨克。普希金很久以来就对拉辛的人格感兴趣,在流放米海洛夫斯克的初期曾要求弟弟把有关拉辛的书籍送来;他称拉辛是"俄国史上惟一诗意的人物"。本诗根据民间传说和历史记载写出。普希金曾将它送给沙皇尼古拉审查,沙皇的回答是:"尽管有诗艺的特长,但是不宜于印出。而且,拉辛和普加乔夫同是被教会诅咒的人。"本诗因而未能发表。

〔俄〕阿利亚克林斯基 作

你给了我的哥萨克多少好处,
可是我们还没给你一件礼物。"
说到这里,可怕的斯金卡·拉辛
立刻跳起来,抓起了波斯公主,
他把美丽的姑娘投进波涛里,
就用她对伏尔加母亲敬了个礼

2

斯金卡·拉辛
来到阿斯特拉罕,
他来贩卖牛羊。
督军看见他,
就和他要礼物。
斯金卡·拉辛
给督军送上了
沙沙响的锦缎,
沙沙响的锦缎——
啊,金丝的锦缎。
督军又要皮袄,
还要贵重的皮袄,
要有新大襟的,
一件要海狸皮,
另一件要黑貂。
斯金卡·拉辛
没有给他皮袄。
"拿皮袄来,"督军说:
"从你肩头扒下来!
给我,万事皆休,
不给么,把你吊起,
吊在那旷野里,

吊上青绿的橡树,
再给你披上狗皮。"
斯金卡·拉辛
想了一想,说:
"好啦,督军,
拿皮袄去吧,
拿皮袄去吧,
不要再吵闹。"

3

不是人声,不是顿河的马的奔跑,
听来也不是战场上喇叭的声响;
那是暴风雨在呼啸,呜呜地号叫,
呼啸、号叫,并且大雨流淌。
它叫我啦,叫我斯金卡·拉辛
去到蓝色的大海,去到海上游荡:
"喂,雄勇的小伙子,胆大的强盗,
喂,你亡命的强盗,放荡的野汉,
去吧,坐上你的飞快的轻舟,
去吧,扬起你的亚麻的船帆,
在蓝色的大海上任你漂游。
我要给你赶来三条小船:
第一条船上是耀眼的黄金,
第二条船上是洁净的白银,
第三条船上啊,你心窝的女人。"

默 认[1] 1826

我爱你,尽管我自觉羞惭,
尽管我发怒,尽管这种爱情
是枉然的努力,在你的脚前
我得承认这不幸的愚蠢!
这爱情不得体,于年龄也不合……
啊,是时候了,我应该变得
更为明智,可是凭一切特征
我看出这是我心里相思的病!
你不在,我就厌烦——我打哈欠,
面对着你,我忧郁——我为难,
我愿意对你说,可是又羞怯:
"我的天使啊,我多么爱你!"
有时候,从客厅里传出来
你轻盈的脚步,衣裙的窸窣,
或是你少女的天真的话声,
我立刻丧失了所有的理性。
看到你微笑——我感到欢欣,
你转过身去——我立刻苦闷,
折磨一天后,你苍白的手
对我就是值得的报酬。
当你坐着,自如地弯着身
在刺绣架上殷勤地刺绣,
你的鬈发披垂,贯注着全神——

---

[1] 本诗是对 П. А. 奥西波娃的女儿阿琳娜而写的。

啊,默默的,我充满了温柔,
像个孩子,欣赏着你的姿态。
我可要对你诉说我的悲哀,
我的忧心忡忡和嫉妒:
每当你有时,尽管天气阴霾,
还要到遥远的地方去散步;
还有你独自一人的落泪,
还有钢琴演奏的小晚会,
还有两人在一隅的谈心,
还有到奥波契加①的旅行?……
阿琳娜! 请施给我一点怜悯。
我不敢向你请求爱情。
也许,为了我的那些罪愆,
天使啊,我不值得你的爱恋,
请假装一下吧! 你的一瞥
永远能奇妙地倾诉一切!
唉,骗一骗我并不很难,
我是多么高兴被你欺骗!

---

① 奥波契加,普茨科夫省的城市。

先　知[①] 1826

被心灵的饥渴折磨不止,
我缓缓行在幽暗的荒原——
突然间,一位六翼的天使
在十字路口上对我显现。
他伸出轻柔如梦的手指
在我的眼瞳上点了一点,
于是,像一只受惊的兀鹰,
我睁开了先知的眼睛。
他又轻触一下我的耳朵
使它立刻充满了音响:
我听到九霄云天的哆嗦,
天使在高空傲然的飞翔,
海底的怪兽在水下潜行,
和荒豁中藤蔓生长的声音。
他又弯下身,探进我的嘴
连根拔去我罪恶的舌头,
使我再也无法空谈和狡狯;
接着他以血淋淋的右手
伸进我的喑哑的口腔,
给我装上智慧之蛇的舌头。
然后,他用剑剖开我的胸膛,
把一颗颤抖的心给我挖走,

---

① 本诗是在十二月党人受刑的消息传来后写成的,它采用《圣经·以赛亚书》第六章的主旨,写出了诗人的先知的使命。

一块火焰熊熊的赤炭
他给塞进我裂开的心坎。
像一具死尸,我躺在荒原上,
于是上帝的声音对我呼唤:
"起来吧,先知!要听,要看,
让我的意志附在你的身上,
去吧,把五湖四海都走遍,
用我的真理把人心烧亮。"

给 K. A. 蒂玛舍娃[①] 1826

我看到你,我读到它们:
这些都是迷人的诗章;
这诗里有你悒郁的幻梦,
它在膜拜自己的理想。
我吸饮毒鸩从你的顾盼,
从你的流露性灵的玉容,
也从你的可爱的言谈,
还有你那火热的诗情。
啊,"绝世的玫瑰"[②]的匹敌,
祝福你的永远的憧憬……
百倍幸福的是:谁引动你
不多的诗,很多的散文[③]。

[①] K. A. 蒂玛舍娃(1798—1881),社交界中美貌的女诗人,普希金在一八二六至一八二七年在莫斯科时常访问她。这首诗写在她的纪念册里,显然是诗人读过她的诗以后写出的。

[②] 是蒂玛舍娃的一个侄女(Е. П. 罗巴诺瓦-罗斯托夫斯卡娅)的绰号,她以美著称。

[③] 蒂玛舍娃与丈夫离异分居,此处"散文"语意双关,有情欲之意。

给普希钦[①] 1826

我最早的知交,珍贵的友人!
可记得你的马车的铃声
彻响了我幽居的院落,
在那积雪的凄凉的院中
我感谢命运给带来的欢乐。

但愿神明使我的声音
也彻响到你的心灵里,
也给带去同样的慰藉;
但愿它以中学的明朗时光
把你幽暗的囚居照亮!

[①] 这首诗是在普希钦流放西伯利亚后写的,和《寄西伯利亚》一诗一同由尼基大·摩拉维奥夫的妻子带到了西伯利亚。诗中所提到的会见,是指普希钦在一八二五年一月到米海洛夫斯克村访问普希金的那次会见。

四行诗节[①] 1826

对于光荣和仁慈的期望
使我无畏地朝前面看:
彼得的光辉时代的创始
因为叛变和酷刑而致暗淡[②]。

但他以真理招纳人心,
他以学术挽救了颓风,
杜尔哥卢珂[③]在他看来
和暴乱的侍卫有所不同。

他以专断独裁的手
大胆地散播了开明,
他没有蔑视自己的祖国:
他知道她注定的使命。

他时而是水手,时而木匠,
时而是博学之士,时而英雄,
他以一颗包罗万象的心

[①] 普希金把这首诗(一八二八年发表)看做是自己的进步政治意见的宣告,想以此规劝尼古拉一世。最后一句表现了请求赦回十二月党人的愿望。普希金的友人把这首诗看成是诗人对以前的信念的背叛和对沙皇的阿谀。因此,诗人又写了一首"致友人"(一八二八年)解释自己。
[②] 指近卫军的叛变和彼得对它的流血的镇压。
[③] Я. Ф. 杜尔哥卢珂(1659—1720),彼得一世的官吏,以耿直廉洁著称。他常和彼得争辩,有一次当面将彼得的命令撕毁。

永远当着皇位上的劳工。

请骄傲于宗室的近似吧,
请在各方面和祖先靠近:
像他一样的不倦和坚强,
也像他那样遗泽可亲。

答 Ф. Т. ——[①] 1826

不,她不是车尔吉斯姑娘;
然而,从来没有这样的少女
从加兹别克苍郁的山上
来到格鲁吉亚的深谷里。

不,不是玛瑙这样晶莹;
然而,所有东方的宝藏
也不抵她那南国的眼睛
所闪烁的甜蜜的光芒。

---

① Ф. Т. ——是谁,不详。诗中所提到的少女是 С. Ф. 普希金娜(1806—1862),诗人的远亲,莫斯科社交界的美女。普希金曾向她求过婚,但被拒绝。

冬天的道路

透过一层轻纱似的薄雾
月亮洒下了它的幽光,
它凄清地照着一片林木,
照在林边荒凉的野地上。

在枯索的冬天的道上
三只猎犬拉着雪橇奔跑,
一路上铃声叮咚地响,
它响得那么倦人的单调。

从车夫唱着的悠长的歌
能听出乡土的某种心肠;
它时而是粗野的欢乐,
时而是内心的忧伤。……

看不见灯火,也看不见
黝黑的茅屋,只有冰雪、荒地……
只有一条里程在眼前
朝我奔来,又向后退去……

我厌倦,忧郁……明天,妮娜,
明天啊,我就坐在炉火边
忘怀于一切,而且只把
亲爱的人儿看个不倦。

我们将等待时钟滴答地
绕完了有节奏的一周,
等午夜使讨厌的人们散去,
那时我们也不会分手。

我忧郁,妮娜:路是如此漫长,
我的车夫也已沉默,困倦,
一路只有车铃单调地响,
浓雾已遮住了月亮的脸。

给——① 1826

你是个圣母,毫无疑问,
但却不是那个千娇百媚
只能迷住圣灵之心的人,
一切人都能感于你的美。
你不是那女人:没问丈夫②
却给世上生下了基督。
这世界还有另一簇人
信奉的神,美受他的摆布,
他是巴尼、蒂布尔、摩尔的神③,
他给我痛苦,也给我欢欣。
你怀着他——啊,爱情之母
你就是我的上帝的母亲!

---

① 本诗所给的人不详。
② 指基督教的圣母玛利亚,据信耶稣是她的私生子。
③ 巴尼、蒂布尔、摩尔都是写爱情诗的诗人。

给莫尔德维诺夫[①] 1826

在晚年的凄凉里,郁郁地隐没了
喀萨琳的最后一只苍老的巨鹰。
他的翅翼已经沉重了,他忘记了
  海阔天空和宾得的高峰[②]。

而后你起来了,你的光给他以安慰,
他向天穹扬起了翅膀,扬起了瞳孔,
带着喧腾的欢快,他跃起,高飞,
  他去迎接由你带来的黎明。

莫尔德维诺夫啊,彼得洛夫[③]不曾
白白爱惜你,就在克齐特河岸上[④]
他还骄傲于你,他的诗琴得到佐证:
  你不曾辜负先知诗人的希望。

你多么光辉地实现了他的预言!
你闪耀着学识的光辉,勇敢和荣誉,

---

① H. C. 莫尔德维诺夫(1754—1845),喀萨琳大帝和亚历山大两朝的重臣,主张立宪政体。十二月党人很重视他,拟定在革命成功后,予以临时政府的要职。他在国务会议上经常大胆地表示自己对财政问题的意见。普希金在一八二四年说他"包括尽了俄国一切反对派的意见"。
② 宾得,希腊北部山名。意指诗国。这一节诗是讲老诗人彼得洛夫的。
③ 瓦西里·彼得洛夫(1736—1799),俄国诗人,曾在一七九六年写过献给莫尔德维诺夫的一首颂诗。
④ 克齐特河,神话中冥府的河流。

在会议中,坚守住自己的立场不变,
　　你屹立着,再世的杜尔戈鲁基①!

就好像,从高山滑落到沸腾的水流,
皓首的岩石站住了,尽管两岸在抖颤,
尽管雷声轰鸣,浪花搅动在四周,
　　又是急旋,又是水沫飞溅。

孤独地,把巨大的担子挑在一身,
你以锐利的眼睛看守着沙皇的国库;
西伯利亚矿坑的贡金,寡妇的分文,
　　在你看来,都同样的不可渎侮。

---

① 西里·杜尔戈鲁基(1670—1739),最高枢密会议的议员,因为主张削弱专制权力而被处死。

摘自致大波里斯基函[①] 1826

我又该和你算一笔账了，
又欢愉、又忧伤的爱情歌者；
你在竖琴上弹得很巧妙，
你在牌戏上却玩得够笨拙。
关于这，你输的那五百卢布
已经是一个十足的证人。
我和你本来同一个命途，
现在，朋友，你明白了这原因。

---

① И. Е. 大波里斯基(1797—1868)，普希金在普茨科夫熟识的人，也偶尔写诗。在这八行诗后，普希金对他写道："这五百卢布请别交给我，而是交给加甫利·彼得罗维奇·纳西莫夫。"大波里斯基对这封信感到不快，曾写了书信诗反讥。

给乳妈 1826

我冷酷的岁月的伴侣,
我年迈的老妈妈,亲人!
你独自在荒野松林里
久久地,久久地等我来临。
你在自己的堂屋窗下,
像岗哨,苦苦度着光阴;
在你叠皱的手里,那织针
每一分钟都缓缓停下。
你望着那荒凉的门口
和幽黑而遥远的路径,
预感、思虑,深深的忧愁,
每一刻室压着你的心。
你似乎觉得……

函索波列夫斯基摘录[①] 1826

到特维里时，你可以
在哈良尼或科隆尼餐馆[②]
要帕尔玛干酪拌的
通心粉，还要份炖煎蛋。

在托尔什克，有空闲时
别忘了到波查尔斯基
点它一份油煎肉饼，（要肉饼）
吃完以后轻快地离去。

当乡下佬把笨重的马车
向着亚日里比茨拖行，
我的朋友啊，你一定会
瞪直了贪婪的小眼睛。

人们向你兜售蛙鱼了！
你立刻叫人把它清炖上，
你看着，等鱼刚一发青，
就把白葡萄酒倒进鱼汤。

为了使鱼汤称心可口，

[①] С. А. 索波列夫斯基是普希金弟弟的同学。本诗写出诗人自莫斯科旅行到诺夫戈罗德一路上用餐的情况。

[②] 都是意大利人开的餐馆。

可以趁它煮得沸腾,
洒下一小撮胡椒粉,
再放进一小截大葱。
亚日里比茨是瓦尔达后的第一站。在瓦尔达
问问:有没有新鲜的青鱼?如果没有,

可以找和气的农妇
(巴尔达以此而著称)
喝杯茶,买些面包圈,
然后快快上车赶路程。

一八二〇——一八二六年

"朋友,我不愿意" 1820—1826

朋友,我不愿意在人多的场合
说许多话,我看不出说话的好处;
但请相信,如果你要心里舒服,
要么不说,要么说话的只你一个。

"啊,火热的讽刺的诗神" 1820—1826

啊,火热的讽刺的诗神!
来吧,我在朝你呼唤!
我不需要轰响的竖琴,
请给我久文纳尔①的皮鞭!
我要准备警句的毒汁
不为那饿肚皮的翻译家,
不为诗的冰冷的仿制,
也不为凑韵客不曾作答。
倒霉的诗人们,安静下来!
安静吧,报刊雇佣的爪牙,
安静吧,一群驯服的蠢材!
还有你们,卑鄙小人的伙伴——
站出来吧,你们一群坏蛋,
我要用廉耻把你们鞭笞!
哦,如果这里我忘掉了谁,
请务必提醒我一下,诸位!
噫! 有多少苍白无耻的脸,
有多少前额又宽又厚颜,
都等着我的一两行警句
给他们留下不灭的印记!

---

① 久文纳尔,罗马纪元一世纪的讽刺诗人。

咏亚历山大一世 1820—1826

在战鼓的声音里长大成材,
我们的沙皇是个骁勇的统帅:
在奥斯特利兹①,他临阵逃避,
十二岁的时候他就会战栗。
不过,他倒是个花花公子教授②!
可是,花花公子也使英雄厌烦——
而现在呢,处理种种国际纷纠,
他已经是外交部的八品文官③!

---

① 奥斯特利兹,地名。拿破仑在这里击破俄奥联军。
② 亚历山大没有军事才能,却喜欢服装华丽的军事操练。
③ 亚历山大在拿破仑失败后,组织"神圣同盟",活跃于国际政治舞台上,到处镇压民族解放斗争。

友　谊　1820—1826

何谓友谊？酒后轻易的烈焰，
说人坏话的自由会谈，
闲来无事和虚荣心的交换，
或者就是遮羞的情面。

一八二七年

寄西伯利亚[①] 1827

在西伯利亚的矿坑深处,
请把高傲的忍耐置于心中:
你们辛酸的工作不白受苦,
崇高理想的追求不会落空。

灾难的忠实姊妹——希望
在幽暗的地下鼓舞人心,
她将把勇气和欢乐激扬:
渴盼的日子就要降临。

爱情和友谊将会穿过
幽暗的铁门,向你们传送,
一如我的自由的高歌
传到了你们苦役的洞中。

沉重的枷锁将被打掉,
牢狱会崩塌——而在门口,
自由将欢欣地把你们拥抱,
弟兄们把利剑交到你们手。

[①] 十二月党人在革命失败后,有百余人被流放到西伯利亚的矿坑中去做苦工。这首诗和《给普希钦》都由尼基大·摩拉维奥夫的妻子带到了西伯利亚。服苦役的十二月党诗人奥多耶夫斯基写了一首诗回答普希金,其中一句"星星之火可以燎原"是以后列宁创办《星火报》命名的来源。

夜莺和玫瑰 1827

园林静悄悄,在春夜的幽暗里,
一只东方的夜莺歌唱在玫瑰花丛。
但可爱的玫瑰没有感觉,毫不注意,
反而在恋歌的赞扬下摇摇入梦。
你不正是这样给冰冷的美人歌唱?
醒来吧,诗人!有什么值得你向往?
她毫不听,也不理解诗人的感情;
你看她鲜艳;你呼唤——却没有回声。

警 句[①] 1827

弓弦一拉,箭儿抖索,
于是比冯[②]栽倒、死去。
啊,雕座上的阿波罗,
你的面容闪着胜利!
谁居然为比冯复仇?
谁捣毁了你的塑像?
是你,阿波罗的对头
雕座上的米特罗方[③]。

[①] 本诗是讽刺平庸诗人 A. H. 穆拉维奥夫的。在金娜伊达·伏尔康斯卡娅的晚会上,他有一次拉断了阿波罗塑像的手,还在像上题着愿与阿波罗"和解"的诗句。本诗因此而作。
[②] 比冯,据希腊神话,是被阿波罗杀死的一条龙。
[③] 米特罗方,是冯维辛的喜剧《纨袴少年》中的一个愚蠢的人物。

"有一枝珍奇的玫瑰" 1827

有一枝珍奇的玫瑰
在惊异的竖琴之前,
受着维纳斯的祝福,
开得又嫣红,又鲜艳。
尽管冰霜的寒气吹拂,
琴和诗情都已凋残,
只有那枝不谢的玫瑰
独傲于瞬息的玫瑰间……

给乌沙科娃[①] 1827

在过去的那个时候
每当妖精或魅影出现,
人们就念这样的咒
以驱逐眼前的撒旦[②]:
"阿门,阿门,消散吧!"我们今天
妖精或魅影已大为减少,
天知道它们哪里去了。
然而你,谁知你究竟
是我友善的、还是邪恶的精灵?
每当我看见你的侧影,你的眼睛,
你金色的发丝,或者听到
你的声音和嬉笑的言谈——
我就迷住了,我在燃烧,
在你面前我不断哆嗦,
并且心里充满了梦幻,
"阿门,阿门,消散吧!"我对心说。

---

① E. H. 乌沙科娃(1809—1872),普希金的女友,诗人在一八二七年时常造访她的莫斯科的家。
② 撒旦,即魔鬼。

给 3.A. 渥尔康斯卡娅郡主[①] 1827

当消闲度日的莫斯科
谈论着波斯顿和惠斯特[②],
不管舞会的流言和私议,
你却喜爱阿波罗的游戏[③]。
啊,缪斯和美底公主,
在你纤柔的手中,掌握着
灵感底富有魅力的王笏,
而在你的沉思的前额,
在你双重的冠冕之下,
盘旋着,燃烧着天才的火。
别拒绝我卑微的奉献吧,
这是被你迷醉的歌者的歌。
且请含着微笑倾听我,
一如卡塔兰妮[④],路过这里,
倾听着流浪的茨冈少女。

---

① 3.A. 渥尔康斯卡娅(1792—1862),女诗人和歌唱家,她在莫斯科的家是文人和艺术家的"沙龙"。普希金将《茨冈》长诗拿给她看,附以此诗。"双重的冠冕"指她能诗会唱。
② 波斯顿,惠斯特,都是牌戏名。
③ "阿波罗的游戏",指诗和音乐。
④ 卡塔兰妮(1779—1849),意大利女歌唱家。在访问莫斯科时,曾对一个茨冈少女的歌唱感到很大的兴趣。

给 E. H. 乌沙科娃 1827

在离您远远的时辰
我也不会和您分离,
那倦慵的眼睛和嘴唇
将会折磨我的记忆;
我宁愿寂寞地憔悴,
不给自己一点欢愉——
然而,假如我判了绞罪①,
您可会为我叹一口气?

---

① 这里反映诗人因十二月党领导人被沙皇尼古拉处死而感到自身危险。

三条泉水[①] 1827

在人世的凄凉无边的草原上,
秘密地奔流着三条泉水:
一条青春的突泉,急湍而激荡,
它闪着光,淙淙奔跑和滚沸。
卡斯达里的泉水[②]以灵感的浪头
润泽人间草原的流亡者。
最后一道泉水——啊,寂灭底寒流,
它最甘美地止熄心灵的火。

---

① 题名是译者加的。
② 据希腊神话:卡斯达里泉水在缪斯所居的巴纳斯山下;意指诗歌和灵感的泉水。

阿 里 安[①] 1827

我们独木舟上有很多人；
有的扬帆，有的同心协力
把巨大的桨划进深水里。
我们的舵手智慧而镇定，
他掌握着舵，默默无言，
使重载的船平稳地行进；
而我，充满无忧的信心，
给水手们歌唱……但骤然
旋风吼来，海面波涛排空而起……
舵手和船夫一齐覆亡！
只有我这秘密的歌者
被雷雨卷到了岸上，
我还把以前的颂诗歌唱，
一面在阳光下，傍近悬岩，
把潮湿的衣服慢慢晾干。

---

① 阿里安，传说为纪元前七世纪的希腊诗人。他带了大宗财富，从意大利航海返乡，途中的水手见财起意，把他推入海中。但他的歌声感动了海豚，它把他救到了岸上。普希金以这个典故影射自己的处境。这首诗隐喻十二月党人的秘密活动及革命的突然失败。普希金虽然没有参加实际的革命行动，但却是革命的歌手。这首诗是在十二月党人受刑的一周左右写成的。

天　使 1827

在伊甸门口,温柔的天使
低垂着头,闪耀着金光,
而那阴沉好乱的魔鬼
在地狱的深渊里翱翔。

作为否定和怀疑底精灵,
他凝视着那纯洁的神,
于是初次不安地尝到了
不自主的倾心的温馨。

"请原谅,"他说,"我看见你了,
你没有白白对我照耀:
我不再看到天庭就憎恨,
对人间也不一切都轻蔑。"

给吉普林斯基[①] 1827

你飘忽的时尚的宠幸者,
虽非英、法画家,蜚声欧陆[②],
魔法师啊,你却重造了我,
我,这纯洁的缪斯的门徒——
使我也可以,在一旦摆脱
人生的桎梏后,嘲笑坟墓。

我仿佛在镜中看到自己,
但这镜子阿谀了我的相貌。
它向人宣示,我没有贬低
庄严的缪斯对我的偏好。
那么,让罗马、德累斯顿、巴黎,
此后知道我的模样也好。

[①] 风行一时的肖像画家 O. A. 吉普林斯基给普希金画了著名的肖像,并将携出国外用作画展。本诗因此而作。
[②] 指当时著名的英国画家陶和法国画家恩格罗。

给 E. H. 卡拉姆金娜的颂诗[①] 1827

在风暴里受到天助,
舟子终于到达了陆地,
于是他虔敬地对圣母
奉献了自己的赠礼。
同样,我要满心铭感,
把我简朴、枯凋的花冠
献给你,啊,崇高的星
闪耀在太空的幽静里,
对于我们虔敬的眼睛,
你的光辉是这样可喜。

[①] 叶卡捷琳娜·尼古拉耶夫娜·卡拉姆金娜(1809—1867),历史学家卡拉姆金的女儿,这首诗是写在她的纪念册里的。

诗　人　1827

当阿波罗还没有向诗人
要求庄严的牺牲的时候，
诗人尽在怯懦而虚荣地
浸沉于世俗无谓的烦扰；
他的神圣的竖琴喑哑了，
他的灵魂咀嚼着寒冷的梦；
在空虚的儿童世界中间
也许他是最空虚的儿童。

然而，诗人敏锐的耳朵
刚一接触到神的声音，
他的灵魂立刻颤动起来，
像是一只惊醒的鹫鹰。
他厌烦了世间的嬉戏，
不再聆听滔滔的人言，
他高傲的头不肯低垂
在世俗的偶像的脚前；
他变得严峻，性情古怪，
心里充满了繁响和紊乱，
他要朝向荒凉的海岸狂奔，
投进广阔的喧响的树林……

"在金碧辉煌的威尼斯城"[①] 1827

在金碧辉煌的威尼斯城的附近,
孤独的,一个夜行的舟子驾着游艇
沿海滨划行,在黄昏的星光下;
唱着瑞纳德、葛夫瑞德、艾米尼亚[②]。
他爱自己的歌,他没有任何企图,
只为了自娱而歌唱。希望、声名、恐怖,
他一概不知道,只在深渊的水波中,
以恬静的缪斯慰解自己的旅程。
啊,生活的海洋,当我孤独的船帆
在幽暗中被你的风暴无情地追赶,
和他一样,我歌唱自娱,无所期望,
并且一心冥想着我隐秘的诗章。

---

① 这首诗是安得列·谢尼埃的一首诗的翻译。
② 这三人是意大利诗人塔索所作《解放了的耶路撒冷》中的英雄。

"在权贵的荣华的圈子中间" 1827

在权贵的荣华的圈子中间
为帝王赏识的诗人有福了。
他有泪也有笑,他会用谎言
给苦涩的真理加上味道,
从而把餍足的口味轻轻挑动,
使贵族的高傲倾向爱名声。
他以歌唱装饰他们的华筵,
然后再听取聪明的颂赞。
而这时,在重重的铁门外,
在黑色的台阶下,一群人民
拥挤着,又被仆役不断逐开,
远一点听着诗人的歌吟。

一八二七年十月十九日[①] 1827

愿上帝保佑你们,我的朋友,
生活和皇差都顺适无忧,
祝你们常有友情的欢宴,
也不乏爱情的甜蜜的圣馔!

愿上帝保佑你们,我的朋友,
安然度过风暴和日常的忧愁,
无论在异乡或荒凉的海角,
或是在人间幽暗的地牢!

[①] 十月十九日是皇村中学的开学日,普希金的这一班毕业生,每到这一天必在彼得堡欢聚庆祝。本诗的最后一句指失败后的十二月党的同学。

护 身 符 1827

在海水永远泼溅的地方,
在那荒凉的嶙峋的石岸,
透过夜的薄雾,皎月的光
把良宵的一刻照得更暖。
在那儿,后庭的欢娱无尽,
回教徒可以日日安乐。
那儿,爱抚我的娇媚女人
把一个护符交给了我。

她爱抚着我,对我说道:
"请你保存这一个护符,
它是灵异避邪的一宝!
是爱情给了你这个礼物。
要想远离疾病、坟墓,
要想躲避飓风和雷雨,
亲爱的,要祈求这种保护,
我的护符都无能为力。

"那东方的豪华的财富
它不能够给你带来,
它不能吸引一群信徒
把你当做先知膜拜;
在凄凉的异乡感到陌生,
要想从南到北回到故土,
要想回到友情的怀中,

我的护符也无能帮忙。

"可是,如果有狡狯的眼睛
突然使你陶醉,沉迷,
如果在黑夜,没有爱情
有人的嘴唇却吻了你——
亲爱的!要想不犯罪行,
也不再惹来心灵的创伤,
要想躲开负心和薄情,
这护符会保你安然无恙。"

"啊，春天" 1827

啊,春天,春天,爱情的季节,
你的出现对我是多么沉重,
在我的心灵和我的血里
那是怎样痛苦的激动……
我的心啊,对欢乐早已陌生……
一切明亮的、使人欣喜的
只令我厌腻,只令我疲倦。

还是给我飞旋的风雪吧,
我要漫长的冬夜的幽暗。

一八二八年

致友人[①] 1828

不,我不是谄媚的人,尽管我
对沙皇致以慷慨的赞颂:
我大胆表现了自己的情感,
我以语言发出自己的心声。

我只是单纯地爱惜他:
他精明而正直地治理全国;
他以勤劳的工作、战争、希望[②],
使俄罗斯突然生气勃勃。

啊,绝不!尽管他年青气盛,
他帝王的心性却不残忍:
那公开受到他的惩罚的
他又暗地里予以宽仁。

我的日子在流放中逝去,
我忍受着和友人的别离,

[①] 诗人在一八二六年所写的《四行诗节》使他的朋友们认为他成了沙皇的阿谀者而加以攻讦。本诗即对这种谴责的答复。由于最后三节为沙皇不满,它未获准发表。
[②] 这里的战争指一八二六至一八二八年间对波斯的战争,俄国获胜。"希望"是指:一八二六年十二月六日的秘密委员会应审议农民地位问题,使诗人对此抱有希望。但这希望并未实现。

然而,他向我伸出帝王的手,
　看哪——我和你们又在一起。

他尊重我的诗的灵感,
他任我的幻想自由奔放,
我的心因此深为感动,
难道不应该将沙皇颂扬?

我阿谀!不,朋友,阿谀的人
是诡诈的:他只给沙皇祸害;
关于沙皇的一切权柄,
他要限制的是他的仁爱。

他会说:蔑视那些人民吧,
窒息天性的温柔的声音。
他会说:什么开明底果实
还不是腐化和叛乱的精神!

多不幸的国家,如果只有
媚臣和奴才包围着皇座,
那时候,即使天选定的歌手
也只得不顾本分而沉默。

函大波里斯基[①] 1828

"讽赌徒"的作者

我们的道德家,是否如此:
你已把哀歌的竖琴放弃,
而改为弹唱正经的讽刺?
我赞扬诗人——让世界合理!
鞭条的嘘声对它有裨益。——
我很惋惜你的阿里斯特:
他曾是怎样热诚地祈祷,
却又怎样不幸地赌输了!
青年人就这样:头脑一热
就把一切输光而沉没!
你的达蒙是个可怕的人,
请规避他那危险的住所;
不过,我的朋友,我该承认,
你在那里应付得很出色:
在牌桌上对谁也不干预,
只温柔地安慰着阿里斯特,

[①] И. Е. 大波里斯基在一八二八年二月发表了讽刺诗《致艾拉斯特》,其中描写阿里斯特在一夜间输光所有的财产,丧尽荣誉而发了疯。但大波里斯基自己却爱狂赌,曾输给普希金很大的钱数。普希金此诗发表后,大波里斯基回答书信诗一首,提到了普希金赌输的事,其中有两句是:
《奥涅金》的第二章
谦谦地来到大王牌上。
这篇书信诗由于普希金的不同意,而未能发表,因此构成他们之间龃龉的原因。

还给了一些有益的建议，
而自己一个卢布也没有输。
我赞赏：诗人本应该如此！
其实，传道者有时也犯错误，
尽管他教训不智的人世。
请听吧，我这里有个故事，
波尔西①的继承者：
有一次，
我的某一个邻居忽然苦于
高贵的渴望，他喝了一杯
卡斯达里的灵感的泉水，
便和你一样，开始写起
恶毒的讽刺嘲笑赌徒，
并热情地把它向友人宣读。
而他的朋友，作为回答，
就拿起牌来，无言地洗牌，
然后分发。我们道德的作家
唉，一整夜就在那儿赌起来。
你可认识这恶作剧的人？
但我若碰见他倒会开心：
我将和他一夜不睡觉，
直坐到天光大亮的日午，
一面读着他道德的宣教，
一面记下他输的钱数。

---

① 波尔西，罗马一世纪的讽刺作家。

给 B. C. 菲里蒙诺夫[①] 1828

（为收到他的长诗《红色的尖帽》而作）

缪斯，那些可爱的老妈妈，
给您适时地扎了一顶尖帽，
菲伯又拿些响铃挂上它，
就把它在您的头上戴好。
现在，但愿我以同样装饰
也在您的面前炫耀一番，
并且像您一样，对很多事
表示自己的坦率的意见；
可是，我的旧帽子磨损了，
尽管诗人对它还很珍惜；
它已不得不被我抛弃，
因为红色如今不够时髦。
所以，我为了略表心田，
只好脱下呢帽，拍额致敬，
在您谨慎的尖帽下面，
我认出一个智者兼诗人。

---

① B. C. 菲里蒙诺夫(1787—1858)在一八二八年发表幽默长诗《红色的尖帽》(或《愚人的帽子》，它原是丑角所戴的红色尖帽，法国革命时雅各宾党人都戴这种帽子，作为解放了的奴隶的象征)，并有致普希金的献辞，本诗即其答复。该献辞为：

　　您在世界上享有盛名，
　　诗人！您戴着桂花之冠。
　　但请原谅这无名歌者：
　　我戴着尖帽对您呈现。

给 陶 君[①] 1828

为什么你神异的铅笔
要把我黑人的侧影描画?
尽管你把它画上几世纪,
魔鬼也会厌恶地嘘它。

请描绘奥列尼娜[②]的容貌。
若是充塞灵感的火焰,
天才应该把自己的心潮
只向着青春和美奉献。

[①] 乔治·陶,英国名画家,普希金和他在海上相遇,他为诗人作了一幅铅笔画。画已失传。
[②] A. A. 奥列尼娜(1808—1888),艺术学院院长的女儿,普希金在一八二八至一八二九年间曾追逐她,并曾向她求婚。

回　忆　1828

当喧嚣的一日已经万籁无声，
　　而在城市的静谧的广场上
飘下了半透明的夜影和梦——
　　那劳碌的白日的报偿，
这时候，在孤寂中，我却慢慢消耗
　　异常苦闷的不寐的时刻：
长夜绵绵，那内心的毒蛇的啮咬
　　反而在胸中烧得更炽热；
幻想在沸腾；不断涌来了忧思万缕
　　拥聚在沉重的脑海间；
往事的回忆在我的眼前默默地
　　展开了它的漫长的画卷；
我审视过去的生活，不禁深深憎嫌，
　　我颤栗；我诅咒自己；
我沉痛地怨诉，我痛哭，泪如涌泉，
　　但却洗不掉悲哀的词句。

你 和 您[1] 1828

她一句失言:以亲热的"你"
代替了虚假客气的"您",
使美妙的幻想立刻浮起,
再也捺不住这钟情的心。
我站在她面前,郁郁地,
怎样也不能把目光移开;
我对她说:"您多么可爱!"
心里却想:"我多么爱你!"

---

[1] 这是写给艺术学院院长的女儿安娜·奥列尼娜(1808—1888)的。普希金曾向她求过婚,以后又撤销此议。据奥列尼娜说,她对普希金说话时错用了"你"字,第二个星期日诗人就拿来了这首诗。

"枉然的赋与" 1828

一八二八年五月二十六日①

枉然的赋与,偶尔的赋与,
为什么把你给了我,生命?
为什么命运,那秘密的裁判,
又要给你定期的死刑?

是哪一个不仁的主宰
把我从虚无缥缈中唤起,
使我的心灵充满了热情,
我的头脑旋转着疑虑?……

我的面前毫没有目的:
空虚的心,无所事事的头脑,
深沉的忧伤折磨着我,
我倦于生活的单调的烦嚣。

---

① 这一天是普希金的生日。

给 И. В. 斯辽宁[①] 1828

我不爱时髦的纪念册:
那是高贵的夫人的社交
招引来的炫人的集合,
只宣示着她们的骄傲。
外省小姐的纪念册
却亲切、单纯、可爱得多,
那些殷殷絮叨的言辞
五光十色,却毫不做作。
可是,无论哪一种本子,
大胆说吧,我都不愿意
让我自己在那儿落笔。
然而,你的纪念册却不同,
我愿意对它致以赞颂。
你向阿波罗的养子
打开它,不是出于虚荣:
你热爱赫利孔的仙子[②],
她们对你也没有忘情;
我可以作为率直的诗人
走进它,像走进友人的宅子,
我要对友人招呼致敬,
并且写下家园的祝诗。

[①] И. В. 斯辽宁(1789—1836),彼得堡的出版家和书商。
[②] 指缪斯。

"冷风还在飕飕地吹着" 1828

冷风还在飕飕地吹着,
给草原送来清晨的寒霜。
初春的小小野花只不过
刚刚出现在融雪的地方,
从芬芳的蜜制的窠中,
像来自奇异的东方的王国,
就飞出了第一只蜜蜂,
尽绕着早开的小花嗡营,
它是在打听:美丽的春天——
这尊贵的客人几时来临?
草原是否很快地变绿?
是否在白桦树的枝丛里
很快就长满胶质的嫩叶,
喷香的樱花有没有消息?

"年轻的小牝马" 1828

年轻的小牝马呀,
高加索种的精英,
你跑个什么,没命的?
你那一天也会来临;
别惊怯地斜着眼,
别把蹄子往空中抛;
在光坦广阔的平原
别任着性子奔跑。
等着吧,我就会强迫
你在我坐下驯服:
我会以勒紧的马勒
叫你在圈子里跑步。

她 的 眼 睛[①] 1828

她很可爱,姑且这么说,
她是宫廷的骑士的灾祸;
可以比得南方的星星,
啊,更赛过南方的诗歌,
是她的车尔吉斯的眼睛。
就让她大胆地去炫耀吧,
它闪得比火焰更轻盈。
但我认为:我的奥列尼娜
她的眼睛更引人入胜!
那里有多少深思的性灵,
有多少天真的稚气,
有多少缠绵的心意,
多少柔情和多少幻梦!
它含着列尔[②]的微笑垂视,
正是谦卑的格拉茜的绝技;
抬起来呢——拉菲尔的天使
也正是这样仰望着上帝。

[①] 本诗为答维亚谢姆斯基的《黑眼睛》一诗而作。在那首诗里,维亚谢姆斯基歌颂了 A.O. 罗西特的眼睛之美。普希金指的则是安娜·奥列尼娜。
[②] 列尔,爱与婚姻之神。

"美人啊,那格鲁吉亚的歌"[1] 1828

美人啊,那格鲁吉亚的歌
请别在我的面前歌唱,
那忧郁的歌使我想起了
另一种生活和遥远的地方。

啊,你的残酷的歌调
使我的记忆浮起了
草原和黑夜——在月光下
那遥远的可怜少女的容貌[2]……

看见了你,我就忘记了
那可爱的、磨人的幻影,
然而你唱起来——那影子
就又呈现在我的脑中。

美人啊,那格鲁吉亚的歌
请别在我的面前歌唱,
那忧郁的歌使我想起了
另一种生活和遥远的地方。

---

[1] 这首诗是写给安娜·奥列尼娜的,她在跟格林卡学习歌唱。所称"格鲁吉亚的歌"是格里波叶道夫从高加索带回来的。

[2] 指跟随丈夫去西伯利亚流放的 M. H. 拉耶夫斯卡娅-鲍尔康斯卡娅。

致雅泽珂夫 1828

我早就准备看你一趟,
去到你所歌颂的德国城①,
和你共饮酒,像诗人那样,
那酒啊,曾被你如此歌颂。
你歌唱过的吉色辽夫②
已经邀我和他同路,
我也全心高兴,一有时间
就离开涅瓦河边的幽禁。
可是呢?债据的麻烦③
却拉住了我的衣襟;
我不得不有违心愿,
依旧钉在涅瓦,寸步难行。
啊,青春,勇猛的青春!
怎能不叫我对你慨叹?
以前,每当我缠进债务,
为了逃避一群债主,
我就要准备到处飞奔;
而现在,我得厌烦地访问
我的懒洋洋的债主;
我变得稳重了,我痛恨
金钱和岁月的担负。

---

① 指德尔普城,今之塔尔都,当时颇多德国居民。
② 吉色辽夫(1802—1869),雅泽珂夫在德尔普大学的同学。
③ 普希金在一八二八年负债上万卢布,大部分是赌债。

原谅我。宴饮、笑闹吧,歌者!
和维纳斯、菲伯一起欢乐!
要是你不理会贵人的傲气,
也不理会殷勤的债主,
根据俄国贵族的权利
你不必清还自己的债务。

肖　像[①] 1828

那是一团火焰似的心灵，
里面充塞着狂暴的热情。
北国的淑女啊，在你们中间
她有时冲破了藩篱而出现。
完全无视社交界的条例，
她冲出来，直到耗尽力气，
好像是出了轨道的流星
在规矩的天界里掠过身影。

[①] 本诗刻画的人是 А. Ф. 莎珂列夫斯卡娅(1799—1879)，当时内政部长的夫人。

知 心 的 人[①] 1828

你的自述和柔情的抱怨
我热爱其中的每句呼声：
你的话语多么饱和着
那不智而狂暴的热情，
但别再叙述你的故事吧，
把你的梦幻快快收起：
我怕它那烈焰的传染，
我不敢去探悉你的经历！

---

① 这首诗是写给 А. Ф. 莎珂列夫斯卡娅的，参阅《肖像》。

预　感[①] 1828

静静地,险恶的阴云
又来到我的头上凝聚;
又一次,嫉妒的命运
要示以灾祸,使我畏惧……
我可还对它一样轻蔑?
是否当命运与我为敌,
我还能以青春的骄傲
对它摆出坚强和耐力?

我被狂暴的生活折磨够,
只淡漠地等待着风险:
也许,这一次我又得救,
又会找到避难的港湾……
然而,预感到我们的分离,
那难免的可怕的一刻,
我的安琪儿,我要快快地
最后一次把你的手紧握。

温柔的、娴静的天使啊,
请悄悄地说一声:"再见",
忧伤吧:任随你仰视
或者低垂下多情的眼,

[①] 这首诗是对安娜·奥列尼娜写的。此时诗人因他所写的《安得列·谢尼埃》一诗以手抄稿流传颇广,引起沙皇政府的不满,有加以迫害之意,所以有此预感。

197

它将留在我的心灵里；
我将以对你的怀念
取代心中的骄傲、希望、魄力，
以及青年时代的勇敢。

溺 死 鬼 1828

一群孩子往茅屋里跑，
慌慌张张地喊叫父亲：
"阿爸！阿爸！我们的网啊，
从河里拉起来一个死人。"
"胡说，胡说，小鬼儿们，"
阿爸对他们嘟囔道：
"这种孩子叫我怎么办！
哼！就有死人等你们瞧！

"官差来了，你去应付；
我跟官差可说不清呀；
没有办法，给我长衫，
妈妈，我慢慢去看一下……
死人在哪儿？""呃，走吧，
阿爸，就在那儿！"在河旁，
一个潮湿的网摊开，
那死人就摆在沙地上。

尸首的样子丑得可怕，
它全身浮肿又发青。
不幸的家伙，他可是
毁了自己有罪的魂灵？
还是被浪卷去的渔夫？
或是个年轻的酒鬼？
或是哪个出外的客商

没有料到遇见了盗贼?

为啥给庄稼人添麻烦?
他四面望望,就慌忙
一把提住死人的脚
往水里拉,拉到河边上,
接着拿起一把桨来,
一推它就从陡岸滑下,
死尸又顺水漂去了,
去找一个坟和十字架。

好半天,死尸在浪里
像活人般摇摆和浮游,
我们的庄稼汉目送着,
便催孩子往家里走。
"狗崽儿们!跟我回家!
你们得好好挨一顿揍,
当心啊,可别说出去,
不然就吃我的拳头。"

到夜晚,突然起了风,
河水喧哗,扬起了波涛。
在农夫烟雾的小屋中,
柴秆已经快烧尽了。
孩子沉睡,妈妈打了盹,
男人躺在高板床上,
风在怒吼;突然他听见:
谁在敲着他的木窗。

"谁在外边?""哎,让我进来!"
"唔,你遭了什么瘟灾?

深更半夜还荡个什么？
必是魔鬼支使你闯来；
我哪儿来安置你呀？
屋里又挤，又没有亮。"
他迷迷糊糊地伸出手
支开窗户向外张望。

月亮从云层透出来——
怎么？一个人赤身裸体，
睁开的眼睛凝固不动，
下巴的水直往下滴；
他只可怕地站在那儿，
默默地将两手垂下，
在他那浮肿的身上
还挂着一些小黑虾。

农夫砰地关了窗子，
他认识这赤裸的客人，
"天雷劈你吧！"他喃喃说，
几乎要晕倒，直打寒噤。
一整夜他都在发抖，
尽想一些可怕的事情，
在他的窗下，在门口，
那敲声一直敲到天明。

在乡民中都惊相传告，
据说：这不幸的农夫
每年到那天，必然等待
这不速之客的光顾；
那天早晨，天必然阴霾，
到夜里就刮起风暴，

接着就来了溺死鬼
在他的窗下，在门外敲。

"韵　律" 1828

韵律啊,闲情寄兴的
响朗朗的伴侣,
灵感之作的友人,
你沉默了,一声不响;
唉,难道你飞去了,
永远变了心肠!

以前,你可爱的絮语
和缓了心的颤栗,
你爱抚着,诱惑者,
催眠了我的悲伤,
把我引出了这世界,
去到那迷人的远方。

往常啊,你随时应召,
朝我的幻梦奔跑,
像个听话的孩子;
而今,你嫉妒,随便了,
你固执而又懒惰,
嬉笑地和幻梦争吵。

我不愿意和你分手,
有多少次了,我迁就
你那顽皮的任性;
像个好心的恋人

被爱着,又被折磨,
我对你屈就地听顺。

哦,要是你真正生当
奥林普一家在天上
聚会的那些日子,
你该是和他们同住,
那么,神灵的光彩
必贯穿着你的家谱。

荷马或赫西奥德①
必以神启的诗歌
向世人宣告:有一次
菲伯孤独而忧伤,
在林荫的泰吉特
给阿德米特牧羊。

他漫游于丛林中,
而奥林普的神众
由于畏惧宙斯,
谁也不敢去访问
那竖琴和芦笛的神,
那光明与诗歌之神。
只有记忆底仙女
想起最初的知遇,
飘流而来,给他慰安。

---

① 自此以下三节,以古希腊史诗诗人荷马或赫西奥德的口吻,转述了关于韵律诞生的神话。据神话说:菲伯(即太阳神阿波罗)被宙斯一度放逐出奥林普山,不得已而为费沙里王阿德米特在泰吉特山中牧羊。他在此与记忆女神相遇,生一女,即韵律。

于是,阿波罗的伴侣
在赫利孔的幽林中
诞生了热情的果实。

"乌鸦朝着乌鸦飞翔"[①] 1828

乌鸦朝着乌鸦飞翔,
乌鸦朝着乌鸦号叫:
乌鸦!我们到哪儿午餐?
关于这,可怎么知道?

乌鸦回答乌鸦说:
哪儿有午餐,我知道,
在那田野的柳树下
一个勇士刚刚死掉。

是谁杀死的?为什么?
只有苍鹰它才清楚,
还有那匹黑色的马儿,
还有家里年轻的主妇。

苍鹰已经飞进了树林,
那匹黑马也已病倒,
可是主妇等着迎接
不是死人,是情人的笑。

[①] 本诗在一八二九年的集中被题名为《苏格兰的歌》,它是从华尔德·司考特《苏格兰民歌集》的法译本摘出的,但只有前半是翻译出来的。

"灿烂的城"[①] 1828

灿烂的城啊,可怜的城,
奴隶的气味,整齐的外形,
碧澄而又苍白的天空,
大理石墙,厌倦和寒冷——
但我仍对你有一点怜惜。
因为有时啊,在你的街上
有小小的玉足款步来去,
金色的发波也随风飘扬。

[①] 本诗写彼得堡。最后两行指安娜·奥列尼娜。

一八二八年十月十九日[①] 1828

我对上帝热诚祈求过赐福,
也对皇村中学高呼过"万岁",
再见吧,弟兄们,我要上路,
而你们也该要上床安睡。

[①] 本诗写在皇村中学周年庆祝的纪念册上。庆祝之后,普希金在夜晚离开彼得堡去特维尔斯克省渥尔夫的田庄马林尼卡。

"畅快的喷泉"[①] 1828

畅快的喷泉散发凉意,
泉水向周围的石墙飞溅;
经常在这儿,诗人以诗句的
鸣响的珠玉愉悦可汗。

他以巧妙的手串起一束
晶莹的阿谀之言的项链,
连同金色的智慧底念珠
都串上了欢乐日子的线。

沙地[②]的子孙喜爱克里姆,
有时候,东方的能言之士
在这儿展开了他的写作簿
使巴奇萨拉叹为观止。

他把他的故事铺展开
好似艾里万[③]编织的花毯
这些故事灿烂地装饰在
基列可汗的宫廷的华筵。

---

① 本诗是写给波兰诗人密茨凯维支的,他所写的《克里姆十四行集》在俄国颇为流行,因而有"克里姆歌者"之称。巴奇萨拉是克里姆的古城,可汗基列在那里建立了王宫和喷泉。
② 沙地,古波斯诗人。
③ 艾里万,地名,在外高加索。

可是,没有一个魔术师,
那具有心智的天赋的人,
能够臆造出诗句和故事
这样巧妙,有力,深沉?

像那个奇异的国度的
具有卓见的翱翔的诗人①
那儿的男子刚烈、多须,
而女子却赛似天国女神。

---

① 指密茨凯维支。"奇异的国度"指立陶宛。

毒　树 1828

在枯干而贫瘠的荒原上，
酷热灼烤着泥土的地面，
一棵安渣树①，像森严的守望，
傲然独立于整个天地间。

这干渴的荒原，大自然母亲，
在暴怒的日子把它诞生，
她把毒汁灌给它的根，
又把枝上的死绿喂得茂盛。

毒汁从树皮里滴滴溢出，
日午的炎热把它熔为液体，
到黄昏的时候，它冷固
成为透明的树脂的晶体。

连小鸟都不朝向它飞，
虎也不来——只有黑旋风
有时朝这死亡之树猛吹，
然后跑开，但已染上疫症。

如果有浮游的云擦过去，
把茂密的叶子润泽，
从枝上就流下滴滴毒雨

---

① 安渣树（AHЧAP）是一种热带树，富有毒性，生长在东印度和马来半岛上。

打在火热的砂地,有如沸锅。

然而,人却能以威严的目光
把别人派到毒树那里,
那人立刻俯顺地前往,
次日一早,带回了毒剂。

他献上了致命的树脂
和叶子已枯萎的枝干,
啊,他苍白的前额尽湿,
汗水流下来有如冷泉。

献完了,接着虚弱地倒在
帐篷里的树皮地面,
这可怜的奴隶于是死在
无敌的主子的脚前。

于是这骄矜的君王①
把他的羽箭浸满了毒,
他就向远近的邻邦
把这些死亡的箭射出。

---

① 有的版本作"君王",有的版本作"公爵",这是因为普希金在再版时,不得不把"君王"改成"公爵",以掩饰攻击专制政体的原意。

答卡杰宁[①] 1828

热情的诗人啊,你枉然
向我举起神异的酒盅,
你白白要我为健康饮干:
不,我不喝,亲爱的邻人[②]!
我可爱但狡狯的伙伴,
你的酒盅盛的不是酒,
而是令人热狂的毒剂,
它以后就会引我上钩,
随着你再去追求荣誉。
当老练的骠骑兵招募
壮丁的时候,他岂不是
送上酒神的快乐的礼物,
直到引起战争的热情,
就地收割了这个新兵?
我服过役——可是如今
我该回家去享受安静。
由你充当巴纳斯的部卒吧,

[①] П. А. 卡杰宁(1792—1853),送交普希金两首诗供《北方之花》发表,一是民歌《古老的传说》,一是致普希金的书信诗。那篇民歌讲到有两个歌者在伏拉狄密尔公爵前比赛。冷酷的希腊歌者(意指普希金)以华丽的歌颂扬了帝王的仁慈,被赐以武器;俄国歌者(卡杰宁自比)谢绝比赛,被赐以二等奖——酒杯。卡杰宁说,现在,这酒杯应该属于普希金,请他用这只杯子饮酒;并说,这杯子是受过魔咒的,只有真正的诗人才能使用它而不倾洒。普希金将自己的答诗和民歌同时刊在《北方之花》杂志上。

[②] 这一行诗引自杰尔查文的《沉醉的和清醒的哲人》。

尽管为职责把酒杯斟满,
请你独自带醉地握住
高乃意或塔索的桂冠①。

---

① 卡杰宁译过法国悲剧作家高乃意的《希德》和意大利诗人塔索的《解放了的耶路撒冷》一部分。

答 А. И. 葛多夫左娃[①] 1828

我不敢自信地、贪婪地
望着你的一枝花朵；
哪个严格的禁欲主义者
能无动于美神的致意？
这使我骄傲——但又胆怯，
我不敢全部意度出
你没有说出来的谴责。
可是我招致了你的愤怒？
啊，美人的轻妄的论客！
他带给自己多少苦痛，
当他居然背信弃义地
诽谤起他所侍奉的异性！
他准得受罚，绝望地
忍受疯狂而激动的爱情；

[①] А. И. 葛多夫左娃是考斯特罗姆的女儿，能诗，自一八二六年常发表诗作。由于《欧根·奥涅金》第四章有一节（未收入定稿中）评论到女人，她写了一篇致普希金的诗，发表在《北方之花》上，其中有云：

> ……但是哪里有完美？
> 月亮和太阳也有黑斑！
> ……
> ……
> 你的论定是不公正的，
> 但我们不敢对你反驳：
> 我们都能够原谅天才——
> 沉默就表现了谴责。

这篇诗由维亚谢姆斯基转交普希金，并要求他作答，普希金便写出这首答诗交德里维格在《北方之花》上发表了。

而你,愿你永远是他的
可悲的诽谤的否定。

小　花 1828

我在书里发现一朵小花，
它早已干枯了，也不再芬芳，
因此，我的心里就充满了
许许多多奇异的遐想：

是哪一个春天，在哪一处
它盛开的？开了多长时间？
谁摘下的？是外人还是熟人？
为什么放在这书页中间？

可是为了纪念温柔的相会？
还是留作永别的珍情？
或者只是由于孤独的散步
在田野的幽寂里，在林荫？

是他还是她？还在世吗？
哪一个角落是他们的家？
啊，也许他们早已枯萎了，
一如这朵不知名的小花？

诗人和群众[①] 1828

走开吧,凡俗的人们!

诗人以不经意的手指
在灵感的琴弦上拨弄。
他歌唱——而凡俗的人世,
一些冷漠的、傲慢的群众,
茫茫然围听着他的歌声。

于是呆钝的人群议论说:
"为什么他这样激扬而歌?
发着无益的震耳的音响,
他要把我们引到什么地方?
他弹些什么?教给我们什么?
为什么像固执地玩弄魔术,
他来把人心激动和折磨?
他的歌和轻风一样自如,
但也和轻风一样没有结果:

[①] 这首诗是对要求普希金写道德的教诲的答复。早在一八二八年之初,在《莫斯科导报》上就刊载过"严刻的酷评家们"要普希金"宣示道德的训诫"的劝告,而那时普希金还是接近该报编辑部的。不仅在报刊上,而且在社会中,特别在接近沙皇政府的一些人中间,显著地有一种想使诗人成为表现与他格格不入的思想工具,"指导"他的笔服务于实际的目的和利益的企图,远离普希金在其作品中为己所树立的那些理想。就是针对这些人,普希金提出了创作自由。如果把此诗看做是宣扬所谓的"为艺术而艺术",那无论如何是错误的。这可以由普希金的全部创作的全面观察所否定。(《普希金全集》一九五〇年版编者按语)

他究竟给我们什么益处？"

诗　人

住嘴吧，不可理喻的人民，
做日工的、忙于餬口的奴隶，
你们是虫豸，不是天之子，
你们无礼的怨言令人厌腻；
对于你们，实利就是一切，
你们要把阿波罗的石像
也放在秤上去论斤两，
你们看不出它有什么效益。
然而，这大理石可就是神祇！……
那怎样呢？烹锅更有价值，
你们可以用它烹调饮食。

群　众

不，如果你是天之骄子，
天庭的使者啊，你该使
你的才能为我们谋福利，
对于世道人心有所教益。
不错，我们怯懦，我们狡狯，
毫无廉耻、恶毒、忘恩负义，
我们的心灵冷酷无感，
我们是爱诽谤的蠢材、奴隶，
罪恶团团聚在我们心坎。
但是，你该爱你切近的人，
你可以给我们大胆的教训，
我们会听从你的言语。

诗 人

走开吧！安详歌唱的诗人
和你们能有什么关系？
你们尽量僵化和腐蚀吧，
琴声又怎能使你们复活！
你们像坟墓一样令人厌恶。
由于你们的愚蠢和恶毒，
直到现在，你们还保留
皮鞭、幽暗的牢狱、铁斧——
疯狂的奴才，你们已使人够受！
在你们的喧嚣的市街上
清扫垃圾——多有益的事情！
可是，你们的牧师能不能
暂时忘了祭坛和祀礼，
拿起扫帚来把垃圾清理？
我们歌唱并不是为了
贪婪、战争或世人的狂潮，
我们是为了灵感而生，
为了美妙的音节和祈祷。

"我以前是怎样的" 1828

Tel j'ètais autrefois et suis encor①

我以前是怎样的,现在还是那样:
无忧的心,善于钟情。你们早知道,朋友,
我是否能看到美色而不神魂荡漾——
我怎能没有内心的激动,怯懦的温柔!
难道爱情还没有和我耍弄得够久?
在维纳斯所布置的欺骗的网中,
像一只幼鹰,我挣扎、冲击得还不够?
但是,多次悔恨的经验并没有把我改正,
对着新的偶像,我又奉献了我的恳求……

---

① 题词为法文,摘自法国诗人安得列·谢尼埃,意即"我以前是怎样的,现在还是那样"。

"唉,爱情的絮絮的谈心" 1828

唉,爱情的絮絮的谈心
既不能畅达而又简单,
以它那没条理的散文
只教你,安琪儿啊,厌烦。
但沽名钓誉的阿波罗
可爱的少女却喜欢听,
他那韵律和叠唱的歌
她听来却甜蜜而动心。
爱情的倾诉使你吃惊,
你常常撕毁求爱的书简,
可是一篇诗体的信
你却会含笑把它读完。
从今起,但愿我的才赋
能够成为命运的祝福。
唉,在这生命的荒原
虽然它培育心灵的火焰,
迄今却只招惹来迫害,
……
或是幽禁,或是诽谤,
也偶尔有冷冷的赞扬。

给 Н. Д. 吉谢辽夫[①] 1828

你到异邦去寻找健康和自由,
    但是遗忘北国也有罪;
所以,快去啜饮卡尔斯巴的水,
    好再和我们一起饮酒。

[①] Н. Д. 吉谢辽夫(1802—1869)在德尔普大学和雅泽珂夫是同学。他在一八二八年因外交职务首途维也纳,途中需在卡尔斯巴(在今之捷克)停留。本诗是写在他的手册中的。

"多么快啊" 1828

多么快啊,在辽阔的原野上
我的新装蹄铁的马在飞奔!
冻结的土地在它的蹄子下
发出多么清脆、响亮的回音!
这北方爽人的冰霜寒气
有益于俄罗斯人的身体,
他那面颊,比玫瑰还更鲜艳,
血液和寒冷在上面嬉戏。

凄凉的树林,凋零的山谷,
白天亮一会——转瞬便昏黄,
而风雪,仿佛迟暮的过客,
敲着我们的窗,沙沙地响……

"你悒郁的幻想"[①] 1828

你悒郁的幻想要是把谁
固执地选中,他真够幸福:
你会整个为爱情而迷醉,
只听他的眼神的摆布;
但是啊,也有人最可怜惜:
要是他默默地燃着情火
只能对你垂着头,嫉妒地
倾听你的冷静的解说。

---

① 本诗从一九五六年版本译出。它所写的人可能是 А.Ф. 莎珂列夫斯卡娅。

一八二九年

给 E. H. 乌沙科娃[①] 1829

您受到造化的娇宠，
她对您最是偏心不过；
我们对您永恒的赞颂
在您看来是讨厌的歌。
您对此早已熟视无睹：
对您爱慕是理所当然；
您的轻腰胜似西尔芙[②]，
您有阿尔米达[③]的媚眼，
而您那绛色的嘴唇啊
和玫瑰一样柔和、鲜艳……
我们的诗，我们的散文
对您是徒然一片噪音。
不过，您引起的美底记忆
秘密地感动我们的心——
于是，我将草率的词句
虚心地写在您的手册里。
也许，您将不自主地想起
有一个人曾把您歌唱，

[①] 伊丽莎白·乌沙科娃(1810—1879)，喀萨琳(E. H. 乌沙科娃)的妹妹。这首诗是写在她的纪念册里的。
[②] 西尔芙，神话中空气底精灵，风妖；常被比作美女。
[③] 阿尔米达，具有魔力的美女，塔索《被解放的耶路撒冷》的女主人公。

那是当普列新①的田地
还没有围起一道篱墙。

---

① 普列新,莫斯科郊区,当时尚未建筑房屋。

给 Е. П. 波尔托拉茨卡娅[①] 1829

假如上帝把我们赦免,
假如我居然没被绞杀,
那我将跪在您的脚前,
在乌克兰的樱桃树下。

[①] Е. П. 波尔托拉茨卡娅是 А. П. 克恩的妹妹。克恩在回忆录中写道:"他有一次来到我处,适逢我给我在小俄罗斯的妹妹写信,他就在信上附笔写了《假如上帝把我们赦免》这首诗。"

"驱车临近伊柔列驿站"[①] 1829

驱车临近伊柔列驿站,
我抬头望了望天空,
这使我想起你的顾盼,
你那碧蓝的眼睛。
虽然你的处子的娇美
使我郁郁地钟了情,
虽然我号称为恶鬼,
遍传于特维尔斯克省,
我还不敢向你下跪,
也不愿以痴情的求告
扰乱你平静的心扉。
也许,一反自己的喜好,
沉醉于社交界的烦嚣,
我会暂时忘记你的
可爱的脸,轻柔的身腰,
谨慎的谈吐,端庄的步履,
还有你那谦卑的安静,
伶俐的笑和狡猾的眼睛。
如果枉然……一年以后
我要循着以往的踪迹
再到你那和煦的一角,

---

① 伊柔列是在莫斯科到彼得堡途中的最后一个驿站。本诗所写给的人是 E. B. 维里亚肖娃,普希金和她在一八二八年十一月在特维尔斯克省的马林尼卡田庄相识。

我要深深地爱你
直爱到十月的尾梢。

征 象[①] 1829

我来看你,一群活跃的梦
跟在我后面嬉笑,飞旋,
而月亮在我右边移动,
也健步如飞,和我相伴。

我走开了,另外一些梦……
我钟情的心充满了忧郁,
而月亮在我的左上空
缓缓地伴着我踱回家去。

我们诗人在孤独中
永远沉湎于一些幻想,
因此,就把迷信的征象
也织入了我们的感情。

[①] 关于这首诗,A. П. 克恩写道:"几天之后,他在晚间来了,坐在小小的石凳上(那石凳,现在我是当作圣物一样保留着),在一张短笺上写了'我来看你……'这首诗。写完以后他以嘹亮的声音把它读给我听。读到'而月亮从我的左上空……'的时候,他笑着说,'自然月亮是在左边,因为我是走回去了'。"

文坛消息[①] 1829

在乐土,特列佳科夫斯基
(他才气纵横,值得大家称颂)
对于主办杂志非常积极。
波波夫斯基立刻自告奋勇,
艾拉金也答应作撰稿人,
《俄文读本》想再卖弄一下才华,
库尔甘诺夫又忙于写评论。
据说,不久,他们就要印刷
这出色的杂志了,天保佑吧!
据说,他们人马齐备,只等待
卡钦诺夫斯基快快赶来。

---

① 本诗是讽刺卡钦诺夫斯基的,普希金认为他主编的《欧罗巴导报》非常陈旧,好似由死人主编的,诗中所提到的其他名字都是已故的文人,波波夫斯基(1730—1760),莫斯科大学哲学和修辞学教授;艾拉金(1725—1794),喜欢用古字的作家和翻译家;库尔甘诺夫(1725—1796),他出过一本综合逸事及教诲的书,名《俄文读本》。

讥大波里斯基[①] 1829

诗人荷拉斯兼赌徒啊,
你输去了成捆的钞票,
连祖先的田产、金银、马,
甚至连马车夫都输掉。
为了在可恶的牌上赌博,
你情愿押上你的诗稿,
可惜它一戈比也顶不得。

[①] 大波里斯基是好赌的人,也偶尔写诗。本诗是回答他在一八二八年写给普希金的书信诗的,参见《函大波里斯基》注解。

警　句　1829

古代的糟老太婆夫斯基①
虽已枕着罗林永远安睡，
新近的特列佳科夫斯基②
却又继他之后在世间作祟：
这蠢材呀，他背对着太阳，
在自己的冰冷的《导报》上，
不断泼溅着忘川的死水，
让希腊的旧字母又在跳荡。

---

① 糟老太婆夫斯基，是普希金对特列佳科夫斯基的戏称，因他曾译过法国史学家罗林的《古代史》。这名字在原文中与"卡钦诺夫斯基"也近似。
② 指卡钦诺夫斯基，《欧罗巴导报》的主编。他在《导报》上故意使用希腊字源的正字法和一些希腊字母，惹起时人的嘲笑。

赠人面狮身铜像题诗① 1829

谁在雪地培植菲欧克利特②的玫瑰花?
告诉我,在这铁的世纪,谁臆造出黄金?
哪个德国生的斯拉夫青年有希腊精神?
这就是我的谜。狡黠的艾迪帕斯,猜吧③!

---

① 一八二九年,德里维格将自己新出版的诗集赠给远在高加索的普希金,普希金即以人面狮身兽的铜像还赠,并题此诗。它总结了德里维格的诗的特点。
② 菲欧克利特,古希腊田园诗人。
③ 据希腊神话,底比斯境内为一人面狮身怪物所骚扰,这怪物向路人提出谜语,猜不中者即死。艾迪帕斯猜中了怪物的谜语,因而杀死了它。

"夜的幽暗"[①] 1829

夜的幽暗笼罩着格鲁吉亚的山冈,
　　喧腾的阿拉瓜河在我前面。
我忧郁而轻快;我的哀愁是明亮的,
　　它充满了对你的思念。
啊,它充满了你,只有你……再没有什么
　　使我的相思痛苦或烦乱,
唉,我的心又在燃烧着,又在爱着了,
　　因为——它不可能不去爱恋。

[①]　这是诗人在阿尔兹鲁姆旅行期间所写的诗,他怀念的是在一八二〇年初次来高加索时所倾心的 M. H. 拉耶夫斯卡娅。

给一个加尔梅克姑娘① 1829

可爱的加尔梅克姑娘,
再见吧,我那可喜的习性②
简直要使我去到草原上,
让我原来的心计落空,
只跟在你的篷车后飞奔。
你的眼睛,自然,有些小,
你有扁平的鼻子,宽额角,
你不会用法文喁喁会谈,
丝绸也没有盖着你的脚;
你不会坐在茶炊前面
学英国的花样撕裂面包;
圣马尔③引不起你的赞叹,
莎士比亚也不能欣赏;
你不会沉入无穷的梦幻,
而当你的脑子不在思想,
也不会低吟:"但是在哪方",
更不会在舞会里急跳……
有什么关系?——将近半点钟,
等着人们把我的马驾好,
你野性的姿容,你的眼睛,

---

① 加尔梅克为蒙古游牧民族,普希金在赴阿尔兹鲁姆途中遇到他们的车队。他曾这样写道:"有几天我访问了加尔梅克人的篷车……一个年轻的加尔梅克姑娘很不难看,她缝着衣服,吸着烟……"
② 以前在吉辛辽夫时,普希金曾在茨岗的帐幕中过了一些时日。
③ 圣马尔是维聂著的法国历史小说,在十九世纪二十年代的俄国颇为流行。

一直盘旋在我的心上。
朋友们！这可有什么两样？
无论你把心灵的欢乐
寄托在灿烂的客厅,在包厢,
或者在游牧民族的篷车？

仿哈菲斯[①] 1829

(在幼发拉底河畔的军营)

别迷于战场的荣誉吧,
啊,英俊的青年!
别和那一群卡拉巴人[②]
投入流血的争战!
虽然我知道,死亡不会
碰上你,阿兹拉伊[③]
在剑光中看到你的英俊
也许轻轻放过你!
但是我恐怕:在战争中
你受到另一种损害:
从此丢失了羞怯的谦谨,
那稚子之美永不再来!

[①] 哈菲斯·波斯十四世纪的抒情诗人。这首诗是仿哈菲斯之作。它是写给一个伊斯兰教青年法尔甘·别尔克的,他在高加索骑兵队中服役,普希金曾为他画了一幅肖像。
[②] 卡拉巴是高加索南端的古汗国,为山民所聚居。
[③] 阿兹拉伊,是犹太神话中的死亡之神,他负责把人的躯体和灵魂分开。

奥列格的盾[①] 1829

当斯拉夫人的大军,
英武的公爵啊,随着你,
进发到君士坦丁堡,
招展着胜利的大旗;
为了宣扬罗斯的战绩,
为了震慑顽强的希腊,
你把自己的金钢盾
钉在沙列格勒的城下。

血战的日子来临了,
我们又走上你的途程。
但今天,当我们光荣地
再一次涌到斯丹布尔城,
炮声震摇着你的山冈,
你嫉妒的呻吟令人不安,
你的古盾止住了我们,
大军停在斯丹布尔城前。

[①] 基辅大公奥列格在九〇七年进击拜占庭,大军直抵沙列格勒(即君士坦丁堡,土耳其人称为斯丹布尔),奥列格为纪念胜利,将自己的盾悬挂在沙列格勒城门,即引军而去。一九二八年俄土战争时,俄军攻抵斯丹布尔,土耳其罢战媾和。这首诗就是在媾和时写的。

"当我以匿名的讽刺诗"[①] 1829

当我以匿名的讽刺诗
抹黑了左依尔[②]的面目,
应该承认:我没有预期
他对这挑战还要答复。
我听到的传言可是真?
他要反驳吗?居然这样?
难道我的傻瓜竟招认
他是挨了我一记耳光?

[①] 在一八二九年第八期的《欧罗巴导报》上,发表了一篇纳杰日金论《波尔塔瓦》的文章。他提到普希金说:"他热衷于刻毒的小诗和谩骂。"本诗为其答复。
[②] 左依尔,纪元前四世纪希腊的酷评家。

"你勾引傻妞儿" 1829

你勾引傻妞儿无往不捷,
赌博、宴饮、从军都够顺利,
你是圣浦瑞①在漫画界,
是诗坛上的聂列金斯基;②
在决斗时,你被子弹打中,
在战场上,刀砍你也不畏,——
虽然你确实是个英雄,
但也是个十足的荒唐鬼。

---

① 圣浦瑞,著名的业余漫画家。
② Ю. А. 聂列金斯基-梅列茨基(1752—1829),俄国感伤主义诗人。

鞋　匠[①] 1829

（寓言）

一个鞋匠，有一次端详一幅画，
一面补鞋，一面指出它的错误；
画家拿起彩笔，立刻改了几处。
于是，鞋匠又起两手，接着说：
"这张脸有一些偏斜，我觉得……
这女人的胸脯是否也太裸露？"
画家听到这里，实在忍无可忍：
"朋友，别对补鞋外的事横加评论！"

我有一个朋友正好与此相仿：
我不太清楚，究竟是在哪一行
他最精通，虽然他无一不批评；
可是，鬼支使他到处指手画脚，
还是请他多谈谈补鞋的事情！

[①] 这首诗是讽刺 H. 纳杰日金的，因为他对诗人的两首长诗《波尔塔瓦》和《努林伯爵》做了无理的批评。

顿　河[1] 1829

在辽阔的原野上闪耀着的
正是它的洪流!……你好啊,顿河!
我来自远方,和你长久地别离,
你的远方的儿子向你敬礼!

许多河水像是你的小兄弟,
它们都知道你,静静的顿河!
我来自阿拉克斯和幼发拉底,
我从那儿给你带来了敬礼。

顿河的马儿把敌人追够,
现在来到了阿尔巴察河边,
它们憩息着,饮着河水的清流,
却已感到了乡土的温柔。

神圣的顿河啊,你可是在等候
你的勇敢的哥萨克骑兵;
快拿出你的葡萄园的名酒,
让它沸腾地、闪烁地迸流。

---

[1] 普希金在一八二九年到过高加索的俄国与土耳其战争的前线,返回俄国后写成这首诗。俄军于返国途中,经过外高加索的阿拉克斯河,土耳其的幼发拉底河和与土耳其接境的阿尔巴察河。

旅途的怨言 1829

在世上我还得漫游多久,
一会坐马车,一会骑马跑,
一会坐驿车,一会坐轿车,
一会坐雪橇,一会又动脚?

不是在世代的巢穴里,
也不在祖先埋葬的坟场,
老天早已注定了,多半是
我将死在宽阔的大路上,

或在山上被车轮子辗过,
在碎石路上被马蹄践踏,
或者在水冲的深沟里,
淹死在坍塌的桥梁底下。

或者黑死病把我钩去,
或者让冰雪把我冻挺,
或者被拦路杆子打上前额,
我啊,本来有病,动转不灵。

或者在树林,强盗一挥刀
使我丧命在路旁的草地,
或者在什么检疫所中
由于整天无聊而倒毙。

唉,我还得多久带着饥愁
挨过那强制的斋戒期,
对着雅尔①调味的麦蕈菌
冷牛肉便浮上了记忆?

那该是多快意:就固定下,
在麦斯尼兹卡街②来回驰驱,
闲暇的时候就盘算
乡下的田产和未婚妻!

那多么快意:饮饮甜酒,
夜晚做梦,早晨喝茶;
多么快意啊,朋友,在家里!……
好,那么去吧,追赶一下!……

---

① 莫斯科的饭馆名。
② 莫斯科的街道。

"冬 天" 1829

──十一月二日──

冬天。我们在乡下做什么？我问询
我的仆人,他正给我把早茶端进:
天气暖和吗？暴风雪可还在下？
地上有没有雪絮？能不能骑上马
出去游猎,或者顶好在床上翻看
邻居的旧杂志,直等到吃午餐？
刚下点雪。好,我们起来,立刻上马,
在田野里小跑着,在初霁的曦光下。
我们拿着鞭子,猎狗紧跟在后面;
我们眯细了眼睛在雪地上察看,
转来转去,跑了一阵,啊,天色已晚,
两只兔子也不追了,便往家回转。
多快活的一天！黄昏了,风雪在怒号;
烛光幽幽的,心在痛,有千丝缭绕,
一滴又一滴,我慢慢饮着无聊底毒汁。
我拿起书,眼睛枉然掠过那些字,
心却远远的……于是我合上了书本,
拿起笔来,坐下;我想要强迫诗神
在瞌睡状态中说一些不连贯的字句,
但怎样也不合韵……我便终于放弃
我对韵律,对这怪癖女侍的一切权力,
让诗句冰冷而晦涩,在那儿萎靡。
我已经倦了,不愿意和竖琴再争吵,
便站起来走进客厅;那里人们正谈到

临近的选举和制糖工厂的情形。
女主人和天气一样皱着眉,她的本领
或是迅速地穿送织毛线的钢针,
或是用纸牌的红心国王给人算命。
啊,苦闷!日子就这样寂寞地流去!
可是,近黄昏,当我坐在一隅下跳棋,
如果从远方来了一驾雪橇或马车
意外地到这荒凉的村子来做客:
一位老太太,带着年轻的姊妹花
(都有着苗条的身材,浅黄的鬈发)——
那时候,这暗淡的一角会多么生色!
啊,我的上帝,生命会多么蓬勃!
开始呢,彼此注意地斜看几眼,
再寥寥问答几个字,以后变为会谈,
于是融洽地笑着,晚上表演歌曲,
又是欢快的《华尔兹》,又是桌边私语,
还有那多情的目光,轻佻的语言,
在狭窄的楼梯上那悠长的会见;
于是少女趁着昏黑,走到门阶之外,
露着颈项,胸脯,任风雪朝脸上扑来!
但北方的风暴对俄国的玫瑰毫无妨害。
在冰寒上,那一吻是多热的火焰!
在雪花纷飞中,俄国姑娘是多么鲜艳!

冬天的早晨 1829

冰霜和阳光:多美妙的白天!
妩媚的朋友,你却在安眠;
是时候了,美人儿,醒来吧!
快睁开被安乐闭上的睡眼,
请出来吧,作为北方的晨星,
来会见北国的朝霞女神!

昨夜,你记得,风雪在飞旋,
险恶的天空笼罩一层幽暗;
遮在乌云后发黄的月亮
像是夜空里苍白的斑点,
而你闷坐着,百无聊赖——
可是现在……啊,请看看窗外:

在蔚蓝的天空下,像绒毯
灿烂耀目地在原野上铺展,
茫茫一片白雪闪着阳光,
只有透明的树林在发暗,
还有枞树枝子透过白霜
泛出绿色:冻结的小河晶亮。

整个居室被琥珀的光辉
照得通明。刚生的炉火内
发出愉快的噼啪的声响,
这时,躺在床上遐想可真够美。

然而,你是否该叫人及早
把棕色的马套上雪橇!

亲爱的朋友,一路轻捷
让我们滑过清晨的雪,
任着烈性的马儿奔跑,
让我们访问那空旷的田野,
那不久以前葳蕤的树林,
那河岸,对我是多么可亲。

警　句　1829

白发的嘶嘶托夫！你光辉的统治
应该结束了！何不让贤而隐退：
快让你那年轻而健旺的养子，
啊，我们伟大的歌者，前来继位！
瞧，可敬的座谈客听到这劝告，
果然照命运的意旨乖乖去做；
请看他年轻的继承者出场了，
那是嘶嘶托夫二世登上了宝座！

警 句[1] 1829

小顽童把颂神诗呈给菲伯。
"志向倒不错,可惜没有头脑。
他有多大了,啊?""十五才过。"
"只有这么小? 喂,拿鞭杖来教!"
听到这,这中学生就赶紧
端来整个奴才文章的习作。
格拉茜接过本子,咬着下唇,
打开第一页高声念给菲伯。
菲伯像服了麻药,昏眩不止,
在盛怒之下把它撕得稀烂,
并且立刻把这成熟的白痴
交给手下人鞭挞,以绝后患。

---

[1] 本诗是讽刺 H. 纳杰日金的。

"我爱过你" 1829

我爱过你：也许，这爱情的火焰
还没有完全在我心里止熄；
可是，别让这爱情再使你忧烦——
我不愿有什么引起你的悒郁。
我默默地，无望地爱着你，
有时苦于羞怯，又为嫉妒暗伤，
我爱得那么温存，那么专一；
啊，但愿别人爱你也是这样。

"我们走吧,朋友"[①] 1829

我们走吧,朋友,无论是到哪里,
只要你们想去的地方,我都愿意
到处跟着,只要和那骄人儿离远:
是不是要到遥远的中国长城边,
或者喧腾的巴黎,或者那一处:
塔索[②]已不再歌唱午夜的船夫,
古城的繁华已在灰烬下安睡,
只有柏树林子还散发着香味?
哪儿都行。我们走吧……只是,请问:
我的热情会不会在漂泊中消沉?
我可会冷落这骄傲、磨人的少女?
或者在她脚下,对她幼稚的怒气,
仍旧和往常一样,奉献我的爱情?
……

[①] 普希金此时追逐龚佳罗娃,并向她求婚,但被拒绝。他很想到国外旅行,但也为警察总监宾肯道尔夫所不准。
[②] 塔索,十六世纪的意大利诗人,著有《解放了的耶路撒冷》。

"每当我在喧哗的市街漫步" 1829

每当我在喧哗的市街漫步,
或者走进了人多的教堂。
或者,和少年们狂欢共处,
我总是私下里有所玄想。

我想,岁月飞逝得无影无踪;
看哪,无论这里有多少人,
我们终归同走进永恒之圆拱——
而有些人的期限已经临近。

每当我看见孤立的老橡树,
我会想:啊,树林的老祖宗,
它既已越过祖祖辈辈而留伫
必将活过我被遗忘的一生。

每当我和可爱的幼儿亲昵,
心里已经在向他说:别了,
我必须让出我的一席之地,
我腐烂的时候你活得正茂。

每过一天,每过一个时刻,
我的脑海总萦绕着思绪,
在那些时间里,我试图猜测
何时是我未来的周年祭?

命运选择哪里让我归去?
是战场,是海上,还是异土?
也许是那附近的谷豀
将要容纳我寒冷的遗骨?

虽然对于无知觉的尸体
在哪里腐烂都是一样,
但是,我仍旧愿意安息于
靠近我所喜爱的地方。

但愿有年幼的生命嬉戏,
欢笑在我的墓门之前,
但愿冷漠的自然在那里
以永远的美色向人示艳。

高 加 索 1829

高加索在我眼底。我独自站立
在高山顶,在悬崖边的积雪上,
一只苍鹰从远处的突峰腾起,
和我并齐,平舒着翅翼翱翔。
我从这里看见了急水的源头
和那惊人的雪崩的初次颤抖。

这里,乌云在我脚下俯顺地飘逸,
穿过乌云,我听见了喧响的瀑布;
峥嵘赤裸的层巅在云下矗立,
再往下面,是枯索的苔藓和灌木;
更往下看,已经有翳翳的林荫,
小鸟在鸣啭,一群野鹿在驰奔。

在那里,山坳中,聚集一些人家,
一群绵羊在青绿的岩壁上爬行,
一个牧人正朝愉快的山谷走下,
阿拉瓜河的两岸铺满了浓荫;
一个穷汉骑着马,没入夹谷山道,
捷列克河在猛烈地欢腾、咆哮;

它欢腾、咆哮,像是初生的野兽
从铁笼里望见了栏外的食品,
于是它充满敌忾,冲激着石头,
用饥饿的波浪把岸边峭壁舐吮……

可是枉然！既没有食物,也没有慰安:
只有沉静的峰峦死死压着心坎。

雪　崩　1829

水浪打在阴郁的山岩上，
碎成四溅的泡沫，发出巨响。
苍鹰在我的头上鸣叫、呼应，
　　飒飒的松林在幽怨；
披着一层暗纱，那崇高的峻岭
　　冰雪的银光闪闪。

从那里，有一次，积累的冰雪
忽然崩裂，轰隆隆向下倾泻，
它立刻堵塞在那峭壁之间
　　深谷的夹道，
而捷列克河的汹涌的波澜
　　也不再奔跑。

突然间，你筋疲力尽，安静了，
捷列克河啊，你停止了咆哮：
但折回的波浪怒气不消，
　　冰雪又被你捣穿，
你以加倍的凶残淹没了
　　自己的两岸。

于是久久地，崩裂的冰层
以不消融的体积压在河中，
但愤怒的捷列克从底下冲过，
　　它以喷溅的水尘

和喧腾澎湃的泡沫,泼打着
　　这冷冰冰的苍穹。

于是沿河打通了一条大路:
马在上面驰奔,牛拖着慢步,
那牵着骆驼的草原的行商
　　走过这段路途,
但如今只有风神,那空中之王,
　　在这儿飞舞。

加兹别克山上的寺院 1829

高高的,在层峦叠嶂中,
加兹别克,你的庄严的顶篷
闪着永远不灭的光芒;
在群山之上,你的寺院
像是方舟在天空中浮荡,
它隐约的,翱翔着在那云端。

哦,我所渴望的、迢遥的彼岸,
但愿我能对狭谷说:"再见",
便升腾于那自由的峰顶!
但愿我踱进那云中的寺院,
在神仙的附近悄悄寄隐!

昆 虫 集 览 1829

啊,多么小的小牛,
真的,小过一个别针头。
　　　——克雷洛夫

我要把所采集的昆虫
向我的友人们陈列:
好一个家族,却多么不同!
无论你向哪里去发掘!
又配合得多么醒目!
这儿是格林卡①——瓢虫,
卡钦诺夫斯基②毒蜘蛛,
还有斯维宁,俄国甲虫,
还有奥林③,黑蚂蚁,
和小小的甲虫拉伊奇。
这么多!往哪儿收藏?
整整齐齐,放进玻璃框,
他们一个个用针穿起,
正好并排站在警句上。

---

① Ф. Н. 格林卡,写过一些宗教诗,软弱无力为其特色。
② 卡钦诺夫斯基,《欧罗巴导报》的主编,发表过纳杰日金攻击"波尔塔瓦"及"努林伯爵"的文章。
③ П. П. 斯维宁、В. Н. 奥林、С. Е. 拉伊奇都是当时庸碌的批评家。

"当那声势汹汹的人言"[①] 1829

当那声势汹汹的人言
也不饶过你小小的年纪,
社交界下了它的判决:
你从此丧失荣誉的权利,——

只有我,在冷酷的人世上
独自分担了你的苦痛,
为了你,我向无情的偶像
白白地祈祷和求情。

但社会无动于衷……它不肯
更改它的残酷的判决:
它并不要惩罚不端的品行,
只要你能做得秘而不宣。

无论是它虚荣的钟爱,
还是它的伪善的打击,
都该报之以轻蔑的对待,
请你的心把这一切忘记;

舍弃那灿烂、窒息的角落吧,

---

① 本诗是对 А. Ф. 莎珂列夫斯卡娅写的。

别再啜饮它苦恼的毒鸩,
也别参与那疯狂的游乐:
这里有你的一个友人。

题征服者的半身像[①] 1829

你徒然看出这里的错误:
艺术之手在大理石上雕出
既有唇边的笑意,又有额前
文雅的圆滑,冷峻的愤怒。
何止是面容上含意双关,
这君王为人与此也逼肖:
他经常作矛盾感情的表演,
相貌和生活都是个丑角。

[①] 半身像是亚历山大一世,丹麦雕刻家托瓦尔金所作。据普希金说,连雕刻家自己也诧异于这雕像的面容的双重性:上半皱眉、含怒,下半却表现了永远的笑意。

"集合号在响" 1829

集合号在响……从手上
滑落了衰老的但丁①,
在唇边开始的诗行
没有读完就归于沉静——
我的心神飞到了远方。
啊,熟悉的、生动的音响,
我多少次听见过你
在我静静成长的地方;
但那已经是往昔,往昔。

---

① 指但丁的史诗《神曲》,普希金能读原文。

咏纳杰日金[①] 1829

为了招引来我的轻蔑，
白发的左依尔对我詈骂，
我因为已经忍受不了，
便写了一首警句作答。
如今，被名声的热望所啮咬，
一个杂志小丑，狡狯的家奴，
想得到我的回答来炫耀，
也开始叫嚣了。啊，不，不！
尽管他像魔鬼碰上了弥撒，
怎样也不能使自己安详：
奴才，坐在门房里去吧，
我只等和你的主子算账。

[①] 纳杰日金写了一篇匿名的文章攻击《波尔塔瓦》，结尾并且说："至少，我可以自慰于这样的一个希望：假如'波尔塔瓦'的歌者想投给我一首警句，那我将是分外的满足了！"针对这篇文章，普希金果然写了一首警句"当我以匿名的讽刺诗"。本诗前四行即述此事，左依尔（古代酷评家）应指纳杰日金，但普希金当时误以为是卡钦诺夫斯基。以后，纳杰日金在《欧罗巴导报》上以自己的署名发表了攻击《欧根·奥涅金》第七章的文字，"杂志小丑""狡狯的家奴"即指他。

"我也当过顿河的骑兵" 1829

我也当过顿河的骑兵,
我也追过土耳其强盗,
我带回家里一条马鞭
为了怀念军营和战壕。

在征途上,在战斗中,
我还携带一只三弦琴;
我就把它和马鞭一起
挂在墙上作为纪念品。

我瞒着友人一件心事——
我在爱着我的女老板,
我心里常常想念着她,
于是更珍惜我的马鞭。

一八三〇年

独 眼 巨 人[①] 1830

突然失去了理智,也失去
语言的能力,在我的头中
只剩了一只眼,我以它看你。
啊,假如命运肯予垂青,
假如我生有一百只眼睛,
我也要以百只眼通通看你。

---

① 本诗是在一次宫廷化装舞会上写出的,参加舞会的人都化装为希腊神话中的人物,男的化装为女神,女的化装为男神。E. M. 希特罗沃的女儿 E. Φ. 提金豪森化装为独眼巨人。本诗即为这一角色写出。

"我的名字"[①] 1830

我的名字对你能意味什么?
它将死去,像溅在遥远的岸上
那海浪的凄凉的声音,
像是夜晚的森林的幽响。

在这留做纪念的册页上,
它留下的是死沉沉的痕迹,
就仿佛墓碑上的一些花纹,
记载着人所不懂的言语。

它说些什么?早就遗忘了
在新鲜的骚扰和激动里,
对你的心灵,它不能提示
一种纯洁的、柔情的回忆。

然而,在孤独而凄凉之日,
你会悒郁地念出我的姓名;
你会说,有人在怀念我,
在世上,我还活在你的心灵……

---

① 本诗是写给 K. A. 索班斯卡娅(1794—1885)的纪念册上的。

答　复[①] 1830

啊,我认得出你的戏笔,
我的先知!不是由于
这没有署名的一篇
草写的、斑斓的花纹字,
而是由于快乐的机智,
由于那狡狯的寒暄,
还有那狠毒的嘲笑
和责备……如此不公道,
还有这活泼的魅惑。
我读完了它,充满赞叹
和不自禁的郁郁思念,
忍不住叫道:去莫斯科!
是时候了!到莫斯科去!
立刻去吧!这里是一个
悒郁而拘泥的城市[②]:
语言是冰,心是大理石;
这里没有可喜的轻佻,
没有哈里特[③]和缪斯,
也没有普列新市郊。

[①] 这首诗是回答 E.H. 乌沙科娃的。她给普希金写了一封匿名的玩笑的信,被诗人认了出来。乌沙科娃住在莫斯科的普列新中段。
[②] 指彼得堡。
[③] 哈里特,司欢乐、优雅和美的三位女神。

"在欢娱或者无聊的时候"[①] 1830

在欢娱或者无聊的时候,
我常常寄怀于竖琴,
让我的热情、狂妄和慵懒
发出令人溺爱的声音。

但即使那时,不自觉地
我会中断这狡狯的琴声,
每当你的庄严的歌喉
突然响起,将我深深激动。

我会意外地泪如泉涌,
因为你那芬芳的语言
滴下了纯洁的圣油,
给我心灵的伤口以慰安。

而现在,从那精神的高峰
你伸出手来帮助我,
你以温柔的爱情的力量
使狂暴的梦幻趋于平和。

心里燃烧着你的火焰,

[①] 普希金的《枉然与赋予》一诗发表后,引起了大主教菲拉列特·德洛兹达夫(1782—1869)的一首伪善的唱和诗"并不偶然,也并不枉然",说诗人"忘了上帝"。普希金一时迷惑,就写了这首诗做答。一八三四年诗人对大主教的言行不一有所批评。

弃绝了世俗扰攘的幽暗，
于是诗人在敬畏中
倾听着六翼天神的琴弦。

"不,我并不珍惜" 1830

不,我并不珍惜放纵的享乐,
那疯狂的激动,情感的兴奋,
那酗酒的少女的嚷叫、呻吟,
当她在我的臂抱里,像一条蛇
扭转着,以火热的爱抚和毒吻
匆匆带来那最后颤栗的一刻。

啊,你可爱得多,我温顺的恋女!
伴着你,我感到怎样的苦恋之乐!
对我长久的恳求,你低首不语,
却温柔、敦厚地把自己献给我。
你羞怯而冷静,对于我的热情
仿佛没有回答,也不听取什么,
而这以后,却越来越灵活可亲,
终于不自主地分有了我的情火!

十 四 行[①] 1830

> 别蔑视十四行吧,批评家。
> ——华兹华斯

严峻的但丁不蔑视十四行体;
彼特拉克向它灌注了情火;
麦克白的创造者爱和它游戏;
卡门斯的悲思以它为衣着。

在我们今天,它也迷住诗人:
华兹华斯选用了十四行,
当他远远避开世俗的纷纭
尽自描绘着自然底理想。

在遥远的塔弗利达的山阴下,
立陶宛的歌者在它的韵律中
暂时寄托了自己的幻梦。

在这儿,当少女还不知道它,
德里维格已经为它而遗忘
那六步格的神圣的歌唱。

[①] 本诗所涉及的诗人:但丁和彼特拉克是意大利诗人;"麦克白的创造者"指英国的莎士比亚;卡门斯是十六世纪葡萄牙诗人;华兹华斯是十九世纪英国诗人;"立陶宛的歌者"指波兰诗人密茨凯维支;德里维格是普希金的好友。

讥布尔加林[①] 1830

你是波兰人,那不算什么坏事:
克斯久式珂、密茨凯维支都是[②]!
可以说,即使你是个鞑靼人
我也不觉得那有什么可耻;
哪怕犹太佬也无碍;倒霉的是,
你呀,是维多克·江湖卖艺人[③]!

[①] 本诗首先以手抄稿流传,以后被布尔加林在他主编的《祖国之子》上发表出来,但将最后一行的"维多克·江湖卖艺人"改换为"法捷伊·布尔加林",并附言如下:"在莫斯科传散着某一著名诗人的令人好奇的警句,并传到了这里。为适应我们的敌人和读者的需要,并为了使这篇珍贵作品免于在传抄中被歪曲,我们把它发表在这里。"为了答复布尔加林的这一狂妄行为,德里维格想把本诗的真实文本印在《文学报》上,但为书刊检查官所不许。
[②] 克斯久式珂是波兰民族英雄,密茨凯维支是波兰名诗人。
[③] 普希金给反动文人布尔加林的绰号是"维多克·费格里亚林"。维多克是法国的一个投机分子,任过密探,犯过罪。"费格里亚林"含有"江湖卖艺"和"变戏法"的意思。

致 权 贵[①] 1830

（莫斯科）

只等田野上轻柔的风刚刚吹拂，
给这人世间解除了北方的枷锁；
只等第一株菩提树泛出绿色，
你啊，阿里斯吉帕[②]的殷勤的继承者，
我就去看你；我将去看那宫院，
看建筑师的圆规、雕刻刀、调色板
怎样迎合了你讲究的怪癖，
怎样充满灵感，争显各自的魅力。

幸福的人，你懂得生活的目的，
你为生活而生活。早自幼年起，
你就会变换自己明朗的长长一生，
和生活适度地嬉戏，不超出可能。
你顺序地享有了官职和娱乐。
作为戴王冠的女人[③]的年轻使者
你访问了弗内——那个讽世的老叟[④]
钻营而大胆，心智和时尚的领袖，

---

① 本诗写给喀萨琳时代的权贵 H. B. 尤苏波夫公爵（1751—1831）。他在少年时任外交官，遍历英、法、西、意等国。他邀请普希金到他莫斯科附近的田庄阿尔罕盖里斯克去住，本诗即其答复。初发表时，有人认为普希金阿谀权贵，不止一次在杂志上加以攻击。本诗写出了法国革命前后欧洲历史面貌的变革。
② 阿里斯吉帕，古希腊哲学家，主张人生享乐。
③ 指喀萨琳女皇。
④ 指伏尔泰，法国唯物主义思想家和讽刺作家。

他爱在北国伸展自己的权力,
他以坟墓的声音和蔼地招呼你。
他把过多的欢愉向你尽情倾倒,
你尝过他的阿谀,人间神仙的饮料。
刚离开弗内,你又看到了凡尔赛。
在那儿,大家正欢腾,没有人向未来
投出预见的一瞥。年轻的阿尔米达①
首先发出信号提倡欢乐与豪华,
还不知道命运将给她什么宣告,
只在轻浮的宫廷的氛围中笑闹。
你可记得垂阿农②和喧腾的欢愉?
可是,你没有被它甘蜜的毒所萎靡;
博学鸿儒适时地成了你的偶像:
你隐居起来。在你严肃的筵席上,
有敬神的,有怀疑论的,有无神论的,
狄德罗③坐在他摇摆的三脚椅,
激动得除去了假发,还闭着眼睛
向人们宣讲。你一面慢慢把酒啜饮,
一面静听着自然神教或无神论,
像一个倾听雅典诡辩家的野蛮人。

可是伦敦唤去你的视听。勤勉地,
你的眼睛考察着它两院的会议④:
这儿热烈的攻讦,那儿严峻的反击,
啊,正是新兴文明的无畏的动力。

---

① 阿尔米达,美女名。这里指法国皇后玛丽·安托瓦内特,法国大革命时被处死。
② 垂阿农,凡尔赛宫中的花园凉亭,皇家游乐之所。
③ 狄德罗(1713—1784),法国唯物主义哲学家,百科全书的奠基人和主编。
④ 指英国国会上下两院。

也许是,厌倦了吝啬的泰晤士河,
你想要更作远游。这时,殷勤而活泼,
快乐的鲍玛晒①出现在你面前,
正像他所写的奇异的主人公一般。
他猜透你的心意:以迷人的辞藻
他开始讲起了女人的眼睛和脚,
讲起那个国度的逸乐,它的天空
永远清朗,生活懒散而且纵情,
有如少年炽热的梦,充满了狂喜;
那儿的女人夜晚在阳台上伫立,
张望着,也不怕西班牙丈夫嫉妒,
而对异邦人微笑地聆听和招呼。
于是你,兴奋的,向着西维拉②飞翔。
啊,那迷人的国度,幸福的地方!
那儿月桂在摇摆,橘子熟得红润……
好,请讲给我听吧,那儿的女人
怎样把爱情和信仰结合得巧妙,
并在面网下作出密约的暗号;
一封信简怎样从栅栏里投掷,
黄金怎样缓和了姑母的监视;
告诉我:怎样在窗下,披着斗篷,
一个二十岁的恋人颤栗和沸腾。

一切改变了。你看到风暴的漩涡,
一切覆没、智慧和愤怒相结合;
你看到凶狠的"自由"制定的法律,
凡尔赛、垂阿农伏在断头台里,
歌舞升平为幽暗的恐怖所替代。

---

① 鲍玛晒(1732—1799),法国喜剧作家。
② 西维拉,即西维里亚,西班牙古称。

在新的荣誉轰响下,世界已经更改。
弗内早沉寂了。你的朋友伏尔泰,
世道无常在他身上看得最明白:
即使在墓穴里,他也得不到安宁,
直到今天,还从墓穴到墓穴旅行①。
欧里巴、莫尔雷、狄德罗、哈里亚尼②,
那些百科全书派的怀疑的悲泣,
尖刻的鲍玛晒,你的扁鼻子卡斯齐③,
一切,一切过去了。别人再也不提起
他们的见解、议论、激情。看,在你周围,
新的事物在沸腾,旧的整个摧毁。
眼看昨天的一切都覆没无踪,
年轻的一代人很难保持冷静。
他们忙于总结、核算,为了采集
最近一场残酷的经验的果实。
他们没时间诙谐,和捷米拉④宴饮,
或者谈诗。那新的歌,奇异的竖琴,
拜伦的声音还不能使他们迷恋。

只有你如旧。一迈进你的门槛,
我立刻跨入了喀萨琳的时日。
你那些雕像、绘画,宽阔的藏书室
和修整的亭园都在对我证明
你对于缪斯多么静静地倾心。

---

① 伏尔泰的骨灰在法国革命时期,自西里尔寺院迁入伟人祠中,以示崇敬。帝室复辟后,又被扬弃于垃圾堆中。
② 欧里巴(1723—1789),法国唯物主义哲学家。莫尔雷(1727—1819),法国哲学家,经济学家,百科全书编辑。哈里亚尼(1728—1787),意大利作家及经济学家,百科全书派。
③ 卡斯齐(1724—1803),意大利诗人,著有讽刺及爱情诗。
④ 捷米拉,牧歌中美女的名字。

在高贵的悠闲中,你对她们向往。
我听着你谈话:你的谈吐流畅
而又充满青春的热。你深感到
美底力量。你激动地议论起了
阿里亚别娃的风采,龚佳罗娃的魅力①,
你潇洒地伴着康瓦尔、科列奇②,
无意参与世俗的纷扰;只有时
你从窗口讥笑地望着扰攘的人世,
你看到一切是周而复始地循环。

正是如此,罗马贵族伴着安乐的悠闲
和缪斯,在云斑浴池和大理石宫殿里,
避开世务的旋风,度过没落的前夕。
从远道来访的,有演说家,有将军,
有阴沉的独裁者或年轻的执政,
他们住一两天,奢华地憩息一阵,
感叹一下这港湾,便又迈上旅程。

---

① 阿里亚别娃(1812—1891),莫斯科美人。龚佳罗娃(1812—1863),普希金的未来妻子。
② 康瓦尔(1787—1874),英国诗人。科列奇,十六世纪意大利画家。

新　居[①]　1830

我祝贺你迁移了新居；
和你移去的家神一起
你也搬去了心灵的欢乐，
恬静的世界，自如的工作。

你够幸福，你的小小家庭
总保留着智慧的习性；
像门户要防火，你防避着
恶意的忧虑，萎靡的懒惰。

[①] 这首诗是写给 M. П. 波葛金的，他是莫斯科大学教授，历史学家，批评家，《莫斯科导报》的编辑。普希金在一八三〇年四月二十六日访他未遇，留言说："普希金来过了，祝贺你的新居。"

"当我以臂膊"[①] 1830

当我以臂膊轻轻围住
你的颀长秀丽的腰身,
并且向你激动地倾诉
爱情的絮语,如此温存,
而你呢,却把柔软的身躯
默默闪开了我的怀抱;
亲爱的人儿,对我这情意
你只报以怀疑的微笑;
关于负心的不快的流传
你是记得这样熟悉,
你带着毫无同情的冷淡
听着我,丝毫没有注意……
啊,我诅咒在我青年时代
那些罪孽和狡狯的用心,
那多少次约会的期待,
当花园里夜阑人静,
我诅咒那爱情的低语
和诗句秘密的弦外之音;
我诅咒那些痴心少女的
抚爱、眼泪和过迟的怨恨。

---

① 本诗是写给诗人的未婚妻龚佳罗娃的。

致 诗 人 1830

诗人啊,请不要重视世人的爱好,
热狂的赞誉不过是瞬息的闹声;
你将听到蠢人的指责,社会的冷嘲,
可是坚持下去吧,你要沉着而平静。

你是帝王:在自由之路上自行其是,
任随自由的心灵引你到什么地方;
请致力于完善你珍爱的思想果实,
也不必为你高贵的业绩索取报偿。

它本身就是报酬。你是你的最高法官;
对自己的作品,你比谁都更能严判。
苛求的艺术家啊,它是否使你满意?

满意吗?那么任世人去责骂它好了,
当你的神坛的火在烧,任他们唾弃,
并且和顽童一样,摇撼你的香炉脚。

圣　母[①] 1830

我从不喜欢在自己居室的四壁
琳琅满目地装饰古典大师的绘画,
那不过为了使客人迷信而惊奇
听着鉴识家自我卖弄的一番评价。

在我朴素的一角,在迟缓的工作中间,
我愿意终生观看的画只有一幅。
只有一幅:虽然是画,却仿佛从云端
最纯洁的圣母和我们神圣的救世主
(她的容貌庄严,他的眼睛流露着智慧)
和蔼地看着我,全身笼罩荣誉和光辉,
四周没有天使,头上是郇山[②]的芭蕉树。

我的万千心愿都满足了。啊,是上苍
把你恩赐给我的:你啊,我的圣母,
你是最纯净的美之最纯净的形象。

[①] 这首诗是赠给诗人的未婚妻龚佳罗娃的,据诗人说,拉菲尔所绘的圣母和她的容貌简直像两颗水珠一样的没有分别。
[②] 郇山,耶路撒冷的圣山,被认为是天国的城。

鬼　怪　1830

乌云在奔驰,乌云在盘旋,
月亮遮在云层的后面
只照出了飘飞的雪花,
天空阴沉沉,夜色昏暗。
我在旷野中蹒行又蹒行,
铃声响着:玎玲玲,玎玲玲……
啊,在这昏黑莫测的原野
走着,走着,多令人心惊!

"喂,走呀,车夫!……""不行啊,
老爷,马儿简直走不动;
道路都深深地埋在雪里,
风雪打得我睁不开眼睛。
就是打死它,也不见路呀,
我们迷失方向了,怎么办?
显然鬼怪把我们引上田野,
我看见它就在四周旋转。

"看哪,就在那儿,它嬉闹,
阵阵的吹风,向我唾吐,
你看,它正耸着发疯的马
把我们推进那条深谷:
看哪,它变得又高又大
直挺挺站在我的面前,
啊,它又化成小小的火星

一闪一闪地没入黑暗。"

乌云在奔驰,乌云在盘旋,
月亮遮在云层的后面
只照出了飘飞的雪花,
天空阴沉沉,夜色昏暗。
我们再也无力兜圈子,
马停了脚,铃也不再响……
"旷野里那是什么东西?"
"谁知道?是狼还是木桩?"

风雪在怒号,风雪在哭泣,
敏感的马儿打着响鼻;
看哪,鬼怪已经往前奔跑,
只有眼睛烧亮在夜里;
马儿又接着向前蹽行,
铃声响着:玎玲玲,玎玲玲……
啊,在那白闪闪的原野上
我突然看见了一群幽灵。

这是形形色色的鬼怪,
好难看啊,数也数不完,
它们在昏沉的月色里舞蹈,
像十一月的树叶,团团旋转
它们有多少?都往哪里赶?
为什么这样哀哀地号叫?
可是要把妖女嫁给人家?
还是老妖死了,将要埋掉?

乌云在奔驰,乌云在盘旋,
月亮遮在云层的后面

只照出了飘飞的雪花,
天空阴沉沉,夜色昏暗。
一群又一群的鬼怪
卷上了漫无边际的高空,
它们吱吱的鸣叫和哀号
不断地撕裂我的心胸……

哀　歌　1830

那荒唐的岁月,已逝去的欢乐,
有如酒醉后的昏沉折磨着我;
但和酒一样,往日留下的忧郁
在心里愈久,愈变得强烈有力。
我的路是凄凉的。啊,坎坷的未来!
你汹涌的海洋只给我辛劳和悲哀。

然而,朋友,我还不愿意了此一生;
我要活下去,好可以思索和苦痛;
我知道,我也会享受种种乐趣
在痛苦,焦虑和日夜操心里。
还有时,我会为乐声而沉醉,
我会对着虚构再倾流热泪;
也许,对我忧郁的生命的夕阳,
甚至爱情会以临别微笑而放光。

答 无 名 氏[①] 1830

啊,无论你是谁,以慰藉的歌
祝贺这在幸福中新生的我,
你以隐秘的手把我的手握紧,
给我以拐杖,指出未来的途径;
啊,无论你是谁,是诗灵的老叟
或是远方的、我青春的学友、
或是为缪斯秘密荫护的稚子,
或是异性的羞怯的天使——
我怀着感念的心向你致谢。
一向被人们所冷落、隔绝,
我至今不惯于祝贺的温情——
那亲切的语言对我如此陌生。
可笑,谁要希求人世的同情!
冷酷的人群总把诗人看成
不过是江湖上卖艺的人;假如
他表现了内心深沉的痛苦,
那苦炼的诗句,入骨的阴沉,
以不可思议的力量打动人心,
他们也许就鼓一鼓掌和称赞,
有时也把恶意的头点上一点。

---

① 无名氏为 И. А. 古里雅诺夫(1789—1841),著名的埃及学学者,俄罗斯学院的研究员。在普希金婚期前,他送去一首匿名的贺诗,其中表示,相信家庭生活的幸福将会成为诗人新的创作灵感的源泉。当时有很多人认为普希金的结婚将不利于诗的写作。

每当歌者遭遇到骤然的激情,
如悲痛的丧亡,流放或幽禁,
"这更好,"艺术的爱好者会说,
"这更好!他会有新的情思收获
写给我们。"可是,诗人的幸福
从没有引起他们心灵的欢呼,
于是它就畏缩地默不作声……

工 作[①] 1830

我热望的时刻来到了:多年的工作已告竣。
为什么有一种不可解的沉郁悄悄袭进我的心?
可是因为我功业告成,便像个无用的短工
取得报酬后呆立着,对别的活计都很陌生?
或者因为我恋恋不舍这深夜底沉默的心腹,
这金色的黎明底伴侣,神圣的家神的守护?

[①] 诗人写完了《欧根·奥涅金》,有感而成此篇。

皇村的雕像[①] 1830

少女掉落了水罐,罐子在峭壁上打碎,
她悲哀地坐下来,拿着无用的碎片。
奇怪!那清水从碎罐里总流个不完,
而少女对着永远的水流,永远地伤悲。

[①] 这个雕像如今还在普希金公园(昔皇村花园)中。它是由索克洛夫根据拉芳旦寓言《送牛奶的女郎和瓦罐》的主题而塑造的。

"聋子告聋子"[1]　1830

聋子告聋子,对着聋法官叫屈;
聋子叫道:"他把我的牛牵了去!"
"行行好吧,"聋子嘶着嗓子喊:
"我去世的祖父就有这块荒田。"
法官判决:"你们何必兄弟不和。
谁也没罪,都是那荡妇的过错。"[2]

---

[1] 本诗仿培里孙(1624—1693)的法文讽刺诗《三个聋子》写成。普希金曾在一篇文字中引用这首诗,写道:"有人问我们的一位著名作家,为什么他不答复对他的批评。他回答,批评家不理解我,而我也不理解我的批评家。如果我们求公众评判,可能公众也不理解我们。这使人想起了古代的警句。"

[2] 最后两句系照较近的另一版本译出。科学院版本为:
　　法官判决:"虽然那妇人不贞,
　　　把她嫁给小伙子吧,免得荒淫。"

告　别[1] 1830

最后一次了,在我的心头
我拥抱着你可爱的倩影,
并以全力唤起那心灵的梦,
我带着怯懦的温柔
郁郁地回忆着你的爱情。

我们的岁月迅速更替,
它改变一切,也变了我们,
而今你,对于你的诗人,
已遮在坟墓的幽暗里,
对于你,他也已经不存。

遥远的女友啊,请接受
我这深心道出的珍重,
一如寡妇告别了亡人,
一如默默地拥抱一个朋友,
然后他就永远被幽禁。

---

[1] 这首诗是为 E. K. 渥隆佐娃写的。

侍 童[①] 1830

（或"十五岁"）

这是薛吕平的年纪……

十五岁很快就要来临，
我可等到欢乐的一天？
它怎样鼓舞着我向前盼！
不过，即使现在，也没有人
能轻蔑地觑我一眼。

我已经不是孩子，在嘴唇
我能把自己的髭须捻拢，
我像没牙的老人一样庄重，
你们听听我粗糙的嗓音，
哼，有谁敢来碰我一碰。

我的温顺叫夫人们喜欢，
而她们之中有一个人……
她骄傲的眼睛这样多情，
她的两颊的脂粉这样暗，
她比我的生命更可亲。

她严格，一切都专权专断，

[①] 法国十八世纪戏剧家鲍玛晒的喜剧《费嘉乐的婚礼》中有一个侍童薛吕平，他爱上自己所服侍的阿勒马维华伯爵夫人。本诗拟他的口吻写出。

可我真赞叹她的聪明——
她嫉妒起来却令人心惊；
而且，她对一切人都傲慢，
只有我呀，能和她亲近。

昨天晚上，她多么威严地
对我赌咒：如果我再张望，
左左右右，人来人往，
她就要给我一服毒剂——
真的，她的爱情就是这样！

她想要和我私奔，不管那
天涯海角，也不怕人言议论。
你们可想知道我的女神？
不，我无论如何也不说出她，
我那西维里亚的伯爵夫人！

"我的红面颊的批评家" 1830

我的红面颊的批评家,讥诮人的大肚汉,
你永远在嘲笑我们痛苦的缪斯的伤感。
来吧,我请求你坐上车子,和我一起,
让我们试试,能否处置这该死的忧郁。
瞧,这是怎样的景象:一排破旧的小屋,
屋后是一片黑土平原,斜向无尽的远处,
低低悬在屋顶上的,是层层灰暗的阴云。
哪里有明媚的田野?哪里是幽深的树林?
哪里有溪水?在矮篱笆后面的院落中,
只有两株可怜的小树安慰你的眼睛。
啊,只有这两株,而且其中有一棵树
因为秋雨的吹打,已经完全凋零、光秃;
另一棵树的叶子枯黄了,湿湿的浸着泪,
只等西风倐起,便落进一摊脏污的泥水。
这就是一切了。院子里甚至没有一条狗。
对,倒是有个农夫,两个老婆子随在身后,
他没戴帽子,臂膀下夹着小儿的棺木,
正在远远的向牧师的懒惰的孩子高呼
让他把爸爸找来,好把教堂的门打开——
快些!不能再等了!早就该把他掩埋。"

"啊,你为什么皱眉?唔,老是这荒诞不经!
难道你不能用快乐的歌给我们开开心?"

"你到哪儿去?""到莫斯科。伯爵的命名日我可不能在这里闲逛。""等一等！有检疫！
你可知道在我们这里发现了猩红热？
来吧，请坐下，一如在阴沉的高加索
你的忠仆守门而坐①——怎么啦，我的兄弟？
你不再讥诮了,啊哈,你也陷入了忧郁！"

---

① 普希金于一八二九年从阿尔兹鲁姆回转的时候，因为瘟疫流行，曾在高加索边界的隔离所里坐了三天。

题依里亚特的翻译[①] 1830

其 一

听见神圣的古希腊语言的沉寂了的声音,
激动地,我的心感到了古歌者伟大的幽灵。

其 二

格涅吉屈是独眼诗人,盲荷马的译者,
而他的译文也只有一方面近似原作。

[①] 为Н.И.格涅吉屈的荷马译诗出版而作。第一节诗发表了,第二节诗仅留在手稿上,并被诗人有意抹去。

"我在这儿" 1830

我在这儿,伊聂西丽亚,
我在这儿,在你窗下。
夜的幽暗和梦
正拥抱着西维里亚①。

我身上披着斗篷,
带着剑,拿着吉他,
心里满是勇气
等在这儿,在你窗下。

你可是睡了?吉他
会把你唤醒。
如果老头儿起来呀,
这把剑就要他的命。

快用丝带结个套
系住那个小窗口……
为什么迟疑?……难道
你的情郎不在等候?

我在这儿,伊聂西丽亚,
我在这儿,在你窗下。

---

① 西维里亚,西班牙古称。

夜的幽暗和梦
正拥抱着西维里亚。

韵　律　1830

回音,不眠的仙女①,在宾内河边漫步。
　　菲伯看到她,不禁生出热烈的爱慕。
仙女怀着热恋之神的激情的果实,
　　在喋喋的仙女中间,她痛苦地生育
一个爱女。姆聂莫金娜②抚养了她。
　　嬉笑的少女在缪斯的合唱中长大,
很像她敏感的母亲,听从严格的记忆,
　　缪斯喜欢她;在人间,她叫作韵律。

---

① 希腊神话:回音是被贬的仙女,因为她过于絮叨不休地说那些她不能首先说出的话,而在别人说的时候又不肯沉默。宾内,希腊河名,起源于宾得山(象征诗国)。
② 姆聂莫金娜,记忆女神,九个缪斯都是她的女儿。

少 年[①] 1830

一个渔夫在寒冷的海边撒网；
  儿子在帮他。少年，不要打鱼吧！
另一个网等着你，另一种职务：
  你将网罗智慧，作帝王的助手。

[①] 本诗所写的为俄国伟大的思想家和科学家罗蒙诺索夫的幼年。

警 句[①] 1830

见风转舵者阿杰啊,不必伤心
你没有生为俄罗斯的乡绅,
也别难过你是巴纳斯[②]的游民,
上流社会叫你维多克·江湖卖艺人;
可悲的是:你的小说过于沉闷。

---

① 本诗讽刺了官方文人 Ф.布尔加林,是由他写的一本小说《僭越为王的狄米特里》引起的。普希金给他起了两个绰号,一是"阿杰·符流加林",符流加林在俄文中有"见风转舵"之意。另一绰号是"维多克·费格里阿林",维多克是法国的一个投机者和密探,并犯过罪;费格里阿林在俄文中有"江湖卖艺人"之意。
② 巴纳斯,希腊山名。希腊神话中指为阿波罗和缪斯的圣地。这里指文坛或诗国。

招　魂　1830

啊,假如是真的,在晚上
当世上的人已经安歇,
当天空中凄清的月光
正在墓石上轻轻流泻;
啊,假如那时候的墓茔
真是空旷的一无所有——
那么,我呼唤你,幽灵;
雷拉①,来吧,我的朋友!

出现吧,钟情的阴魂,
一如你永别前的那般:
被临终的痛苦所缠身,
你苍白、冰冷,有如冬天。
来吧,无论作为远方的星,
或轻飘的声音,或冷气,
或是作为可怕的魅影,
全都一样:来吧,来到这里!
我不是因抱恨而召唤你,
尽管我要谴责有些人
以他们的恶毒戕害了你;
我不想把死之奥秘探询,
也不为有时我苦于疑惑……

---

① 雷拉,是英国诗人拜伦的长诗《加吾尔》中的女主人公,她死后仍以阴魂出现在她的恋人之前。

而是因为那刻骨的忧郁
使我要说:我仍旧爱着,
我仍是你的;来吧,来到这里!

"如今,加吾尔们" 1830

如今,加吾尔①们是在歌颂
斯丹布尔城了。等到明天,
它就要像一条沉睡的恶龙
被他们的铁蹄踏过,作践。
灾祸临头,斯丹布尔城不醒。

斯丹布尔舍弃了真主;
在那儿,东方古老的真理
已被狡狯的西方所蔽住;
斯丹布尔为了罪恶的甘蜜
而背弃先知的剑和祈求。
它已不惯于战斗的流汗,
在祈祷的时候都要饮酒。

在那儿,信仰的光辉已暗淡:
妇女们随意在市场行走,
人们把老妇送到十字街头,
而男人就随意闯进后庭,
太监被收买,也闭着眼睛。

可是,我们的阿尔兹鲁姆
多山也多路,就不如此:
我们不迷于可耻的奢侈,

---

① "加吾尔"是伊斯兰教徒对基督教徒的蔑称。

也不想渎神地从酒中
舀一盅淫乱、邪火和喧腾。

我们斋戒;我们所饮的
只是泉水的醒人的清液,
我们的骑士成群结队地
奔赴战场,敏捷而暴烈。
我们对妻子嫉妒得像鹰,
我们的后庭不可侵凌,
那儿永远是一片安静。

伟大的真主!
   从斯丹布尔城
被追击的土耳其精兵
朝我们来了,而一阵暴风
卷来了前所未闻的袭击。
从鲁舒克到斯密尔纳古城,
从特拉彼松德到杜立奇,
扑来了成群的刽子手,
还带着争肉食的恶狗;
土耳其兵的家屋被烧了,
都颤摇着,噼啪地倾倒;
到处突现着血染的垛口,
木头变为炭,还在燃烧;
木桩上的僵硬的尸首
烧得抽搐着,一片黑焦。
伟大的真主啊,那时候
苏丹的心是多么怒恼。

不　寐　章 1830

我辗转不眠,又没有灯火,
一片漆黑和死寂包围着我,
在我附近,只有嘀嗒的钟声
伴着那令人厌倦的梦。
这命运的老妇似的低语,
这沉睡的深宵的颤栗,
这生活,像灰鼠似的奔跑……
为什么你要来把我烦扰?
倦人的低语啊,你说着什么?
你可是在抱怨,还是谴责
我让日子白白地溜走!
你可是对我有什么要求?
你是在预言?还是呼唤我?
我愿意知道你的涵义,
这一夜,我正上下而求索……

英 雄[①] 1830

真理是什么?

友 人

是的,声誉任性地浮荡。
像燃烧的语言,它只去到
它所选中的头上飞翔,
今天在这人头上不见了,
明天又在那人头上缭绕。
不可思议的世人总惯于
顺从地追踪着新奇;
但对于我们,那一团火
燎过的前额,却成为神圣。
无论在战场,或在皇座,
在声誉底那一串选民中,
谁最能够降服你的心?

诗 人

啊,永远是他——一个异邦人[②]

[①] 本诗在诗人生时匿名发表。结尾注明的日期,并不是写作的日期,而是尼古拉一世到达猩红热流行的莫斯科那一天。普希金想以此引起沙皇对受难民众的关怀。"真理是什么?"据说是罗马总督皮拉特质问耶稣的一句话。本诗结尾,有暗示尼古拉应宽赦十二月党人之意。
[②] 指拿破仑。

他好战,曾经使帝王屈膝,
他,戴着"自由"冠冕的将军,
已像晨曦的阴影一样逝去。

友 人

是什么时候,他奇异的星
撼动你的神志,使你吃惊?
可是那时候,当他立于
阿尔比斯山的峰顶,
望着神圣的意大利的谷豀;
可是当他掌握了大旗
或独裁者的王杖?或者
是当他在附近和远方
到处燃起了冲锋的战火,
一连串的胜利在他头上翱翔?
可是那时候,当这个英雄
把队伍炫耀在金字塔前,
或者是当莫斯科的荒城
以火光迎接他,默默无言?

诗 人

不是的。我看到的他不是
在战场,或在幸运底怀中,
也不当他是恺撒的螟蛉,
或当他坐在孤岛的岩石
一面忍受静谧底酷刑,
一面紧裹着他的战袍,
受着虚假的英名的嘲笑,
却等着死去,动也不动。

不,我看见的不是这情景!
我看见的是一长列病床①
每张床上一具活的尸身:
是黑死病,疾病底女王,
深深印上了每一个病人……
而他呢,对着非战斗的死亡
皱了皱眉,从每只床走过,
冷静地和疫病之手紧握;
因此,他给临死者的心灵
注入了勇气……我敢说:
谁要能和自己的生命
在恶病之前儿戏,只为着
使垂死的眼神发出欢乐,
我发誓:他就是天庭的友人,
无论盲目的尘世的裁判
怎么样说……

友　人

啊,诗人的梦幻!
严刻的史家会把它驱散②。
啊,他的声音一旦传扬,
世人的迷信向哪儿躲藏?

诗　人

那么,让真理之光见鬼去,

---

① 拿破仑在非洲战役中,曾在亚费访问黑死病医院。据说,为了安慰病人,他曾握过几个人的手。
② 据布里安的回忆录(以后证明是伪造的)说,拿破仑没有访问过黑死病医院。

假如只有冷酷的庸俗，
那嫉妒美德、渴求罪孽的，
能快活地宴飨它——不，不！
对于我来说，崇高的欺骗，
胜过卑劣的真理的幽暗……
别损害英雄的心吧！没有心
他成了什么？不过是暴君……

友 人

你在宽慰自己……

一八三〇年十月二十九日
莫斯科

"为了遥远的祖国的海岸" 1830

为了遥远的祖国的海岸
你离去了这异邦的土地;
在那悲哀难忘的一刻,
我对着你久久地哭泣。
我伸出了冰冷的双手
枉然想要把你留住,
我呻吟着,恳求不要打断
这可怕的别离的痛苦。

然而你竟移去了嘴唇,
断然割舍了痛苦的一吻,
你要我去到另一个地方,
从这幽暗的流放里脱身。
你说过:"我们后会有期,
在永远的蓝天下,让我们
在橄榄树阴里,我的朋友,
再一次结合爱情的吻。"

但是,唉,就在那个地方,
天空还闪着蔚蓝的光辉,
橄榄树的阴影铺在水上,
而你却永远静静地安睡。
你的秀色和你的苦痛
都已在墓瓮中化为乌有,
随之相会的一吻也完了……
但我等着它,它跟在你后……

译自白瑞·康瓦尔[①] 1830

祝饮你健康,玛丽

我祝饮玛丽健康,
啊,我可爱的玛丽。
我悄悄把门关上,
没有客人,孤独地
我祝饮玛丽健康。

可能比玛丽更美,
更美过我的玛丽;
但是不可能有谁
比这活泼温柔的
小鸟更令人心醉。

永远幸福吧,玛丽,
我生命里的太阳!
但愿阴霾的天气,
亲人的丧失,忧伤,
一概沾不到玛丽。

---

① 本诗为英国诗人白瑞·康瓦尔(1787—1874)一首诗的意译。题词取自该诗。

"两个骑士" 1830

两个骑士站着,面对着
一个高贵的西班牙少女。
两个人都望着她的眼睛,
笔直地,勇敢而无顾忌。
英俊的面容闪着光彩,
两颗心里燃烧着火焰,
两个人都以有力的手
按着拔出鞘的宝剑。

他们爱她胜过了生命,
她和荣誉一样的珍贵;
但是,她只能爱一个人——
少女的心究竟属意谁?
两个人都在对她说:
"你爱谁?请立刻决定。"
并且怀着青春的希望
笔直望着美人的眼睛。

我 的 家 世[①] 1830

俄罗斯的一批下流的文人
对他们的同业肆意讪笑,
他们硬说:我是贵族豪门。
请看吧,这是多么胡说八道!
我既非文官,也不带军队,
既不当教授,也不高居学林,
又没有十字章封我以爵位[②],
我只不过是俄罗斯的平民。

我理解到时代的嬗变,
是的,我并不和时代辩驳;
我们有了新兴的门第,
而门第越新,也就越显赫。
我不过是旧门第的残余
(很不幸,不只我一个人不新),
我是古代贵族的后裔,
伙计们,我呀,一个卑微的平民。

[①] 在官方刊物《北方蜜蜂》上,布尔加林曾讥诮普希金,说他冒充贵族,实则不过是贵族中的平民而已。又说到他的外曾祖是彼得大帝用一瓶甜酒买来的黑奴。本诗便是对这种人的答复。它未获准发表,但以手抄稿流行颇广,为诗人树立了许多敌人。

[②] 按照彼得一世所颁布的法令,凡是出身于军官、八品文官或有三十五年服务而获得四等伏拉狄密尔十字章的人,都可为贵族。

我的祖先没有卖过油饼①,
也没有擦过沙皇的皮靴,
也没有和教堂职事合唱于宫廷,
或者一步登天,变为公爵;
也没有人临阵而逃出
奥地利的敷发粉的大军。
这样,难道我能算是贵族?
我呀,谢谢天,是一个平民。

我的先祖拉恰②凭着臂力,
侍奉过神圣的聂夫斯基③,
他的后代受到伊凡四世④
那愤怒之王的宽宥。
从此,普希金家族就和沙皇
结了交;当尼日城的市民⑤
和波兰的士兵对阵沙场,
他们有不少立过功勋。

等阴谋和叛变都已扫平,
也熄了险恶的战争的怒火,
人民在自己的国书上就指定

---

① 这以下六行影射当时贵族间传为笑谈的一些事情。"卖油饼"的人指孟什珂夫公爵(1670—1729),据说他少时曾在莫斯科大街上卖过油饼;库达索夫伯爵曾当过巴维尔一世的近侍,"擦过皮靴";在教堂里当过唱诗班歌手的是拉祖莫夫斯基伯爵(1709—1771),他由于成为伊丽莎白皇后的情人而晋升;"一步登天,变为公爵"的是 А. Д. 别兹波罗多科;"敷发粉"的逃兵指 П. А. 克来因米黑里伯爵的祖父的。
② 拉恰,传说是普希金族的远祖,他自普鲁士移居俄国。
③ 亚历山大·聂夫斯基,十三世纪俄国的大侯爵。
④ 伊凡四世(1533—1584),俄国沙皇。
⑤ 指尼日城的商人库西玛·米宁,他组织了民众,于一六一二年将莫斯科从波兰军的占领下解放出来。

罗曼诺夫们坐上皇座①。
我们向王朝的人伸出手去,
那苦行人之子也给以宠幸②,
我们一直被帝王重视;
一直……但现在,我是一个平民。

正直的精神害了我们一族,
全家族最桀骜不驯的人,——
我的高祖竟和彼得相左,
因而被沙皇处以死刑③。
这给我们上了一课教导:
当权的人不喜欢论争。
道尔格鲁考公爵④有福了,
明智的是那顺从的百姓。

当叛乱发生在彼得果夫宫⑤,
我的祖父像米尼赫那样
仍然对彼得三世忠心耿耿,
也不惜效忠于他的覆亡。
奥尔洛夫弟兄⑥得以显赫,
而我的祖父却被幽禁。

---

① 一六一三年,俄国议会使罗曼诺夫族的米海依尔·菲奥得罗维奇登位(1613—1645)。普希金家族有七个人是那议会的议员,他们都在那议会通过的选举法上签了字。
② "苦行人之子"指米海依尔·菲奥得罗维奇·罗曼诺夫,他的父亲被迫削发为僧。
③ 菲奥多尔·普希金因为参加反革新的阴谋活动,一六九七年被彼得大帝处死。
④ 雅珂夫·道尔格鲁考是彼得大帝的宠臣。
⑤ 一七六二年六月二十八日的宫廷政变,颠覆了彼得三世,使喀萨琳女皇登位。米尼赫(1683—1767)曾任元帅,在政变后仍为女王重用。普希金的祖列夫·普希金当时服务于彼得三世的炮兵队,政变后被幽禁两年。
⑥ 奥尔洛夫弟兄共五人,他们是一七六二年宫廷政变的主持者。葛利高里·奥尔洛夫(1734—1783)是喀萨琳的宠臣。

因此,我们一族的刚烈性格
驯服了,而我也生为平民。

我还保留着成捆的皇诏,
上面有我的家徽的印记;
我没有和一般新贵结好,
而力求把骄傲的血平息。
我以读读书、写写诗而自遣,
我只是普希金,而不是穆新①,
我既不富有,也不是达官,
这却很自在:我只是一个平民。

---

① 普希金族有一支派是穆新·普希金,他们从十七世纪末叶即为世袭伯爵,直到一八三六年告终。普希金不是这一支派的。

附记

"江湖卖艺人"①在家一转念:
于是我的外曾祖,黑人汉尼巴②,
据说卖到了船长的手边,
一瓶甜酒就是他的身价。

这船长是个有名的船长③,
我们的世界随着他运行,
他掌舵在祖国的大船上,
给他以权威的迅急的推动。

船长对我的曾祖很是亲近,
同样地,这个买来的黑人
对于沙皇也是热诚、忠贞,
他不是奴隶,却成了亲信。

他的儿子,另一个汉尼巴④,
把强大的舰队一举击破,
并看它燃烧在切斯敏海峡,
于是纳瓦林初次陷落。

---

① 指写文讥诮普希金的布尔加林。
② 指阿勃拉姆·汉尼巴。
③ 指彼得大帝。
④ 指 И. А. 汉尼巴,阿勃拉姆之子。一七七三年,他率领舰队击败土耳其海军,攻陷了纳瓦林城。

"江湖卖艺人"灵机一动说:
我是贵族之中的平民。
他在那可敬的一寡算是什么?
他呀,米商斯卡街的贵人①。

① 米商斯卡街是彼得堡妓院和赌场的所在地区,布尔加林的妻子在结婚前和这条街的人物有关联,因此普希金称他为"米商斯卡街的贵人"。

茨　岗　1830

是一个幽静的黄昏，
在树林茂密的河岸，
帐篷里传出笑闹和歌声，
稀疏的营火闪闪。

祝福你,快乐的民族！
我认得出你们的篝火；
如果换个时候,我会跟随
你们的帐篷一起漂泊。

等到明天,刚露出曙光,
就消失你们自由的足迹，
你们走了——但你们的诗人
却已不能随你们而去。

他告别了流浪的行脚，
也暂忘了过去的欢乐，
他只想在舒适的乡村，
在家庭的寂静中生活。

"野　鹿" 1830

灌木在喧响……一只野鹿
欢快地跑上了陡峭的山顶,
从悬崖顶上,它畏怯地
遥遥俯瞰着下面的树林,
它望着一片明媚的原野,
望着幽深的蔚蓝的天穹,
还有那德聂伯河的两岸
像戴着冠冕,密林丛生。
它静止地,颀长地站在那里,
把敏锐的耳朵微微掀动……

但它颤栗起来——它听到了
骤然的声响,便惊惧地
把它的长颈竖起,突然间
从山顶逃去……

"有时候,当往事的回忆"[①] 1830

有时候,当往事的回忆
在暗暗地啮咬我的心,
而已遥远的痛苦、忧郁,
像幽灵,又来向我叩问;
有时候,看见到处的人们,
我就想到荒野去隐居,
我憎恨他们软弱的音响——
这时,我要忘情地飞往的
不是那一个明媚之邦
天空闪着难言的蔚蓝,
尽管它那温暖的海波
向着发黄的大理石泼溅,
尽管月桂和郁郁的杉柏
在那儿繁茂地随地生长,
而庄严的塔索曾经歌唱;
甚至如今,在幽暗的夜晚,
远远的,那振响的山岩
还把舟子的低音歌回荡。
不,我经常梦见飞往
寒冷的北国的波涛。
越过一片翻腾的白浪,
我看见一个开阔的小岛。

[①] 本诗未写完。其中所写的荒凉海岛,很像是索罗维斯基岛,亚历山大一世曾一度想把普希金流放到那里。

啊，凄凉的海岛——在岸边
丛生着严冬的越橘，
它布满了枯萎的苔藓，
受着寒冷的泡沫冲洗。
有时候，北国的渔人
就在那里大胆地停靠，
他把潮湿的渔网铺陈，
并且安排下他的炉灶。
而狂暴的气候将把我的
脆弱的小船掀到那里
……

一八三一年

回　声　1831

无论是野兽在林中嚎叫,
或是雷鸣,或是吹起号角,
或是少女在山坡后歌唱——
　　对于每一种声音
你都在茫茫的空中报以反响,
　　立刻给出了回应。

你倾听着霹雷响声隆隆,
暴风雨的吹打,波涛的翻腾,
还有乡野的牧童的招呼——
　　一切引动你的回荡;
但是你自己却得不到答复……
　　诗人啊,你也一样!

"皇村中学的周年庆祝"[①] 1831

皇村中学的周年庆祝
举行的次数越是增加,
这一圈老朋友就变成
更拘谨而客气的一家;
人数也少了;我们的节日
逐渐暗淡了它的欢乐;
碰杯的声音变为喑哑,
而凄凉的是我们的歌。

就这样,尘世的风暴
也不意地吹临我们,
我们对着青春的饮宴
却常常的心绪阴沉;
我们成人了;命运也判给
我们一份生活的苦辛,
死之灵在我们中间走过,
它已指定了它的牺牲品。
六个空的席位陈设着,
六个朋友我们永不再见,
他们散在各地安睡了——
或这儿,或在战斗的边远;
有的在家里,有的在异乡;
有的被疾病,有的被忧郁

[①] 本诗是为一八三一年十月十九日皇村中学的周年庆祝而写的。

带到阴湿而幽暗的地下——
对于他们,我们不禁哭泣。

仿佛轮到我了,我觉得
我的德里维格①朝我呼唤,
我活泼的少年的同学,
我悒郁的青春的友伴,
啊,对宴饮,年轻的诗歌
和纯净的思维的同好,
永远离我们而去的诗灵,
你投向祖国的先辈去了。

靠紧些吧,亲爱的朋友,
让我们更紧密地围坐;
我结束了对死者的歌唱,
再让我们对活人祝贺;
望大家不久又无意中
在同学的欢宴里重逢,
能再拥抱这尚且留存的,
对新的丧亡也不再震动。

---

① 此时已有六位同学死去。德里维格的死(一八三一年一月)给普希金以很大的震动。

一八三二年

题 A.O. 斯米尔诺娃手册[①] 1832

面对上流社会和宫廷
形形色色无益的纷扰,
我保持着冷观的眼睛,
单纯的心,自由的头脑,
以及真理高贵的火焰,
而且像儿童一样良善;
我嘲笑着无聊的人物,
我据理而明智地判断,
而且把最黑色的恶毒
写成白纸上一篇笑谈。

[①] 普希金送给斯米尔诺娃一本手册,让她记录下自己对宫廷和上流社会的观感,并在手册的第一页上题了这首诗,它是以斯米尔诺娃的口气写出来的。

题 А. Д. 阿巴梅列克 1832
郡主的纪念册[①]

我感慨地想到,某一时
我曾大胆地抚爱过您,
那时您是奇异的孩子。
您长得如花似玉,而今
我怀着敬仰对您致意。
看着您,我的心和眼睛
激动得不自主地颤栗,
像个老乳妈,我骄傲于
您的本人和您的声名。

---

① 安娜·达维多夫娜·阿巴梅列克(1816—1889)是女诗人和社交界美女。普希金在她幼小时见过她。

给格涅吉屈[1] 1832

久久地,你独自和荷马谈心,
　　我们把你等了多时,
你从星宇的神秘高空降临,
　　给我们带来了碑示。
可是呢?你发现我们在荒原上,
　　在帐幕里宴饮和欢笑,
并且环绕着我们自制的偶像
　　热狂地歌唱和舞蹈。
对你带来的光,我们只是惶惶然。
　　你又是恼怒,又觉可悲,
先知啊,你可要诅咒这群冥顽,
　　或者把你的碑记捣毁?
但你没诅咒我们。你爱从峰顶
　　走进小山谷的荫翳中,
你爱天庭的雷,但是也能倾听
　　玫瑰丛中蜜蜂的嗡营。
真诗人正是这样:他既惋惜于
　　悲剧女神的激烈表情,
也能粲然笑对粗野的闹剧,
　　和浅陋而放肆的场景。
有时罗马,有时是骄傲的希腊
　　或奥西安[2]山岩把他招呼,

---

[1] 格涅吉屈是荷马史诗的译者。
[2] 格涅吉屈译过奥西安史诗,并曾以其风格写诗。

同时,他还能跟着耶路斯兰和鲍瓦①
　飞翔得可惊的自如。

---

①　格涅吉屈提倡民歌及民间故事诗。耶路斯兰和鲍瓦都是俄国民间传说中的英雄人物。

美　人[①] 1832

她的一切都和谐、珍异，
一切超升于激越的世情；
她只怯懦地静止在那里，
她的美色已超凡入圣；
她扫视一眼云集的仕女，
既没有对手，也没有侣伴；
啊，我们一圈苍白的艳丽
都已在她的光彩下消散。

无论你忙着去做什么，
尽管是去和情人会见，
无论你的心里宴飨着
怎样秘密的珍贵的梦幻，
可是碰见了她，你会迷惘，
并立刻不自主地呆住，
你会虔诚地充满了景仰
对着这神圣美妙的造物。

---

① 本诗是写在 E. M. 莎瓦多夫斯卡娅（1807—1874）的纪念册里的，她以美著称。

给——[①] 1832

不,不,我不该,不敢,也不能
再疯狂地追求爱情的激动,
我不能再让心灵燃烧、沉迷,
我要严格地保持自己的静谧;
不,我爱得够了;然而,为什么
有时我不安于顷刻的幻梦,
每当从我眼前不意地掠过
一个年轻、纯净、天庭的生命
随即飘然消隐……难道我不能
清心寡欲地欣赏一个少女,
用眼睛追逐她,并在安静中
全心祝祷她幸福和欢愉,
祝祷她把一切荣华都尽享,
无忧的悠闲,平和愉快的精神,
甚至祝福她所选择的对象——
那把少女唤作妻室的人!

[①] 本诗可能是写给 Н. Л. 索罗古柏(1815—1903)的,她是普希金在彼得堡的女友。

纪念册题词 1832

受着命运的专制的迫害，
我远远离开豪华的莫斯科，
我将依依地怀念那所在，
因为您在那儿蓬勃地生活。
都城的喧声扰得我厌烦，
住在那儿时我经常忧郁——
只有对您的不断的怀念
将使莫斯科浮上我的记忆。

"司葡萄的快乐的神"① 1832

司葡萄的快乐的神
在我们夜晚的筵席
给了我们三杯酒饮。
第一杯祝贺格拉茜,
赤身露体而又羞怯;
第二杯酒一饮而光,
为了红面颊的健康;
第三杯为多年的友谊。
智者在第三杯以后
给大家取下了花冠,
他已斟满祭奠之酒
要为美满的梦神饮干。

---

① 本诗是取自阿芬内在三世纪编的希腊诗选《智者的筵席》(法文译本)的一首诗的模拟。

纪念册题词[①] 1832

很久以来,我的笔墨
没沾到这珍贵的篇幅,
对不起,你的纪念册
很久没得到一句招呼,
静静躺在我的书桌里。
很凑巧,今天是你的
命名日,我愿意祝贺
你得到各样的福泽,
很多甜蜜的欢愉——
在巴纳斯名声赫赫,
但生活呢,却很静谧;
而且,没有一本纪念册
积压上你的良心,
有负朋友或者美人。

[①] 本诗写给的人不详。据推测,系致诗人的中学同学、诗人及音乐家 П. Л. 雅科夫列夫(1798—1868)。

一八三三年

骠 骑 兵 1833

他一面拿铁篦子刷马,
一面嘟囔着,很是恼怒:
"是恶鬼把我弄眼花啦,
到了这个该死的住处!

"这儿他们防你,就好像
防备土耳其人的射击,
好不容易端来点清汤,
白酒吗,简直提也别提!

"这儿老板把你看成了
豺狼虎豹;至于老板娘——
哼,正派也好,马鞭也好,
引她到门后那是别想。

"基辅才好!那儿多作兴!
汤团儿直往你嘴里溜,
酒呀——你给土币就供应,
还有年轻、标致的小妞!

"哎呀,只要黑眉毛美人
看你一眼,别怕把心给她。
独自个,独自个可不开心……"

"那怎么办呢？军爷,说呀。"

他捻着自己的长髭须,
说道:"这话不是捉你短,
小伙子,你也许不胆怯,
可是不开窍;咱见过世面。

"唔,你听哪:咱那一团来到
德聂伯驻扎;我的女老板
心地好,又长得挺俊俏,
她男人已经死了,你看!

"我跟她亲热上,成了家,
过得和睦,和别人相同,
打她呢——我的玛鲁新卡
连粗气儿也不哼一声。

"我喝醉了,她把床铺好,
还亲自拿酒给我解醉;
只要我使个眼色:喂,大嫂！——
她可听话呢,从不顶嘴。

"你看:还有什么可叫苦?
称心过吧,只要别寻衅;
可是不行:我想要吃醋,
怎么办？看来有野汉勾引。

"我琢磨开啦,她为什么
鸡叫前起身？谁在招她？
我的玛鲁新卡一步错,
魔鬼要带她去到哪儿？

"我可瞄上她啦。有一回,
我躺着,眯着眼装睡觉,
那一夜比地牢还漆黑,
院子里狂风呼呼地叫;

"我听见了:我的小亲家
从灶台悄悄地跳下来,
她轻轻把我探看一下,
就坐在炉边,把煤火吹开;

"又点起了细长的蜡烛,
她拿着蜡烛走向屋角,
把架上一个小瓶拿出,
就在炉前坐上了笤帚;

"她把全身都脱得精光,
又对小瓶子喝了三口,
突然间,她骑在笤帚上,
一飞旋进烟囱——就溜走。

"啊哈,我立刻恍然大悟,
我的亲家是异教女人!
别忙,亲爱的!我一骨碌
爬下热炕,看见那小瓶。

"闻了闻:酸的!什么烂货!
泼在地上:哈,出人意外!
铁条跳了,面盆也跳着,
都跳进炉洞。好不奇怪!

"我看见猫在凳下睡觉；
我把小瓶朝它浇了浇——
它呼呼睡。我哄它：快跑！……
它也跟着面盆飞去了。

"好吧，我不管碰上什么，
把瓶水滴洒在每一处；
什么壶、罐、凳子和木桌，
走吧，走吧，都跳进烟囱。

"闹什么鬼呀！我横横心：
咱也试试吧！我一口气
喝干了瓶子；由你信不信——
我突然像鹅毛飞上去。

"直往上飞啊，飞个不完，
我也不知道飞到哪里，
我只记得碰上星星喊：
靠右点！……以后就掉下地。

"我一看：是山。在那山头，
饭锅冒着气，有些人歌唱，
还呼啸，游戏，笑闹不休，
把青蛙给犹太佬戴上。

"我啐了一口，想要说话……
但突然跑来我的玛鲁莎：
'回去！冒失鬼，谁叫你来啦？
他们会吃你！'可我不怕：

"'回家？哼，见鬼去！我怎么

343

认得路呢?''啊,好不古怪!
这是通火棍,坐上去吧,
你这天杀的! 快快跑开。'

"'什么? 让我坐上捅火棍,
我,宣誓的骠骑兵,蠢东西!
你可是要我投降给敌人?
或是你身上有两张皮?

"'带马来!''好,傻瓜,给你马。'
果然,一匹马来到跟前,
它全身是火,蹄子直抓,
脖子像弓,尾巴像烟袋管。

"'坐上吧。'我就骑上马背,
找找马缰,可没有缰辔。
它忽然飞起,忽然飞回,
啊,咱又来到了炉火边。

"我一看,一切都没变动,
我还是两腿跨在马上,
哈,哪里是马,是旧板凳:
事情有时候就是这样。"

他捻着自己的长髭须,
说道:"这话不是捉你短,
小伙子,你也许不胆怯,
可是不开窍:咱见过世面。"

布德累斯和他的儿子[①] 1833

布德累斯有三个儿子,和他一样,
　　是三个立陶宛人。有一天,
他说:"孩子们！套上鞍呀,牵出马儿,
　　磨快你们的月牙斧,磨快宝剑！

"这消息来得好:维尔诺[②]想往三方面
　　分三路发出大军去远征:
大公爵去打波兰,奥立格德去打普鲁士,
　　打俄国人的,是克斯杜特督统。

"你们都是小伙子,力气大,胆子壮,
　　（立陶宛的神还会把你们佑护！）
如今我不走了,我要派你们去取胜,
　　你们三个人啊,要走三条道路。

"谁都会有酬劳:一个到诺夫戈罗德
　　去捞它俄国人一笔财富。
他们的妻子都穿得华贵,像镀了金,
　　家家丰满,日子过得很富足。

"第二个啊,从普鲁士,从那该死的
　　十字军,可以拿到很多财货,

[①] 本诗是波兰诗人密茨凯维支的一首诗的翻译。
[②] 维尔诺,立陶宛的首府。

举世的金钱和花呢都能归他有,
　　还有琥珀,跟海边的沙子一样多。

"第三个要随大公,勇敢地去打波兰,
　　在那儿,好东西倒是寥寥可数;
那地方的剑不错;不过,也许从那儿
　　他能领回咱家一个新媳妇。

"世上哪个公主能美过波兰姑娘?
　　她快乐得像炉火边的小猫,
脸和玫瑰一般红,又白得像酸奶油,
　　眼睛呢,像一对蜡烛在燃烧!

"孩子,我年轻的时候也去过波兰,
　　我从那里带回了一个小婆娘;
我活了这么大啦,可是我一直
　　想念她,只要我的眼睛投向那方。"

儿子和他告别后,就都上了路。
　　家里的老头儿把他们等了又等,
一天又一天过去了,不见一个回来。
　　布德累斯想:完啦,他们丧了生!

大雪飘落的时候,一个儿子奔回来,
　　他用斗篷鼓鼓的把什么包藏。
"你带回什么?那是什么?可是卢布?"
　　"不,爸爸,这是一个波兰姑娘。"

雪花在纷飞,一个人骑马跑回来,
　　黑色的斗篷盖着鼓鼓的东西。
"斗篷下面是什么?可是彩色的呢绒?"

"不,爸爸,是一个波兰的少女。"

雪花在纷飞,第三个儿子回来了,
　　黑色的斗篷盖着鼓鼓的东西。
老布德累斯也不再问了,只忙着
　　准备请人参加婚礼。

督 军[①] 1833

夜深沉,远征的督军
忽然回转到家门。
他叫仆从别声张,
便走进卧室,奔向床,
拉开帐子……啊,果然!
没有人,床儿空荡荡。

他那凶狠的两眼
比黑夜还更幽暗,
他揪着花白的髭须……
他把袖子往上一卷,
走出屋子,关上门,
"哼,你这贱人!"他叫喊:

"为什么那一道篱墙,
也没有狗,也不闩上?
来呀,奴才!拿家伙,
拿粗绳和麻袋,
摘下枪来。跟我走!……
瞧我给她个厉害!"

主仆沿着篱墙
偷偷地一路探望,

---

① 本诗是波兰诗人密茨凯维支的一首诗的翻译。

进了花园,望过树丛,
在石凳上,在喷泉边,
啊,小姐穿着白衣
坐在一个男子前面。

男子说:"一切都完了,
一切转眼都失掉:
我的欢欣,我的所爱,
那洁白胸脯的叹息,
柔软的手的紧握……
督军把一切给买去。

"我为你苦了多少年!
我把你追了多少年!
可是啊,你拒绝了我。
他不追逐,也不痛苦,
他只是敲了敲银洋,
你就给他来做主妇。

我趁着黑夜驰奔,
来看看你可爱的眼睛,
握握你柔软的手,
再祝福你这新居
许多年快乐、幸福,
然后啊,就永远别离。"

小姐在悲伤、哭泣,
他吻着她的前膝;
他们隔着树木张望,
火枪就搁在地上,
一面用嘴衔着子弹,

再用铁条去捅枪膛。

他们走得非常小心。
"老爷,我可不会瞄准,"
可怜的仆人小声说:
"是有风吧?眼里流泪,
我直抖,手腕没力气,
火药倒不进药池内。"

"小声些,天生的奴隶!
等着吧,就有你哭的!
撒上火药吧……瞄准……
对准她脑门。往上,靠左……
我对付男的。慢一些;
我先开枪;你就跟着。"

花园里一声枪响。
仆人没等主人开枪;
督军晃了晃身子,
督军惨叫了一声……
显然,仆人给弄错了,
把督军的脑门打中。

"要不是" 1833

要不是由于某个人的心
如此热切而狂乱地迷恋,
我也许仍旧在这儿浸沉,
不为人知地静静贪欢:
我会忘记一切欲望的颤栗,
把全世界都看得虚无缥缈——
我也许仍旧在倾听这喁语,
仍旧吻着这小小的脚……

秋 1833

（断章）

有什么不来到我梦寐的脑中？
——杰尔查文

1

十月降临了——林中杈桠的树枝
已经摇落了最后的一片枯叶。
秋寒吹拂着——道路都已封冻，
磨坊后的小河还潺潺地流泻，
但池塘已经冻结。我的邻居
正赶忙去到远处的山野里打猎；
啊，玩兴多么浓，冬麦可苦不堪言，
猎犬的吠声激荡在沉睡的林间。

2

这才是我的季节；我不爱春天，
我病春：解冻、湿臭、泥泞，令我厌恶；
血在跳荡；情感和思想郁郁不宁；
严酷的冬天比较使我心满意足。
我爱冬天的雪：在月下，伴着女友，
坐上雪橇奔驰——是多么轻快、自如！
而她，在貂皮下温暖焕发，伸过手
紧紧握着你的：啊，火热而且颤抖！

3

那是多么畅快,脚蹬着锋利的冰刀
在凝固的平滑如镜的河面上滑行!
还有冬节的那多彩的热闹和欢愉!……
不过,也别说得过分:雪下个不停。
这个,老实说,即使是惯于穴居者,
大熊也终于厌倦。我们不可能一生
都和年轻的阿尔米达①在雪橇上翻滚,
也不能老关在双层窗里,在炉边打盹。

4

啊,美丽的夏天! 我也许会喜欢你,
假如并不炎热,没有灰尘、蚊子和苍蝇。
你折磨我们,使我们的心智瘫痪,
像田地,我们苦于干旱,情思都不醒,
似乎只有灌水来复苏。唉,我们心里
不想别的,只把冬天老妈妈思念不停:
刚刚用薄饼和美酒送她到了西天,
便又发明冷饮和冰食,来把她悼念!

5

人们常常诅咒秋季临末的日子,
然而我,亲爱的读者,却不能同意:
我爱她静谧的美,那么温和而明媚,

---

① 阿尔米达是意大利诗人塔索所著《解放了的耶路撒冷》中的美女,她以魔法迷醉了许多武士。

就像个孩子,虽然不讨家里人欢喜,
却偏使我疼爱。让我坦白地说吧:
一年四季中,只有秋季和我相宜。
她有很多好处:而我像不虚荣的恋人
执拗地想像她有些什么称我的心。

6

应该怎样解说呢? 我对她的爱情
就好像,有时候,你也许会属意于
一个肺结核的姑娘:她就要死了
可怜的人儿没有怨尤,没有怒气,
而恹恹枯萎;她的唇边还露着微笑,
墓门已经张开口,她却没有在意:
她的两颊仍旧泛着鲜艳的红润,
今天她还活着——明天呢,香消玉殒。

7

啊,忧郁的季节! 多么撩人眼睛!
我迷于你的行将告别的容颜;
我爱大自然凋谢的万种姿色,
树林披上华服,紫红和金光闪闪——
在林荫里,凉风习习,树叶在喧响,
天空笼罩着一层轻纱似的幽暗,
还有那稀见的阳光,寒霜初落:
苍迈的冬天远远地送来了恫吓。

8

每逢秋天来临,我就重新蓬勃,

俄罗斯的寒冷有益于我的健康；
对于日常生活我又开始发生兴趣，
不断地饥饿，睡梦一连串地翱翔。
血液在我心里欢愉地轻快地跳跃，
我又感到幸福、年轻，沸腾着欲望。
我又充满了生命——这就是我的体质
（请原谅，我不必要地提起这些俗事）。

9

我叫人把马牵来，它载着骑马的人
摆着鬃毛，向一片辽阔的荒野驰奔。
在闪亮的马蹄下，冻结的山谷响着
清脆的嗒嗒和薄冰爆裂的声音。
但白日一闪而过。久已忘却的壁炉
又烧起来了——它时而烧得通明，
时而微红——我则拿本书坐在炉边，
或者把深长的思索在心里盘算。

10

在甜蜜的静谧中，我忘了世界，
我让自己的幻想把我悠悠催眠。
这时候，诗情开始蓬勃和苏醒，
我的心灵充塞着抒情的火焰；
它颤栗、呼唤，如醉如痴地想要
倾泻出来，想要得到自由的表现——
一群幻影朝我涌来，似生而又熟识，
是我久已孕育的想像底果实。

11

于是思潮在脑中大胆地波动,
轻快的韵律驾着它的波涛跑开;
啊,手忙着去就笔,笔忙着去就纸,
一刹那间——诗章已滔滔地流出来。
这好像一只船,原来安睡在死水上,
可是,听!突然水手们行动飞快,
爬上,爬下——于是船帆鼓满了风,
这庞然大物冲破波浪,走上航程。

12

它航行着,可是往哪里去呢?……

"天啊,别让我发了疯" 1833

天啊,别让我发了疯。
不,宁可要木杖,讨饭袋;
不,宁可工作和挨饿。
并不是因为我珍爱
我的理性;并不是因为
我不愿意理性退位:

如果能够随心所欲,
我多么愿意嬉戏着
投入那幽暗的森林!
我愿意热呓而狂歌,
我愿意使自己昏迷
在胡乱而神奇的梦里。

而我会倾听着波浪,
我会满心都是快乐
望着那辽阔的天空,
我会自由,精力蓬勃,
我会像那猛烈的旋风
把田野树林都摇动。

但不幸的是:发了疯
你就像瘟疫般可怕,
人们立刻把你关起,
还戴上锁链,当你傻瓜;

于是隔着铁栅,像野兽,
人们过来和你挑逗。

而且,夜里听到的不是
夜莺的嘹亮的歌唱,
或树林悠悠的喧腾,
而只是同伴的叫嚷,
和值夜看守的骂喊,
尖叫声和哗哗的铁链。

"啊,法兰西一群诗匠" 1833

啊,法兰西一群诗匠的严峻的法官,
古典主义的布阿罗①,我朝你呼唤:
虽然,在你的祖国,由于命运的无情,
你已不再当作先知那样受尊敬,
虽然自作聪明的人伸出鲁莽的手
要把你那厚密假发上的桂花拿走,
虽然,被新兴的自由学派所烦扰,
你愤怒地对它转过你光秃的后脑,——
可是,我,你忠实的信徒,还要恳求你
做我的先导。我要继你之后,大胆地
主持你曾用来宣誓一切的讲坛,
在那儿,你过誉了十四行诗的优点,
但你发出的理性的判断曾经制裁
以往时代的谎言和过去的蠢材。
而今,我们的撒谎家更是青出于蓝,
他们的胡说已使我感到异常不安。
难道我们还该默默聆听? 多不幸!……
不! 我要高喝一声,叫他们永远安静。
你们这群文人啊,只凭胆大妄为,
一抓起了笔,就敢把白纸涂黑,
接着就把自己所写的赶忙排印;
停一停吧——首先该弄清,你们的心

---

① 德普利奥·布阿罗(1636—1711),法国古典主义批评家,推崇理性,因此受到后来的浪漫主义者攻击。

充塞的是什么——是率真的灵感呢，
还是只图自我炫耀的胡言乱语？
可是因为你们手痒了，就乱涂一篇，
还是债主不信任你们，逼着要钱？
其实，你们倒不如把愿心放低，
在文职或武职上谋一下生计，
或者跟载誉的茹科夫①买卖烟草，
在劳作中，能获得的名利也不算少；
那岂不胜过把告示硬塞给杂志，
或者给权贵献一首鄙陋的情诗，
或者满头挥汗，把弱小的同业讪笑，
或者硬扬起脸来，不管别人的讥诮，
从疏忽的读者（作为下流的作家）
去搜集订户——以待未来的胡话？……

---

① 茹科夫，当时著名的烟草商。

"像一层斑驳的轻纱" 1833

像一层斑驳的轻纱,
银白的雪在田野闪烁;
月亮在照耀,一辆三驾车
在大道上急急地驰过。

唱吧:旅途是这样沉闷;
在路上,在幽暗的夜里,
一支嘹亮而豪迈的歌,
这乡音对我异常甜蜜。

唱吧,车夫! 我默默地
贪婪地聆听你的歌唱。
月亮洒下寒冷的清辉,
风在远方号叫得忧伤。

唱吧:"柴秆啊,小柴秆啊①,
为什么你不烧得明亮?"

---

① 俄国农民烧柴秆用作灯光。

一八三四年

"够了,够了,我亲爱的"[①] 1834

够了,够了,我亲爱的!心要求平静;
一天跟着一天飞逝,而每一点钟
带走了一滴生命,我们两人盘算的
是生活,可是看哪——一转眼,命已归西。
世上没有幸福,但却有意志和宁静。
多么久了,我梦寐思求着这种宿命;
唉,多么久了,我,一个疲倦的奴隶,
一直想逃往工作与纯洁喜悦的幽居。

[①] 这首诗是诗人对妻子写的,表达了他渴望离开彼得堡的生活而隐居乡间。

"他生活在我们中间"[①] 1834

他生活在我们中间,
在对他是异族的人们中间。但是
他对我们并没有怀着恶意。而我们
爱他。安详的,友善的,他参加了
我们的会谈。我们和他共同享受
纯洁的梦想和歌唱(他的诗歌
赋有神的灵感,他从高处望着生活)。
常常的,他和我们谈着将来,谈着
那么一天:民族间忘了彼此的争端,
开始结合成为一个伟大的家族。
我们都倾心地聆听着诗人。他走了
去到西方——我们又以无限的祝福
给他送别。然而,现在,我们的嘉宾
却变成我们的敌人。他为了迎合
狂暴而嚣张的人群,竟以恶毒
注入他的诗句。远远的,我们听到
恶毒的诗人的声音。啊,那是多么
熟悉的声音!……上帝啊,请用你的
真理与和平,净化他的心吧。

[①] 普希金在一八三三年秋季看到了波兰诗人密茨凯维支在巴黎印行的四卷诗集,其中有嘲讽俄国的政治讽刺诗及《给俄罗斯的朋友们》一诗,尤其是后者,促使普希金创作了这首诗。

"我郁郁地站在" 1834

我郁郁地站在坟墓上。
环顾四周,到处是一片
庄严的死亡底家乡
和漫漫无边的草原。
穿过这永眠的地方
有一条乡间的小道,
时而听到役用的货车
在那上面辘辘地奔跑。
左右都是荒原濯濯。
没有山冈、树木、小河,
只偶尔看到一些灌莽;
默默无声的石碑坍塌,
墓丘和木制的十字架
是那么静穆、单调、凄凉……

西斯拉夫人之歌[①] 1834

前　言

　　这歌集的大部分,是我从一作文二七年尾在巴黎出版的一本书中选择出来的,那书名是《古兹拉,或伊里利克诗选》,集自达尔玛蒂、波斯尼亚、克罗地及赫尔泽葛文等地。不知名的出版家在序文里谈到,不久以前,当他在搜集这半开化民族的简朴歌曲的时候,他不曾想到要把它公之于世,可是后来看到时下风气之所趋,人们不仅喜好外国作品,尤其喜好在形式上远异于古典主义典范的作品,这就使他想起了自己的集子,又因受到朋友们的督促,便译出这些诗的一部分,云云。这不知名的搜集者不是别人,而是梅里美,一个文笔锋利而独创的作家,写过《克莱拉·加苏尔的剧院》《查理九世编年史》《两个错误》以及其他在今日法国文坛的深刻而可悯的没落中显得非常卓著的作品。诗人密茨凯维支原是一个敏锐而精细的批评家兼斯拉夫诗歌专家,他却不十分相信这些歌曲的真实性;另外有一个博学的德国人则对这些歌曲写过一篇冗长的论文。

　　我很想知道,这些奇怪的歌曲是根据什么创制出来的;C. A. 索波列夫斯基和梅里美有过短期相识,他出于我的请求,便写信给梅里

[①] 西斯拉夫人之歌共包括十六首,在一八三三至一八三四年写成,前言写于一八三五年初。普希金以"西"斯拉夫人指一切国外的斯拉夫人。这些歌都本于塞尔比亚的民间传说。在这十六首歌里,十一首是从法国作家普劳斯帕·梅里美的《古兹拉》译出的。梅里美的这本书是伪造的,但他的歌(用散文写出)还是基于对南斯拉夫民歌的熟识而写成。普希金的《夜莺》和《兄妹》译自乌克·卡拉吉屈的《赛尔比亚歌曲集》。另外三首,《黑心的乔治之歌》《米罗式司令》和《雅内什王子》是普希金自己创作的。

美询问此事,而且接到如下一封复函:

　　　　　　　　寄自巴黎,一八三五年一月十八日
　　我本以为,先生,《古兹拉》只有七位读者,其中包括您、我和校对员;如今我极为满意地知道,我还能再添上两位,使总数成为"九"这个吉利的数目,并且证实了一句谚语:没有人能在自己的国土上预测一切。我将坦率地回答您的问题。我是本着两个意图写作《古兹拉》的——首先,我想讥笑"地方色彩",这是我们在耶稣诞生后一千八百二十七年的夏天忽而感染上的。为了解释第二个意图,我打算对您叙述如下的故事。还是在那个一八二七年,我和一个朋友想在意大利旅行。我们用铅笔在地图上画着我们的行程。我们到了威尼斯——自然,是在地图上,——而在那里结识的英国人和德国人使我们厌烦,于是我提议去的里亚斯特,再从那里去拉古斯。这个建议被采纳了,可是我们的钱袋几乎空空如也,而这种"无可比拟的悲哀",如拉伯雷所说,使我们停在中途。于是,我建议重新计划我们的旅程,卖一些文稿,用赚来的钱去考察是否我们还犯着很大的错误。在我这方面,我要集起民歌并翻译它们;友人对我这一点表示怀疑,可是第二天,我就拿给我同行的伙伴五六篇翻译。我在乡下度过秋天。早餐总是在日午,而我十点钟就起了床,吸完一两支雪茄烟以后,在不知道女人们来到客厅以前该做些什么的时候,我就写起民歌来。它们集成一小册,我守着极大的秘密出版了它,迷惑了两三个人。使我取得如此被称颂的"地方色彩"的来源是:首先是巴尼亚鲁卡一个法国领事所写的一本小册子。我忘了它的名字,但不难说明它的内容。作者想证明,波斯尼亚人都是地道的猪仔,他提供了很好的理由。有些地方他使用了伊里利克文字来卖弄他的学识(事实上,也许他知道得并不比我多)。我集起了这些字,把它们写在手册里。之后,我又从弗尔蒂斯的《达尔玛蒂旅行记》中看到有这样一章:论摩尔拉基人的风俗。那里有哈散—阿茹的纯伊里利克风的《妇怨曲》的原文及翻译;但那歌曲的翻译是诗体的。我费了很大力气,以原文中重复的字去对照弗尔蒂斯神父的译文,以求凑出一篇逐字的翻译。由于耐心,我总算一字一字地译出来了,但还是有些地方感到费解。我找到一位懂俄文的朋友,对他用意大利文的读音读出原文来,他几乎完全听懂了。应该提起的是,那发现了弗尔蒂斯及哈散—阿茹的民歌并把神父的诗转译为散文的诺第艾,在自己的散文中反而把原作更加诗化了,——他到处叫喊,说我剽窃了他。伊里利克原诗的第一行是:

  Scto se bieli u gorje zelenoi
  (什么在绿色的山上发亮)

弗尔蒂斯译为:

  Che mai biancheggia nel verde Bosco
  (什么在绿色的树林里发亮)

诺第艾把 Bosco 译为"绿色的平原";他弄错了,因为,据人对我解释,gorje 的意思是"山"。这就是事情的全部。请转达我对普希金君的歉意。我感到骄傲而又惭愧,连他也上当了,余不一一。

（一）　国王的幻象[①]

一个国王迈着大步
往返徘徊在他的宫殿;
别人睡了,只有国王不能眠:
土耳其苏丹正围攻他的城,
而且声言要砍下他的头,
然后送到斯丹布尔去示众。

他时常走近朝外的小窗,
听一听是否有什么动静?
他听到了夜枭在号丧,
夜枭感到不可免的灾祸,

[①] 弗马一世被他的两个儿子斯捷潘和拉吉沃在一四六〇年秘密谋害。斯捷潘继承王位。拉吉沃愤于他的哥哥盗窃政权,宣布了弑王的秘密,并逃到土耳其的穆罕默德二世那里。斯捷潘受教皇使节的怂恿,决定攻打土耳其。他失败逃到克留屈城,受到穆罕默德的包围。被俘后,他不肯信奉伊斯兰教,被剥了皮。——普希金注

正要为自己不幸的鸟群
快快去找新的栖息的窠。

没有夜枭在克留屈城号丧,
没有月光照耀着克留屈城;
在神的教堂里,鼓在轰响,
整个教堂都照耀着烛光。

可是没有人听见鼓响,
没有人看见教堂里有光亮,
只有国王听见和看见了;
他从自己的宫殿走出,
独自走向教堂去祈求神主。

他站在台阶上,门开了,……
他的心猛地感到惊惶,
然而,他做着伟大的祈祷,
于是安详地走进教堂。

他看到了奇异的景象:
许多尸体堆在木板台上,
在他们之间血水流淌着
像是秋雨积成的小河,
他迈过尸体一步步走着,
血水没到他的脚踝……

可悲!教堂里敌人拥簇:
有土耳其人、鞑靼人,
还有叛徒,分离派的教徒。
在经台上,渎神的苏丹
正手执着拔出鞘的剑,

新鲜的血顺着剑流淌,
血从剑尖流到柄梢滴溅。

国王突然打个寒噤,
他看见了兄弟和父亲。
可怜的老人在苏丹右边
卑贱地跪着,把王冠呈献。
在左边,老人的儿子
可恶的拉吉沃也跪着,
头上缠着邪教徒的头巾,
(用的绳子,正是他绞死
不幸的老人的那一根)
像是被笞脚踵的奴隶,
他在吻着苏丹的衣裾。

邪教的苏丹冷笑着收下王冠,
他跺着脚,对拉吉沃说道:
"你做我的波斯尼亚总督吧,①
把那基督教的加吾尔们管好。"
于是这叛徒对苏丹拍额铭感,
并且三次吻着血腥的地板。

于是苏丹喊叫他的侍从说:
"拿一件长衫②送给拉吉沃!
不要天鹅绒的,不要锦缎的,
拉吉沃的长衫要从他的
亲弟兄身上剥下一张皮。"
邪教徒立刻朝国王扑来,

---

① 拉吉沃从没有这种官职;皇族的所有成员都被苏丹消灭了。——普希金注
② 长衫,苏丹经常送人的礼物。——普希金注

把他的衣服都给剥下去,
又用长刀剖开他的肉皮,
就用手和牙齿往下撕,
已经露出了血管和肉,
他们直剥得他看见骨头,
然后把皮给拉吉沃披上。

苦难的人对上帝高声祈祷:
"你惩罚我是对的,神主!
把我的肉体撕得粉碎吧,
只是保佑我的灵魂,耶稣!"

这名字刚一出口,教堂就颤栗,
一切突然平静了,黯然无光,
一切消失了——像没有过一样。

于是国王在黑暗中
摸索着路走到门口,
又祈祷着走到街头。
夜是静悄的。从高空中
月亮照耀着白色的城。
突然,炸弹①从城外飞投,
邪教徒攻到了城门口。

(二) 杨珂·马尔纳维奇

为什么杨珂·马尔纳维奇
到外面游荡,不坐在家里?
为什么接连两个晚上

---

① 时代错误。——普希金注

他不在同一个屋檐下睡觉？
可是他害怕别人报血仇？
可是他的敌人太凶猛了？

杨珂·马尔纳维奇先生
不害怕敌人，也不怕复仇。
可是，他从吉利拉死去以后，
就像没家的狙击兵，到处漂游。

他们曾在救世主的教堂里结拜①，
在上帝的见证下成为弟兄；
可是，不幸的吉利拉就死在
他的一个结拜弟兄的手中。

那筵席是兴高采烈的，
人们饮过很多酒和蜜；
宾客醉醺醺地大声笑闹，
两个强壮的先生起了争吵。

杨珂拿出他的手枪射击，
可是他醉后的手是发抖的。
他没有打中自己的对手，
反而打中了自己的朋友。
从那时候起，他就悲哀地游荡，
像是被蛇噬咬的一只野狼。

最后，他回到自己的家乡，
走进了神圣救世主的教堂。

---

① 塞尔比人和其他西斯拉夫民族以宗教仪式使动人的结拜风俗庄严化起来。——普希金注

他在那儿整天祈祷上帝，
沉痛地哭泣，凄惨地哭泣。
到夜晚，他回到自己家里，
他和一家人用过了晚餐，
以后躺在床上，对妻子说：
"妻子啊，你到窗口看一看。
你从这里可看见主的教堂？"
妻子起了床，从窗口张望，
说道："院子里正是深宵，
河的那边是一片浓雾，
在浓雾后，什么也看不清了。"
杨珂·马尔纳维奇转过身，
他开始暗暗地念着祷告。

祷告完了，他又对她说：
"看一看吧，窗外能看见什么？"
妻子望了一望，回答说：
"我看见那边有小小的星火，
在河的那边，在昏黑里闪烁。"
杨珂·马尔纳维奇微笑了，
又开始暗暗地念着祷告。

祷告过后，他又对妻子说：
"妻子啊，你开一开小窗，
看一看，窗外有些什么？"
妻子看了一看，回答道：
"我看见河上一片光亮，
它正朝我们的房子移近。"
杨珂叹口气，瘫落下他的床。
就这样，死亡也临到他身上。

（三） 巨瞳之战①

拉吉沃举起黄色的大旗，
他要去攻打邪教徒。
达尔玛特人因为羡慕
我们的军容，便捻着长髭须，
又斜戴着帽子，前来应募：
"把我们也一起带去吧②，
我们愿意去攻打邪教徒。"
拉吉沃友善地收留了他们，
对他们说："请你们相助！"
我们越过禁界的小河，
就焚烧起土耳其的村落，
把犹太人③都吊上了树。
总督率领了波斯尼亚人
从巴尼亚鲁卡向我们进攻，
而当他们的马刚刚嘶鸣，
当他们弯曲的剑在巨瞳
在阳光下刚闪一闪，
达尔玛特叛徒就立刻逃散；
当时，我们围着拉吉沃说：
"上帝会帮助我们打出去，
我们将跟随你一起回家，
把这战事告诉我们的孩子。"
我们于是凶狠地猛冲猛打，

---

① 这只歌所据的事件不详。——普希金注
② 战争的失利归咎于扶拉赫人所憎恶的达尔玛特人。——普希金注
③ 土耳其统治下的犹太人是迫害和仇恨的永恒的对象。在战争期间，他们既从伊斯兰教徒，也从基督教徒得到这些。司考特说，他们的命运很像飞鱼的命运——梅里美。——普希金注

373

每个人都抵得三个勇士;
我们的剑从剑尖到剑柄
都沾满了血。可是,当我们
以密集的小队开始渡小河,
西利赫塔尔①就从侧翼
以新增援的步骑兵突击;
拉吉沃当时对我们说:
"孩子们,狗邪教徒太多了,
我们不能够势均力敌。
没受伤的快跑进树林吧,
好避免西利赫塔尔的攻击。"
我们一共剩下二十人啦,
全是拉吉沃切近的朋友,
可是,我们十九个转眼倒下了;
乔治就对拉吉沃喊道:
"拉吉沃,快骑上我的黑马,
快快浮过那条小河,
那匹马会救你冲出这厮杀。"
拉吉沃不理乔治的话,
却坐在地上,把腿盘起。
于是敌人飞奔而来
把拉吉沃的头砍落地。

(四) 菲奥多和叶琳娜

……
……
斯塔玛其年老而衰弱,
叶琳娜却矫健、年轻,

---

① 西利赫塔尔,执剑的官吏。——普希金注

她把他一推,推了出来,
他一瘸一拐,噢个不停。
该你吃苦头,无耻的老东西!
哼,老屠头鬼!顶好滚开!

于是斯塔玛其开始盘算:
他怎样能害死叶琳娜?
他找到一个犹太恶徒,
要他给想出一个办法。
那犹太佬说:"到坟地去吧,
在墓石下找一个蟾蜍,
用罐子拿到我这里来。"

斯塔玛其便去到坟地,
在墓石下找了一个蟾蜍①,
用罐子装起,交给犹太人。
犹太人给蟾蜍洒上水,
给它起了名字叫伊凡,
(多大的罪孽!用基督教名
称呼这样下等的动物!)
然后,他们就将蟾蜍浑身
用针刺破,使它充满了血;
充满血以后,再使蟾蜍
去舐一枚成熟的李子。

于是,斯塔玛其对小童说:
"把这李子拿给叶琳娜吧,
说是我的侄女送给她的。"
小童把李子交给叶琳娜,

---

① 一切民族都认为蟾蜍是有毒的动物。——普希金注

叶琳娜立刻把李子吃下。

可怜的少妇,她刚刚吞下
这恶毒的李子,就觉得
仿佛有条蛇在腹中蠕动。
年轻的叶琳娜害怕了,
她唤来自己的妹妹。
妹妹给她拿牛奶喝下,
但那条蛇还在腹中蠕动。

美丽的叶琳娜开始鼓胀,
人们说,叶琳娜怀孕了。
丈夫将怎样对待她呢?
当他从海上回来的时候!
叶琳娜害羞得哭泣,
也不敢出门走到街上;
她白天坐着,夜晚不能睡,
她不断地对妹妹说:
"我怎样告诉亲爱的丈夫?"

一年过去了,——菲奥多
回到了自己的家乡。
全村人都跑去迎接他,
大家都对他亲切地问候;
可是,在人群里,无论他
怎样寻视,也不见叶琳娜。
"叶琳娜呢?"他终于问了;
有的在慌张,有的在暗笑,
但是,没有一个人回答他。

他走回自己家里,看见

他的叶琳娜坐在床上。
"起来,叶琳娜,"菲奥多说。
她起来了,他严峻地看着。
"我的家主,我凭天起誓,
凭马利亚的圣名起誓,
我可没有对不起你呀,
是狠毒的奸人暗害了我。"

但是菲奥多不相信妻子,
他从肩上砍下了她的头。
砍完了,他独自喃喃说:
"我不能害死无辜的婴儿,
我要把他活着取出来,
就在我身边把他养大。
我要看看他的模样像谁,
那我就确实知道他的父亲,
我必杀死那个坏蛋。"

他剖开了死人的身体。
怎么,——不是可爱的婴儿,
菲奥多看见一个黑蟾蜍。
他嚎叫:"该死的我呀,刽子手!
我无故杀死了叶琳娜:
她没有对我做错事情,
狠毒的奸人暗害了她。"

他把叶琳娜的头举起来,
开始伤感地吻着她;
死人的嘴唇这时张开了,
叶琳娜的头说了话:

"我是无辜的。老斯塔玛其
和犹太佬给我吃了黑蟾蜍。"
说完,她的嘴唇闭住了,
她的舌头也不再颤动。

于是菲奥多砍死斯塔玛其,
又杀死犹太人,像杀条狗,
并且给妻子唱了安魂曲。

(五) 威尼斯的扶拉赫人[①]

我怎样离开了巴拉斯科维亚,
我怎样不得意地浪荡一生?
就因为达尔玛特人曾经对我说:
"去吧,狄米特里,去到那海上的城,
那儿的金币像我们的石头一样多。

"那儿的兵士都穿着丝绸长衫,
他们尽只饮酒,整天快乐放荡;
在那里,你很快就会发财啦,
你就会穿着锦绣的外衣回乡,
一把短剑挂在小小的银链上。

"那时候呀,把你的琴弹起来吧;
美丽的姑娘都会跑到窗口
把她们的礼品向你身上投。
喂,听我的话吧!去到海上;
等发财以后再转回家乡。"

---

① 密茨凯维支翻译和美化了这只歌。——普希金注
扶拉赫,在威尼斯的塞尔比人被称为"扶拉赫"。

我听了那狡猾的达尔玛特人。
就这样,我住在这大理石的船上;
我厌烦,他们的面包对我像石头,
我不自由得像一条拴起来的狗。

女人们对我嘲笑地看一眼,
每当我说着我们本乡的话;
我们在这儿忘了自己的语言,
也忘了我们本土的风俗,
我枯萎了,像被移植的小树。

以前,每当在路上和谁碰见了,
我就会听到:"狄米特里,你好!"
在这儿,我可听不见亲热的招呼,
连一句体己的话也没人说出;
在这儿,我真像一只可怜的蚂蚁
给风暴吹到汪洋的湖里。

(六) 首领赫里西奇

在陡峭的山壁上,在岩洞里,
隐遁着勇敢的首领赫里西奇①。
和他一起的,有他的妻子
卡捷琳娜,还有他的两个爱子,
他们都不能走出岩洞一步,
凶狠的敌人在戒备着他们,
只要他们稍稍把头伸出,
立刻就在四十杆枪在瞄准。

---

① 首领经常没有避居的地方,像强盗一样过活。——普希金注

他们三天三夜没有吃干粮,
只饮了山凹里积蓄的雨水。
到第四天,出了红色的太阳,
连山凹里的雨水也干涸。
这时候,卡捷琳娜叹了口气:
"上帝啊,饶恕我们的灵魂吧!"
说完了,就倒在地上死去。
赫里西奇看看她,没有哭;
儿子们面对他也不敢哭泣,
只是用手抹了抹眼睛
在赫里西奇转过身的瞬息。
到了第五天,长子发了疯,
直瞪瞪地看着死去的母亲,
仿佛狼在望着熟睡的羊。
他弟弟看出这情形,很吃惊,
就对他的哥哥大声喊嚷:
"亲爱的哥哥!别毁掉你的灵魂;
我身上的热血可以给你饮,
让我们饿死吧,等死后,
那我们就可以走出坟墓,
把安睡的敌人的血喝个够。"①
赫里西奇跳起来说:"得了!
还是子弹吧,比饥渴好得多。"
于是三个人,像激怒的狼,
从岩石冲下了深谷的坡。
他们每个人杀死了七个,
每个人都被密集的子弹射穿;
敌人砍下了他们的脑袋,
又把脑袋插在矛上给人看——

---

① 西斯拉夫人相信吸血鬼的存在,见《马尔珂·雅库波维奇之歌》。——普希金注

即使这样,也没人敢正眼看一下,
赫里西奇父子是这样使他们害怕。

(七) 葬　歌

雅金夫·马格兰诺维奇作①

上帝保佑你走这遥远的路!
谢谢天,不要怕你会迷途。
夜是明亮的,月光正灿烂,
小小的杯子已经饮干。

子弹比疫病更为轻易,
你自由地死,有如自由地生。
你的敌人头也不回地跑去,
但你的儿子结果他的性命。

在坟墓那边记起我们吧,
假如你们都聚会一起,
亲爱的兄弟,不要忘了
替我向父亲躬身,致意!

你告诉他说,我的伤口
已经平复了,我很强健,
我的妻子给我生了
一个儿子,起名叫雅安。

----

① 梅里美在他的《古兹拉》一书的开头报道了关于老歌者雅金夫·马格兰诺维奇的事迹;是否实有其人,不详,不过他的传记文字有着独创性和逼真性的非凡的魅力。梅里美的那本书不多见,我想,读者会在这里满意地看到关于一个斯拉夫诗人的写照。——普希金注(引梅里美文从略)

这名字为了纪念祖父；
我的孩子很是聪明，
他已经佩带了长刀，
使用手枪也能瞄准。

我的女儿住在里斯格拉，
她没有厌烦她的丈夫。
特瓦尔克久已去到海上，
他生死如何，你自然清楚。

上帝保佑你走这遥远的路！
谢谢天，不要怕你会迷途。
夜是明亮的，月光正灿烂，
小小的杯子已经饮干。

（八） 马尔珂·雅库波维奇

马尔珂·雅库波维奇坐在门口；
在他前面坐着他的左娅，
他们的孩子在门边玩耍。
路上有个陌生人朝他们走来，
他脸色苍白，走路很费力气。
他请求看在上帝面上，要喝点水。
左娅于是站起，去了一会，
给行路的人拿来一大杓水，
行路的人把它一饮到底。
饮完以后，他就对马尔珂说：
"在那边山脚下，那是什么？"
马尔珂·雅库波维奇答道：
"那是我们祖先的坟地。"
这不相识的路人又说道：

"我要在你们的坟地歇息一下。
因为我已经活不多久了。"
说到这里,他解开宽大的腰带,
向马尔珂显示他带血的伤口。
他说:"有三天了,在这心窝下,
我怀着邪教徒的一颗子弹。
等我死了以后,你把我的尸身
可以埋在山后,在一棵柳树下。
请把我的军刀和我埋在一起,
因为我啊,是一个荣誉军人。"

左娅扶着陌生的客人,
马尔珂开始察看他的伤口。
而突然,年轻的左娅说道:
"帮我一下呀,马尔珂,我没力气
再多扶持我们的客人了。"
这时,马尔珂·雅库波维奇
看见路人死在她的手臂上。

马尔珂骑着黑马,带着死尸,
把它一直运到他家的坟地。
在那儿,他掘了一个深穴,
一面祈祷,一面将死人埋下。
就这样,过了一星期,又一星期,
马尔珂的小儿子开始消瘦;
他不再奔跑和玩耍了,
总是躺在蒲席上,哼个不停。
僧人来到雅库波维奇家里,
看了看小孩子,说道:
"你的儿子患着危险的病,
看一看他那苍白的脖颈呀:

383

你可见一块血红的伤痕?
相信我吧:那是吸血鬼①的牙印。"

立刻,村子里所有的人
都随着老僧人去到坟地;
在那儿,他们掘开过客的坟,
就看见一个新鲜红润的尸体——
指甲长了出来,像乌鸦的爪,
而脸上又长满了胡须,
嘴唇上满是紫红的血,
血流满了深深的墓穴。
不幸的马尔珂举起木棍,
但死尸吱吱叫着,飞快地
从墓中起来,向树林跑去。
他跑得比马刺踢的马还快,
他踩过的小树是这样弯曲,
树枝子又是这样颤抖,
竟像冰冻的枝条一样折断。

僧人用坟墓里的泥土②
涂抹着患病的孩子的全身,
而且整天对着他祈祷。
在日落的时候,左娅对丈夫说:
"你记得吗? 那恶毒的过客
正是两礼拜前这时候死的。"

突然间,狗汪汪地叫起来,
门自动开了,进来一个巨人

---

① 吸血鬼是从坟墓里出来的死人,专吸饮活人的血。——普希金注
② 用吸血鬼所在墓中的泥土,可以治疗他的咬伤。——普希金注

躬着身子,坐下了,把他的脚
盘在身下,头却触到屋顶。
他呆然不动地望着马尔珂,
马尔珂被他这可怕的注视
迷住了,也静静地望着他;
可是,老僧打开了祈祷书,
烧起柏树枝,把烟朝巨人吹去。
邪恶的吸血鬼全身摇颤着,
一下子冲到门口,跑了出去,
像是被猎人追逐的一只狼。

过了一昼夜,在同样的时辰,
狗狂吠着,门自动开了,
那不相识的人又走进来。
他和恺撒的士兵一样高。
他默默地坐下,望着马尔珂,
可是老僧用祈祷把他逐走。
第三天来了一个小矮人,
他小得可以骑在老鼠背上,
他恶毒的小眼睛却闪着光。
老僧第三次把他逐走了,
从那时起,他就不再来骚扰。

(九) 庞纳帕脱和黑山人

"黑山人?什么是黑山人?"
庞纳帕脱①不得不追问:
"他们可是邪恶的种族,
居然不怕我们的大军?

---

① 庞纳帕脱,即拿破仑。

"让暴徒们去后悔吧:
我们要让他们的头目
把他们的短剑和武器
都在我们的脚前献出。"

于是他派步兵来攻打,
带着大炮和臼炮百门,
还有毛茸茸的骑兵,
还有他的一连近卫军。

我们没有投降的意思,
黑山族人就是这样!
我们对着来犯的兵马
会有石头和怒吼抵挡……

我们潜伏在洞穴里
等待着没邀请的客人——
看,他们往山里来了,
把什么都杀烧净尽。

……
……

他们密密地在山下行进。
突然,队伍里一片混乱!……
他们看见一列红帽子
在头上的山壁顶出现。

"站住!射击!每一个人
至少把一个黑山人射倒。

不要随便放过一个呀,
这儿的敌人可不求饶!"

枪炮在轰响——从木杆上
掉落了红色的小帽;
我们都藏在灌木丛里,
在那下面低低地卧倒。

我们以一排友谊的炮弹
回敬了法国人。——"怎么?"
他们惊异起来,说道:
"这是回音吗?"不,不要弄错!

他们的团长倒下了,
还倒下了一百二十人。
他们全团都惊惶了,
每一个人都急急逃命。

从那时候起,法国人
就憎恨我们自由的国境,
每当他们不意地看见
我们的帽子,他们就脸红。

(十) 夜 莺

我的夜莺啊,小夜莺,
你这树林的小鸟儿!
你啊,小鸟儿,你有
三支不能不唱的歌,
我这青年人,也有
我三件重大的心事!

这第一件心事呢——
早早给小伙子成亲；
第二件心事呀——
我的黑马已经累乏；
还有这第三件心事——
狠心的人们硬把我
和俊俏的姑娘拆散。
在那广阔的田野上
给我掘一个坟墓吧；
务必在我的头上
栽一堆鲜红的小花；
再在我的脚底下
引一道清澈的溪水。
美丽的小姑娘走过，
也好编一个花冠；
老头儿过往的时候，
也好喝一盅清泉。

（十一） 黑心的乔治之歌

不是两只狼在山谷里相咬，
是父子两人在洞穴里争吵。
老彼得罗骂他的儿子说：
"你这反叛，你这该死的恶徒！
你不怕神主吗？你凭什么
能跟土耳其苏丹争胜负？
你敢和白城的巴夏开火？
你可是长了两个脑袋？
送你自家的命去吧，恶魔，
但为什么要害全塞尔比亚？"
乔治阴沉地回答他：

"老头子,你明明老糊涂了,
要是你狂吠这无理的话。"
老彼得罗气得更厉害了,
他更激烈地吵闹、詈骂。
他说要到白城,把逆子
交给土耳其人,还要告发
塞尔比人隐藏的地方。
他走出了幽暗的山洞,
乔治就从后面追赶上:
"回来吧,爸爸,回来吧!
饶恕我那不由己的话。"
老彼得罗不理,尽自嚷道:
"你瞧着我的吧,强盗!"
儿子接着跑到老头前面,
跪到了老头儿的脚前。
老彼得罗对儿子看也不看。
乔治又追到他的前面,
抓住了他苍白的发辫,
"回去吧,看在上帝的面上:
你可别引我去走下计!"
老头儿愤怒地把他推开,
依旧向白城的大道走去。
乔治悲痛地、悲痛地哭了,
他从腰带里拔出手枪,
推上了扳机,于是射击。
彼得罗叫了一声,摇摇晃晃:
"扶着我吧,乔治,我受了伤!"
接着便倒在路上,断了气。
儿子向岩洞飞快地跑去;
他母亲出来,碰上了他。
"怎么? 乔治,彼得罗在哪里?"

乔治冷峻地对母亲说道：
"老头子吃饭时喝醉了酒，
他睡在白城的大道上了①。"
她猜出了缘故，哭叫起来：
"让老天诅咒你吧，黑心的，
要是你把亲生父亲杀害！"
从那时起，乔治·彼得罗维奇
就被人们叫做"黑心的"。

（十二） 米罗式司令

请怜悯塞尔比亚吧，上帝！
土耳其军团使人受尽苦！
我们没有罪就被砍了头，
我们的妻子受到凌辱，
我们的儿子被关在监牢，
红面颊的小姑娘被强迫
唱着丢人的歌给他们取笑，
并且跳着邪教徒的舞蹈。
甚至老人们也同意我们：
他们不再把我们约束了——
这压迫使他们也无法忍受。
弹琴的歌手当面责问我们：
你们还纵容土耳其人多久？
你们还要忍受多久的耳光？
你们不是塞尔比人，是茨岗？
不是男子汉，是老太婆吗？
你们丢下自己的白房子吧，

---

① 根据另一传说，乔治回答他的同志们说："我的老头死了；把他从大路搬开。"——普希金注

去到维里斯克的狭谷里——
那儿正准备着给土耳其兵
一场风暴,那儿在纠集大军的
是老塞尔比人,米罗式司令。

(十三) 吸 血 鬼

瓦尼亚是一个胆小鬼:
有一回,天已经很晚,
他路过坟地往家里走,
吓得脸发白,全身冷汗。

瓦尼亚简直喘不出气,
跌跌绊绊地绕着坟头
走下去;他突然听见
有谁猞猞地嚼着骨头。

他站住了,抬不动脚。
老天哪!可怜儿想道:
这一定是那红嘴巴的
吸血鬼把骨头咀嚼。

糟了!我人小没有力气;
假如我不一面祷告,
一面吃下坟头的泥巴,
吸血鬼准要把我吃掉。

怎么?原来不是吸血鬼,
(请想瓦尼亚多么生气!)
他看见一只狗在坟上
啃着骨头,在夜的幽暗里。

(十四) 兄 妹[①]

两棵小橡树并排地生长,
中间一棵弱小的枞树。
但哪里是两棵橡树并生,
是两个亲兄弟活在一起:
一个巴维尔,一个拉杜拉,
他们有个妹妹叶丽察。
兄弟俩都全心爱着妹妹,
对于她真是仁至义尽。
最后,他们给了她一柄
装着银套子的镀金刀。
年轻的巴芙利哈难过了,
开始嫉妒她的小姑;
她对拉杜拉的妻子说:
"弟妇,我结拜的妹妹!
你可知道有一种毒草
能够使哥哥厌恶妹妹?"
拉杜拉的妻子回答说:
"我结拜的姐姐,我的嫂子,
我不知道这一种毒草,
就是知道,也不对你说;
我的哥哥们很爱我,
对于我真是仁至义尽。"
于是巴芙利哈去到
饮马场,杀死一匹黑马,
并且对自己的家主说:

[①] 我从乌克·斯捷潘诺维奇的塞尔比亚歌曲集提取了这篇美丽的叙事诗。——普希金注

392

"你不知好歹,爱你妹妹,
你给她礼品啊反而遭害:
她杀掉了那一匹黑马。"
巴维尔就去质问叶丽察:
"这是什么缘故?告诉我。"
妹妹哭泣着回答哥哥:
"不是我呀,哥哥,我起誓,
凭着你和我的生命起誓!"
哥哥当时相信了妹妹。
于是巴芙利哈去到花园,
在那里砍杀了一只苍鹰,
并且对自己的家主说:
"你不知好歹,爱你妹妹,
你给她礼品啊反而遭害:
你看,她砍杀了一只鹰。"
巴维尔就去质问叶丽察:
"这是什么缘故?告诉我。"
妹妹哭泣着回答哥哥:
"不是我呀,哥哥,我起誓,
凭你和我的生命起誓!"
哥哥当时又相信了妹妹。
于是巴芙利哈在深夜
从小姑那里偷出刀子
把自己的孩子砍死了
在那镀金的摇篮里。
一清早,她跑去见丈夫,
高声号叫着,抓破了脸。
"你不知好歹,爱你妹妹,
你给她礼品啊反而遭害:
她砍死了我们的孩子。
要是你还不相信的话,

看看她那镀金的刀子吧。"
巴维尔一听说,就跳起来,
跑到叶丽察的房间里:
叶丽察正躺在羽毛褥上,
床头挂着镀金的刀子。
巴维尔把它从刀鞘拔出,
镀金的刀子染满着血。
他抓住妹妹洁白的手臂:
"噢,妹妹,天杀了你吧!
你杀死了一匹黑马,
又在花园里砍死了鹰,
为什么还要杀死孩子?"
妹妹哭泣着回答哥哥:
"不是我呀,哥哥,我起誓,
凭你和我的生命起誓!
要是你不相信我的誓言,
就把我拉到干净的田野,
再绑在快马的尾巴上,
让它们把我洁白的身体
立刻碎裂成四瓣吧。"
哥哥这次不相信妹妹了,
便把她拉到干净的田野,
又绑在快马的尾巴上,
就把它们向四方赶开。
她的血滴落在田野上,
那儿生出了紫红的小花;
她洁白的躯体躺下的地方,
上面兴建起一座教堂。
在那事情不久以后,
年轻的巴芙利哈病了。
巴芙利哈一共病了九年,——

从她的骨节生出了青草，
一条凶蛇在那草里盘踞，
吸她的眼睛，夜晚就避去。
年轻的巴芙利哈痛苦极了，
她便对她的家主说道：
"听啊，我的家主，巴维尔，
把我带到小姑的教堂去，
在那教堂里，我也许好起来。"
他把她领往妹妹的教堂；
当他们已经走近的时候，
突然从教堂发出一个声音：
"别进来，年轻的巴芙利哈，
你在这里也好不起来。"
年轻的巴芙利哈听了，
就对自己的家主说：
"我的家主！我请求你
别把我领进那白房子吧；
把我绑在你的马尾上，
让马儿在田野上奔跑。"
巴维尔听从了他的妻子，
把她绑在自己的马尾上，
就让马儿在田野奔跑。
在她的鲜血滴落的地方，
生出了荆棘和荨麻；
她洁白的躯体躺下的地方，
有一片湖水在那儿淤积，
一匹黑马在湖上游走，
黑马后面是镀金的摇篮，
摇篮上落着一只鹰，
小孩子躺在摇篮里面；
有母亲的手扼在他的咽喉，

那手里是姑姑的镀金刀子。

（十五） 雅内什王子①

雅内什王子爱上了
年轻的美女叶丽察,
他爱她两个美丽的夏季,
到第三个夏季,他想娶
捷克的公主柳布莎,
便去告别从前的情人啦。
他给她拿去一腰带金币,
还有叮当响的金耳环,
还有三串珍珠的项链;
他把金耳环给她戴上,
又把项链套在她颈上,
一腰带金币放在她手中;
他默默吻过了她的两颊,
于是走上了自己的路程。
等叶丽察剩了一个人,
她就把金币掼到地上,
从两耳揪下了耳环,
又把项链断裂为两半,
自己投进了莫拉瓦河。
在那河底,年轻的叶丽察
就变成了水中的女皇,
并且生了一个小女儿
起名叫作沃佳尼察。

---

① 雅内什王子之歌的原作是很长的,分成几部分。我只译了第一部分,而且是不完全的。——普希金注

就这样,三年多过去了。
王子有一次打猎
来到了莫拉瓦河边;
他想给自己的黑马
饮一饮清凉的河水。
可是,当马的冒泡沫的嘴
刚伸到河水去探一探,
水里突然伸出一只小手
抓住了马儿的金缰辔!
马惊恐地缩回了头,
沃佳尼察却吊挂在辔上
像是钓竿上的一条鱼——
尽管马儿在草原打转,
摇摆着金色的缰辔,
但却摔不掉沃佳尼察。
王子费力地骑在马鞍,
以有力的手勒住黑马。
沃佳尼察跳到草地上。
雅内什王子便对她说:
"告诉我,你是哪种生灵?
你是由女人所生呢?
还是神灵诅咒的妖精?"
沃佳尼察回答他说:
"年轻的叶丽察生了我,
我的父亲是雅内什王子,
我名叫作沃佳尼察。"
王子听了,便跳下黑马,
拥抱着女儿沃佳尼察,
并且流着泪,说道:
"说呀,你的母亲在哪儿?
我听说她已经淹死了。"

沃佳尼察回答他说：
"我母亲是水中的女皇，
她主宰一切的河流，
一切的河流和湖泊；
只有蓝色的海不归她，
怪鱼主宰蓝色的海。"
王子对沃佳尼察说：
"那么，去见水上的女皇吧，
对她说，雅内什王子
对她致以衷心的问候；
在这绿色的莫拉维河岸，
请求她来聚一聚首。
明天我再来等待回答。"
说完，他们便分了手。

一清早，霞光刚刚透红，
王子就在河边徘徊，
突然从河水，露着白胸脯，
水上的女皇跃了出来。
她说："雅内什王子，
你邀我在这里相见，
说吧，你还想怎样呢？"
他一看到自己的叶丽察，
欲望又在心里燃烧，
于是招呼她来到岸上。
"我的爱人，年轻的叶丽察，
来到绿色的河岸上吧，
像从前一样甜蜜地吻我，
我要和从前一样热爱你。"
但叶丽察不听王子的话，
她不听，只是摇摇头：

"不,雅内什王子,我不要
去到绿色的岸上找你,
我们不会比以前吻得更甜。
你不会爱我比以前更热。
还是对我好好谈谈吧:
怎么样,你和你年轻的妻,
和新的情爱过得可快乐?"
雅内什王子回答说:
"在太阳前面月亮没有光,
在新欢前面妻子没味道。"

(十六) 马

"我的骏马,为什么你嘶叫,
为什么你垂下了脖颈,
也不耸动你的鬃毛,
也不把你的马嚼咬紧?
可是我没有把你照管好?
可是你不愿意吃燕麦苗?
还是那马具不够美丽?
你可嫌缰绳不是丝的,
你的脚掌没有镶银,
你那马蹬没有镀金?"

忧郁的马儿回答道:
"我消沉了,因为我听到
远方的马蹄奔跑的声音,
喇叭在吹,箭在振鸣;
我嘶喊,因为在田野里
我再也不能逍遥多久,
再不会骏美,受到好待遇,

或者炫耀明亮的行头；
因为严峻的敌人很快地
就要把我的鞍具拿走，
并且从我的轻捷的脚
把那银制的脚掌剥去，
我的心啊，它在悲凄，
因为这鞍褥就要拿掉，
他将要使用你的皮
盖上我的汗湿的身腰。"

一八三五年

（译安纳克利融）[1] 1835

片　断

人们能认出骏马
凭那烙出的印纹；
凭着高统的帽子
认出骄傲的安息人[2]；
我能凭那明眸
认出幸福的恋人：
是情焰在那儿荡漾——
欢乐底放肆的征象。

---

[1] 安纳克利融，纪元前六世纪的希腊诗人。
[2] 安息人，波斯人古称。

颂诗第五十六首 1835

（译安纳克利融）

啊,稀疏了,斑白了,
鬓发,我头上的荣耀;
牙齿松动了,衰弱了,
眼睛的火焰也熄掉。
再没有很多时间
留给我甜蜜的生命,
命运正在严格计算,
阴间等着我的幽灵。
我们将被深深掩埋,
不会复生,永被忘记:
那进口对人人打开——
却没有出口走出那里。

颂诗第五十七首 1835

为什么让杯底干了?
给我斟吧,嬉笑的儿童;
只是要把醉人的酒
和清爽的水一起交融。
我们不是野人,我不爱,
朋友们啊,醉得狂乱:
不,我要饮酒作歌,
或者就质朴地闲谈。

"嫉妒的少女" 1835

嫉妒的少女在哀哭,责备着少年;
　　少年伏在她肩上,不料轻轻入睡。
少女立刻无言地抚爱他轻柔的梦,
　　并且对他微笑,又悄悄洒着眼泪。

统　帅[①] 1835

在俄皇的宫殿里有一间大厅：
它没有金饰，也没有丝绒充盈；
没有皇冠钻石保藏在玻璃里面，
然而，从上到下，环绕大厅的四边，
明眼的艺术家以广阔的彩笔
自如而豪迈地画满了它的墙壁。
这里没有乡下美女，纯洁的圣母，
也没有执杯的牧神，丰乳的少妇，
没有舞蹈，游猎，——而是剑和斗篷，
还有充满了军人英气的面孔。
在这里，艺术家给密密排了一群：
都是统率我们民族武力的将军；
他们冠戴着神奇战役的荣誉，
留进了一八一二年永恒的记忆。
有很多回，我在他们中间游荡，
并且凝视着他们熟悉的影像：
我仿佛听见了他们战斗的呼声。
啊，他们很多不在了；有人的面孔
在灿烂的画面上还这样年轻，
却已经苍老了，他们在寂寞中

[①] 在彼得堡冬宫里有一个皇家陈列馆，其中有英国画家陶（Daw）及其学生等所画的一八一二至一八一四年战争的军人画像三百余幅。诗中特别提到的画像是巴克雷·得·托里，他在战争初期统帅俄军作战略的撤退，为人所不满，以后被库杜佐夫代替。普希金表同情于他所担负的艰巨任务，并有文为他辩护。又：巴克雷·得·托里这一姓氏，表示他的祖先是外国的移民。

垂下光荣的头……
　　　　　　但在这严峻的
人群中,有一个最吸引我的注意。
我总会对他停下,带着新的情思
不能移开视线。越久久地注视,
我就越为沉重的忧郁所折磨。

这是一副全身画像。他那前额
和那光秃的头顶一样明亮、高耸,
仿佛负着巨大的忧伤。他的背景
是军营;周身是幽暗。他沉静、暗淡,
像带着轻蔑的情思向前观看。
艺术家所以把他画成了这样,
可是由于他要表现自己的思想?
还是由于他不自觉的灵感?——
无论如何,陶把他画成了这般。

不幸的统帅!……你的命运多乖戾:
你把一切献给了对你陌生的土地。
粗野的群氓看不透你的心境,
你怀着伟大的思想,默默独行。
你的名字的异邦音调使人厌恶,
人民便以凌辱的叫喊将你追逐;
啊,你曾经秘密拯救的人民
在你神圣的白发上骂个不停。
那智力敏锐的人固然理解你,
为了迎合他们,也狡狯地责备你……
而你被有力的信仰所坚定,久久地
在公众的错觉前不曾动摇、犹疑;
但终于不得不在途程的一半
无言地放弃了荣誉的桂冠,

放弃了权力和深思熟虑的谋策,
在将领的行列中孤独的隐没。
哦,衰老的统帅!和青年士兵一样,
只要先听到子弹的快乐的音响,
你便投入战火,寻求意愿的死亡,
可是枉然!——
……
……
人群啊!可悯而又可笑的一族!
你们崇拜成功,信奉暂刻的事物!
多少次,一个人在你们面前走过,
受到时代的盲目而暴虐的指责,
但他崇高的面貌在未来的世代里
却使诗人又是伤感,又是欣喜。

乌　云　1835

啊,暴风雨后残留的乌云!
你独自曳过了明亮的蓝天,
惟有你投下了忧郁的阴影,
惟有你使欢笑的日子不欢。

不久以前,你还遮满了苍穹,
电闪凶恶地缠住你的躯体;
于是你发出隐秘的雷声,
把雨水泻满了干渴的大地。

够了,躲开吧!时令已变换了,
土地已复苏!雷雨消逝无踪:
你看那微风,轻轻舞弄着树梢,
正要把你逐出平静的天空。

"哪一位神灵"[①] 1835

哪一位神灵给我送来了
我最初的长征中的伙伴?
我们共同尝过战斗的惊险,
当布鲁塔斯甘冒九死一生
领导我们追逐自由底幻影。
是不是我和你,在营帐里,
以杯酒忘怀战争的喧腾,
而我把叙利亚的香脂
涂在缠着常春藤的鬈发中?

你可记得那惊险的瞬息:
我,颤栗的,面临战斗而逃,
一个罗马公民,不荣耀地
丢下盾牌,发誓言和祈祷?
我曾经怎样畏缩!怎样逃跑!
是艾尔米[②]以骤然的乌云
将我遮盖,我才得以远遁,
并且逃开了必死的命运。
而你,我最早敬爱的人啊,
你重又投入到战斗里……

[①] 本诗是纪元前一世纪罗马诗人荷拉斯的一首颂诗(致庞培·瓦尔)的意译。荷拉斯追随刺死恺撒的布鲁塔斯与奥克达维决战,结果失败,此后荷拉斯脱离政治生活,隐居罗马乡间。普希金有以此诗中的荷拉斯影射自己之意。

[②] 艾尔米,希腊神话中保护商旅之神,也是神的信使。

现在,你回到罗马,来访问
我这暗淡而朴素的乡居。
请坐在这家神的庭荫里。
拿酒杯来啊。请不要吝惜
我的清酒和我的香料。
花冠备好了。童子,斟倒。
现在,节制是不应该的,
我要像野蛮人一样痛饮。
为庆祝这次和友人相聚,
我要让理智在酒里浸沉。

旅　人[①] 1835

1

一天,我在蔓荒的谷里游荡,
突然被卷入了巨大的忧伤;
沉重的负荷把我压弯了身,
像是被告发了杀人的罪行。
我垂着头,难过地扭着两手,
我哀号,让刺心的痛苦倾流;
像一个病人在辗转,我不断说:
"我该怎么办? 将有什么结果?"

2

于是我悲叹着回到自己家里。
家里人全不理解我的悲戚。
起初,我对妻儿力持镇静,
不愿使他们知道我的哀痛;
可是这悲伤每一刻都更难忍,
终于,我不得不吐露自己的心。

"噢,大祸、大祸要临头!"我说,
"妻子,孩子,你们谁也逃不脱!

---

① 本诗取意英国十七世纪作家约翰·班扬的《天路历程》第一章,但有独立于它的旨意。

悲哀和恐惧重压着我的心,
来了!那一刻、那一刻已经逼近!
我们的城要卷入火焰和飓风,
它转眼就变为焦炭和灰烬;
啊,我们都会毁灭,躲避要赶快;
可是到哪去?悲哀啊,悲哀!"

3

我的家人都跑来,很是惊惶,
并认为我的神志有些失常。
他们想,夜晚和睡眠的宁静
也许会使我体内的邪火变冷。
我躺下,但整夜流泪和叹息,
从没有一刻闭上沉重的眼皮。
次日一早起了床,我独自默坐,
他们来看我,询问我,我说着
和昨天一样的话。于是,我的亲人
既然不肯信我,便认为有责任
采用严峻的办法。他们残酷地
想以责骂和蔑视逼我归于
健全的道路。但我什么也不听,
仍旧哭泣和叹息,心头沉痛。
最后,他们倦于斥责,挥挥手,
把我看成疯子,相继避走;
他们讨厌我的忠言和哀哭,
认为惟有医生能把我管束。

4

我又开始游荡,憔悴而沉郁;

我睁眼环顾四方,怀着恐惧,
像一个想脱逃监狱的囚人,
或者在雨前急于投宿的旅人。
一个劳心者,拖着自己的锁链,
我遇到了一个看书的少年。
他静静地抬起眼睛,接着问我
为何独自游荡,哭得这样难过?
我回答:"你可知道我的厄运:
我注定要死,死后要被传讯——
我忧愁的是:我还没准备受审,
我怕死。"
　　　　　"如果这是你的命运,"
他说,"你真的这样悲惨,可哀,
你等待什么?为什么不逃开?"
我说:"到哪儿去呢?走哪条路?"
"你没有看见什么吗,在那远处?"
少年对我说,又用手指了指。
我开始用睁得痛楚的眼凝视,
像是刚被治好眼疮的盲人。
我终于说:"我看到了些微光明。"
"去吧,"他说,"可别把这光明丢失;
让它作为你路上惟一的标志,
直到解脱底狭小之门为止。
去吧!"——于是我立刻向前奔去。

5

我的逃跑引起全家的忧烦;
妻子和儿女都站在门口呼唤,
叫我赶快回转。他们的叫嚷
把我的一群朋友引到广场;

一个责骂我,另一个劝告
我的妻子,还有一个在嘲笑;
有的把我诽谤,有的在慨叹;
有的建议邻居强迫我回转。
有人已经追下来了;因为这,
我更急急地从城郊跑过;
只为了离开那里,快些看清
解脱底真实途径和那狭门。

"我又造访了"[1] 1835

……我又造访了
那一角土地；在那里，我曾经
默默度过了流放的两年。
从那时到现在已经十年了，
啊，生活中有了多少变化！
我个人也遵从普遍的规律
有所改变了——但回到这里，
往昔又生动地把我环绕，
仿佛就是昨天，我还游荡在
这片丛林里。

    这是贬居的小屋，
我和我可怜的老乳妈住过。
但老妈妈已经不在，——隔着墙
我再也听不到她沉重的脚步，
和她那勤劳的巡查。

这儿是那丛林茂密的山丘，
我常常静坐在上面，凝视着
下面的湖水，并且沉郁地想到
另一个地方的海岸和波浪[2]……
湖水一片蔚蓝，广阔地展开

---

[1] 一八三五年秋，普希金重访他曾贬居两年的米海洛夫斯克村。
[2] 指黑海和敖德萨。

〔俄〕什马里诺夫　作

在金黄的田野和绿草原之间；
一个渔夫正划过莫测的水面
身后曳着一只破旧的鱼网，
在倾斜的湖岸上散布着
一些村庄——村后是一个
歪歪斜斜的磨坊，它那风车
在风中费力地旋转……

　　　　　　　在祖传的
领地的边沿,有一条道路
伸入山中,在那雨水冲凹的
坡底的路边,有三棵松树：
两棵紧靠着,一棵稍远；
就在这里,每当我在月光下
骑着马经过,那树梢头
便发出熟悉的簌簌的声音,
像对我欢迎。而现在,我骑着马
走过那条路,重又看见了
那三棵树,它们和从前一样,
那熟悉的簌簌声又传到耳边——
但如今,在老根附近的地方
(以前,那里是不毛而又空旷)
却长满了年幼的树林,像一个
绿色的家庭；而矮小的灌木
孩子似的,在它的荫下寄生。
远处孤立着它们沉郁的伙伴
像一个年老的鳏夫：它周围
和从前一样荒凉。

　　　　　　　你好呀,
我不熟识的、年轻的种族！

我不会看到你日后的壮大，
你会比我的旧识长得更茁壮，
你会遮住它们的头，使过路人
不再看到。但是，请让我的孙儿
听到你们致意的喧声吧，
当他和友人谈过心回家时，
脑中浮着愉快而可喜的思想，
他会在暗夜里从你旁边走过，
并且想起了我……

"我原以为" 1835

我原以为,这颗心忘了
轻易感受痛苦的能力;
我说:那以往的一切
早已不在,早已经过去!
去了,盲目信任的美梦,
热情的激动和忧郁……
可是,来了美底有力统治,
怎么这颗心又在颤栗!

鲁库尔病愈咏[1] 1835

仿拉丁

你在咽气,年轻的富翁!
你听见友人悲伤地哭泣。
在你水晶厅堂的门口,
死神来了,在召唤你。
他像是清早闯进的债主,
正耐心地把你等待,
他突立在沉静的前厅,
　　　一步也不肯走开。

在你被遮暗的居室中
阴沉的医生小声谈论。
你的一群食客和色尔西[2]
都惶惶然,满面阴沉;
忠心的奴仆在叹气,

---

[1] 本诗假借译自拉丁文,实则讽刺尼古拉沙皇政府中的民智部大臣 C. C. 乌瓦洛夫。富翁谢列梅捷夫伯爵在一八三五年病重,乌瓦洛夫是他的堂姐夫,以继承者的身份急趋病人家中,以图保管财产,可是谢列梅捷夫又痊愈了。本诗在一八三五年发表时很受人注意,流传颇广。沙皇通过宾肯道尔夫曾向普希金劝导,普希金为此也曾复函解释。乌瓦洛夫以后参与普希金决斗事件的阴谋,即为对此事的报复。鲁库尔(纪元前106—前56),罗马将军及执政官,富豪,并喜作盛大的宴饮。

[2] 色尔西,据希腊神话,是迷人的女妖。她将水手引诱到岛上,使变为猪。此处指妖媚的女子。

不断为你向神明祈祷；
他们忧惧着,不知道命运
　　　　对他们有什么宣告。

而这时,你的继承人
像是乌鸦看见了死兽,
他发了贪婪底寒热病,
对着你苍白而又颤抖。
他那节省使用的火漆
早把你的办事室封闭；
他想,他已捞到一座金山
　　　　在那纸堆的灰尘里。

他想:"现在,在贵人家中,
我不必再哄孩子玩,
我自己岂不也成了贵人,
何况地窖里还埋着钱。
从今廉洁吧——何在乎它！
对于妻子,也不必再克扣,
还有官家的那些劈柴,
　　　　啊呀,我也不再去偷①！"

可是你复活了。你的友人
都庆幸地鼓掌、欢欣；
奴仆们像和善的一家
快乐得相互拥抱、亲吻；
医生振奋得两眼望天,

---

① 普希金在自己的日记里记载乌瓦洛夫的为人时说:"他是个大坏蛋和江湖骗子。他的腐败是尽人皆知的,他卑鄙到这种程度,竟给甘克林的孩子们做传信的儿童……他盗窃官家的木柴……使用公家的钳工给自己做活。"

棺材店主却低垂眼睛；
　而总管把他和继承人一起
　　　粗暴地赶出了门庭。

好了,生命回到你的怀抱
带着它所有的魅力,
你该知道怎样享受了,
你看:它是无价的赐予;
装饰它吧;岁月在飞逝,
是时候了! 在你的华屋里,
快娶个美丽的妻子,老天
　　　将祝福你们的结缡。

彼得一世的欢宴[①] 1835

船上悬挂的各色彩旗
在涅瓦河上顽皮地翻卷,
水手们的划船的合唱
悠扬地飘过明亮的水面;
皇宫里排开快乐的筵席,
宾客的话声醉醺醺地喧响,
排炮在轰鸣:涅瓦河
远远近近都为之激荡。

啊,在彼得堡的京城里,
伟大的沙皇为什么宴饮?
为什么又是礼炮,又是欢呼,
涅瓦河上摆起了船阵?
可是新的光荣照耀了
俄国的刺刀,俄国的战舰?
可是严酷的瑞典人打败了,
可怕的强敌要求罢战[②]?

或许是勃兰特的老船[③]
开进了瑞典割让的港湾?
我们所有的年轻的舰队

[①] 普希金意图通过本诗暗示沙皇,应与十二月党人和解,把他们从西伯利亚赦回。
[②] 指波尔塔瓦之役,彼得击败了瑞典王卡尔十二。
[③] 彼得初建海军时,就学于荷兰船长勃兰特的船上。以后这只船就被称为俄国舰队的"老爷爷",每逢节日,便受到其他船只的致敬。

都来和这位"老爷爷"见面,
因而这些雄赳赳的子孙
排列整齐,面对着老人,
用合唱和礼炮的轰响
表示它们对学术的尊敬?

或者,可是沙皇在庆祝
波尔塔瓦战役的周年,
庆祝那一天,他击败了卡尔,
使自己的祖国免于灾难?
或者因为喀萨琳的诞生?
或者是这创造奇迹的伟人
为了他的黑眉毛皇后的
命名日,举行盛大的宴饮?

不是的!他是要向臣属
宽恕他们的罪,言归于好,
因此摆起欢乐的筵席,
和他们只对着酒杯冒泡;
他的心和容颜一样焕发,
他让他们吻着他的前额;
君臣都为赦免而欢腾,
像是战胜敌人的祝贺。

因此,在彼得堡的京城,
人们欢呼而又笑闹,
涅瓦河上摆起了船阵,
又是管弦之声,又是礼炮,
因此,在这快乐的一刻,
沙皇的酒杯溢满了酒香,
排炮在轰鸣:涅瓦河
远远近近都为之激荡。

仿阿拉伯文　1835

可爱的少年，温柔的少年，
别羞怯，你永远属于我；
我们有同样狂暴的火焰，
我们两人过着一个生活。
我是不害怕别人嘲笑的，
你我之间是这样逼肖；
我们恰像一只壳里的
两颗对等的小小胡桃。

咏敦杜克-库尔沙科夫[①] 1835

敦杜克公爵获得了
科学院的一席。
据说,敦杜克不配
有这样的荣誉。
他出席是为了什么?
只为了有地位可坐。

---

① M. A. 敦杜克-库尔沙科夫是科学院的副院长,他由于 C. C. 乌瓦洛夫的保荐而得到这个职位。

"在我的秋日的悠闲里"[①] 1835

在我的秋日的悠闲里,
在我乐于写作的时期,
朋友,你们都劝告我,
把已遗忘的故事继续。
你们正确地指出说:
小说没有完,就中断了,
这够奇怪,甚至不礼貌,
可是却已经付印出笼;
你们说,我的主人公
无论如何应该结了婚,
至少使他一命告终;
至于书中其他的人
应该有个友好的安顿,
把他们引出那座迷宫。

你们对我说:"谢谢天!
你的奥涅金还活着,
小说没有完——一点点
往下写吧;不要懒惰。
你有了诗名,顺其意旨,
收集它毁和誉的贡金——
写出城市的花花公子

[①] 普希金的友人(如普列特奥夫和茹科夫斯基)都曾劝他将《欧根·奥涅金》继续写下去,这首未完成的诗即其答复。

和你的可爱的千金,
战争、舞会、宫廷、茅舍、
顶楼、斗室和后庭;
你还能从我们读者
得到一笔相当的酬金:
每本小书五个卢布——
确实,不算过重的担负。"

"哦,贫困"[1] 1835

哦,贫困!我终于记取了
你苦涩的一课!我何以招惹
你的迫害?不仁的统治者啊,
你敌视满足,连梦也折磨!……
我富裕的时候做了什么,
这我已经不愿意重述:
财富应该静静地滋生财富,
但这也不必再多论列。
我要从你找到思想的食粮,
我感到,我并没有完全毁灭:
我和我的命运。——

---

[1] 本诗为巴瑞·考尔努尔戏剧《海燕》中一段独白的意译。

一八三六年

给 Д. В. 达维多夫[①] 1836

献给你吧,歌者和英雄!
我没有能够追随你
在炮声隆隆的战火中
骑着烈性的马儿驰驱。
我不过是穿着老旧的
巴纳斯的过时的服装,
用温顺的彼加斯当坐骑;
但就在这艰难的职务上,
神奇的骑士啊,就在这里,
你也是我的牧师和队长。
这儿就是我的布加奇——
一眼可以看出来,他是个
滑头和真正的哥萨克!
在你的先遣队中,他简直
可以做一个骁勇的军士。

[①] Д. В. 达维多夫(1784—1839),一八一二年战争中的英雄,曾领导游击队和拿破仑作战。他又是诗人和军事作家。普希金以新作《布加乔夫暴动史》和本诗一齐送给他。布加奇即布加乔夫之简称。

给一位艺术家[①] 1836

我欣喜而悒郁地，雕刻家，走进你的工作室；
  你给石膏以思想，大理石听从你的心意：
多少神、女神和英雄！……这儿是雷神宙斯，
  这儿是沙吉尔[②]，从眼角看人，吹着芦笛。
这儿是首创者巴克雷和库杜佐夫的塑造人；
  这儿是阿波罗，理想；那儿是乃欧比，[③]悒
  郁……
我感到喜悦。可是，通过这无言的塑像之群
  我漫游得沉郁：德里维格已经不在了[④]；
在幽暗的坟墓里，安息了艺术的良师和友人。
  否则，啊，他会怎样拥抱你，为你感到骄傲！

[①] 本诗写给雕刻家 Б. И. 奥尔洛夫斯基(1793—1837)，他塑出库杜佐夫(一八一二年战争中的英雄)和巴克里·得·托里(参见 1835 年《统帅》一诗)的像。
[②] 沙吉尔，半人半羊的森林之神。
[③] 乃欧比，据希腊神话，她有六子六女，除一女外，都被阿波罗及阿蒂米斯杀死，她因悲哀而变为石头。
[④] 普希金的友人德里维格死于一八三一年。他认为德里维格的作品和古代艺术、尤其是古代的雕刻风格有密切的联系。

世俗的权力[1] 1836

当伟大的圣迹胜利地完成,
十字架上的圣灵在痛苦里告终,
那时候,站在生命之树的两边的
是罪女玛利亚和高洁的圣处女,
　　　两个女人站着,
都在无可比拟的悲哀中静默。
然而,如今,在神圣的十字架脚前,
好像在市政官衙门的台阶上,
我们看见的不是圣女排列两边,
而是两个凶狠的卫兵手执步枪。
告诉我吧,为什么要派他们守卫?
可是十字架已变成了政府的库存,
因而你们要防避老鼠,防避贼?
或是想给万皇之皇提高身份?
对于戴着荆棘之冠的救世主,
对于那顺从地、以自己的血肉
去忍受鞭挞、铁钉和钢矛的基督,
你们可想以强大的保卫来拯救?
或是为了防范民众,怕他们亵渎
那以自己的死刑赎出亚当后代的人?
还是为了怕挤得闲游的绅士不舒服,
因而命令纯朴的人民不得进门?

---

[1] 据当时人称,在复活节前的星期五,彼得堡的卡赞教堂有两个卫兵站在耶稣像的两侧,本诗可能因此而作。

"我徒然逃到" 1836

我徒然逃到郇山的高峰,
贪婪的"罪恶"紧跟在我的脚踵……
正像饥饿的狮子把鼻孔
钻进流沙,追寻野鹿的香踪。

(译宾得芒蒂)① 1836

我并不重视有名无实的权利,
尽管不少人为它头晕目眩;
我不想抱怨为什么上天不赐予
美好的命运,使我能辩论税捐,
或者干预帝王彼此别再讨伐;
我也毫不难过:是否我们的报刊
还不能自由地哄骗一些傻瓜,
或者杂志的小丑不能有所施展,
因为受了过敏的审查官的制压。
你看:这不过是文字,文字,文字②。
有一些更好的权利为我珍视;
我要的是一种更可贵的自由;
唉,依赖皇帝也好,人民也好③——
岂不一样?天保佑他们。
     我只求
对谁都不必理会,任我自在逍遥,
随心所欲,而不必为权势或为了
仆从的制服,压抑自己的良心,
或者改变初衷,或者弯下脖颈。
我愿意任随喜好,到处去游览,

---

① 这首诗是普希金的原作,伪托翻译,是为了避免审查的麻烦。宾得芒蒂(1753—1828),意大利诗人,早年曾同情法国革命。
② "文字,文字,文字"是莎士比亚悲剧《哈姆雷特》中的话,指空洞无物的话或文字。
③ 普希金看出议会制的虚伪性,因此以否定态度谈到它。

赞叹和欣赏庄严美丽的自然；
或者深感于艺术和灵感的制作
而喜悦得颤栗:啊,这才是快乐!
这才是权利……

"索居的神父和纯洁的修女" 1836

索居的神父和纯洁的修女,
为了使心灵飞上神明的境域,
为了使它经受人世的风暴,
他们作过许多虔诚的祈祷;
可是,我还没听过一篇祷文
能够这样深深感动我的心,
像在大斋戒节,那忧伤的日子,
一个牧师在坛上朗读的词句;
常常地,那祷词来到我唇上,
给我,一个罪人,无名的力量:
"啊,我生命的主宰!让我远离
那无所事事的精神的忧郁
和名利的野心,这暗藏的蛇;
别把一颗爱空谈的心给我。
让我看到自己的罪过吧,上帝;
让我的弟兄别从我听到訾议;
在我的心灵里,请你给振奋
爱情、纯贞、谦卑和容忍的精神。"

"我沉思地走出了" 1836

我沉思地走出了城郊游荡，
无意间，我走到了公共墓场；
花栏杆，小柱子，华丽的墓园，
而那下面，京城的死人正腐烂
在泥淖里，好不易挤进一行行，
像贪婪的客人在乞丐的餐桌上。
这是死去的官吏和商人的墓陵，
费尽廉价的石工荒诞的匠心。
墓上是碑，有的用诗，有的用散文，
把死者的美德、履历、官衔细细铺陈。
有寡妇对老绿帽丈夫的多情的悲恸，
有被盗贼从石柱中间扭出的尸灰甄，
也有那光滑的坟墓，正张口等待：
看哪些住客次日一早就要迁来——
这一切如此引动我烦乱的思想，
沮丧之感把恶毒带到了我心上，
我想唾一口，跑开……
　　　　　然而，我多么乐于
在秋高气爽时，在黄昏的静谧里，
去访问那乡村人家世代的墓园，
那儿，死者在庄严的恬静中安眠；
那毫不修饰的坟墓多么天地广阔，
在黑夜，也没有苍白的盗贼出没。
年久的墓石满覆着萎黄的苔藓，
乡民路过时会轻轻地祈祷和长叹。

那里没有破烂的文雅,浮华的尸灰甑,
没有小小的金字塔,掉鼻子的精灵,
但却有广阔的橡树荫蔽着肃静的坟,
它的枝叶在空中摇曳、喧响……

"纪 念 碑" 1836

> 我树起一个纪念碑
> ——贺拉斯

我为自己树起了一座非金石的纪念碑,
它和人民款通的路径将不会荒芜,
啊,它高高举起了自己的不屈的头,
  高过那纪念亚历山大的石柱①。

不,我不会完全死去——我的心灵将越出
我的骨灰,在庄严的琴上逃过腐烂;
我的名字会远扬,只要在这月光下的世界
  哪怕仅仅有一个诗人流传。

我的名字将传遍了伟大的俄罗斯,
她的各族的语言都将把我呼唤:
骄傲的斯拉夫、芬兰,至今野蛮的通古斯,
  还有卡尔梅克,草原的友伴。

我将被人民喜爱,他们会长久记着
我的诗歌所激起的善良的感情,
记着我在这冷酷的时代歌颂自由,

---

① 亚历山大一世的纪念柱建立在彼得堡的皇宫广场上,一八三四年十一月,在此纪念柱揭幕的前几天,普希金为了避免参加典礼,特地离开了彼得堡。

并且为倒下的人呼吁宽容①。

哦,诗神,继续听从上帝的意旨吧,
不必怕凌辱,也不要希求桂冠的报偿,
无论赞美或诽谤,都可以同样漠视,
　　和愚蠢的人们又何必较量。

---

① "倒下的人"暗示十二月党人。

"想 从 前"[①] 1836

想从前:我们年轻的节日
明亮、喧哗,戴着玫瑰花冠,
歌唱和碰杯的声音交织,
我们密密围坐着饮宴。
那时啊,我们活得轻松、果敢,
怀着愚昧的心,无忧无虑;
我们都为了希望而干杯,
为了青春和它的各种心机。

而今不同了:那欢愉的节日
和我们一样,失去疯闹的气氛;
它已经温和、安静、拘谨了,
碰杯的声音变得如此低沉;
彼此的谈话不再流畅、活泼,
我们只沉郁地疏疏就座,
歌唱间的笑声已经稀少了,
更常常的,我们叹息而沉默。

一切随时推移:中学的周年
这已经是第二十五次祝饮。
岁月不知不觉地川流而去,
啊,它是怎样改变了我们!

---

① 本诗没有写完。据称,普希金在一八三六年皇村中学周年晚会上宣读此诗时,读至后来,泣不成声。

四分之一世纪没有白白溜去！
别埋怨吧：天道本来如此；
人所处的世界整个在旋转——
难道惟有人能凝然静止？

朋友们啊，可记得那时候
自从命运使我们汇合在一起，
我们目睹了怎样的变化！
作为一场玄奥游戏的玩具
被煽动的民族互相扑击；
帝王们耸立，又颠覆不见，
忽而荣誉，忽而自由，忽而骄矜，
使人们的血染红了祭坛。

你们可记得皇村中学的开办，
沙皇为我们开放了女王宫，
我们入学了。当着皇家的宾客，
库尼金怎样把我们欢迎，——
那时候，一八一二年的雷雨
还在沉睡。拿破仑还不曾
考验这一个伟大的民族，
他还尽在恫吓与犹疑之中。

你们记得：大军接连开出去，
我们送别了较年长的弟兄，
怀着敌忾，我们回到了学苑，
却多么羡慕那些先于我等
去死的人……异族被击败了，
罗斯包围了骄矜的敌兵；
那为敌军铺好的一片雪原
曾为莫斯科的霞光所映红。

你们记得:我们的亚加门农①
怎样从被俘的巴黎凯旋而归。
那时候,怎样的欢腾迎着他!
啊,他曾经多么伟大,多么美!
他是各族的友人,自由底救星!
你们记得——就在这片花园,
这明媚的湖旁,一切多么欢跃,
当他光荣地来享受片刻的悠闲。

他去世了——舍弃了罗斯,
这罗斯被他提升使世界惊奇,
而那被人遗忘的流放者,
拿破仑,却在异域的山中死去。
新的沙皇,他严峻而有力,
在欧洲的边疆开始逞雄,
于是大地上又聚起了阴云,
暴风雨……

---

① 亚加门农,古希腊战胜特洛伊的统帅。这里指亚历山大一世。

题投钉者的雕像[①] 1836

面貌英俊的少年,不紧张,不吃力,
　　他匀称、轻快、有劲——以快投而自愉!
你们是同伙呀,投铁饼的人! 我相信,
　　在玩毕,拥抱你以后,他该休息休息。

[①] 本诗及以下一首《题投骰者的雕像》,记述了两个在彼得堡皇家艺术学院陈列的塑像。它们以后移至皇村亚历山大宫前。投大头钉的游戏是俄国民间游戏,地上置一圆圈,投掷者需将大头钉的尖端插在圈的中央。

题投骰者的雕像[①] 1836

少年迈出三步,倾着身子,一只手
　　昂然撑在膝上,另一手把骰子举起。
他瞄准了……躲开!喂,好奇的人们,
　　走开吧,别妨碍俄国人豪迈的游戏。

[①] 投骰戏是把趾骨(是用反刍动物第一趾关节骨做成的,其中塞以铅或铁,以增加重量)投入画定的圈心的游戏。

"昨天晚上,雷拉"[①] 1836

昨天晚上,雷拉
冷冷地离开了我。
我说:"等等,去哪呀?"
可是她对我说:
"你的头发白了。"
我对这不客气的
讥讽的女人答道:
"一切随时间转移!
以前麝香适合,
现在却用樟脑。"
可是这话无效,
雷拉只笑笑说:
"你自己也知道,
麝香用在新婚,
樟脑只配死人。"

---

① 本诗仿照一首译成法文的阿拉伯歌曲。

一八二七——一八三六年

给俄国的海斯涅尔[①] 1827—1836

你怎么如此枯燥、冷冰冰!
你的文体多么呆板无力!
怎么没一点新词的发明,
实在让我听来感到厌腻!
啊,你所写的牧童和牧女,
都该出来披上羊皮袄:
穿少了岂不被你冻毙?
你从哪儿把他们找到?
在酒吧间还是烟花巷里?

[①] 沙罗蒙·海斯涅尔是瑞士著名的田园诗人。俄国当时著名的田园诗人是 B. 巴纳耶夫,但本诗不是针对他的,而是针对波里斯·费多罗夫,因为普希金曾称他为"巴纳耶夫先生的诗的抄写者"。

黄金和宝剑[1] 1827—1836

一切是我的,黄金说;
宝剑说:一切属于我。
我买一切,黄金自夸;
宝剑说:一切由我拿。

---

[1] 本诗是一首佚名的法文警句的翻译。

"不知在哪儿"[①] 1827—1836

不知在哪儿,但不在这里,
有个最可敬的米达斯勋爵[②],
他的灵魂又庸俗,又卑鄙,——
为了不从光滑的途径下跌,
他便爬行着进入高官级,
于是成了著名的老爷。
关于米达斯还要说两句:
他的城府浅得盛不下
深刻的计谋和思虑,
他脑中没有闪烁的才华,
他的心灵也不敢猎奇,
因此他枯燥、谦恭、庄重,
我的主人公的谄媚者
不知该怎样把他称颂,
便决定宣布他是深刻……

[①] 本诗是写 M. C. 渥隆佐夫的。
[②] 米达斯,神话中的国王,他把所触到的一切都变为黄金,并且有一双驴耳朵。

"为什么我对她倾心" 1827—1836

为什么我对她倾心？
为什么必须和她分开？
哪一天我才能有幸
不再为流浪生活所宠爱？

她看你时是这样温存，
她这样随意地絮语密谈，
她这样精致地欢欣，
她的眼睛充满了情感；
昨晚上，她竟如此微妙，
从铺台布的桌子下面
向我送过来小小的脚。

"啊,不,我没有活得厌烦" 1827—1836

啊,不,我没有活得厌烦,
我爱生活,我要活下去;
这心灵还没有完全冷却,
尽管我的青春已经虚掷。
它还能对新奇的事物
保留着感受的欢欣,
还能喜于幻想的美梦,
和对一切……的感情。

附录

别林斯基论普希金的抒情诗

（译者按：以下的文字，是从亚历山大·普希金的作品第四章和第五章、就其与本书所选的诗直接有关的方面摘译出来的。为了节省篇幅，凡是提到这里未选的诗的话，都略去。因此，读起来时，恐怕有不连贯和割裂之感，这是应该由译者负责并致歉的。）

普希金出现的时代，适逢作为艺术的诗在俄国刚刚有可能出现的时代。一八一二年是俄国历史上伟大的年代。以其影响来说，它是彼得大帝以后俄国史中最重大的一年。和拿破仑的决死斗争唤醒了俄国的沉睡的潜力，使它在自身上看出了前此未曾意想到的力量和作用。……

我们如果评论普希金的作品，就必须严格地按照写作年代的顺序来观察。普希金之所以和他以前的诗人不同，就在于从他作品的顺序不仅仅可以看出他作为一个诗人的不断的发展，而且可以看出他作为一个个人和个性的发展。他在任何一年中所写的诗，不只在内容上，而且在形式上和以后一年所写的必然不同。因此，他的诗不能像杰尔查文、茹科夫斯基和巴杜式科夫的诗似的，按照类别来印行。这一点很重要：它说明了普希金的巨大的创作天才，并且指出了他的诗充满着有机的生命。这有机的生命的源泉是在于：普希金不仅推寻诗，他还以生活的现实和永远优美的思想作为诗的土壤。……

把普希金"中学时代"的诗和以后时期的诗作一比较的话，就可以看出他的诗才是多么迅速地生长和成熟。不仅如此,更重要的是:在他"中学时代"的诗作中还可以见到他和他以前诗人的历史的联系。显然,在他成为独立的诗家以前,他首先做过茹科夫斯基和巴杜式科夫的优秀的学生。……

"中学时代"的诗并不太富于诗,但却常常以韵文的优美和精巧使人惊讶。这些诗的风格完全不是普希金的,它是茹科夫斯基和巴杜式科夫的。就诗而论,普希金——那时他还是不到十六岁的青年——虽然远逊于这两个诗人,但在韵文上,不仅有时毫无逊色,甚至是更大胆、更丰富。……

《皇村中的回忆》是以铿锵有力的诗句写出来的,虽然全篇都不过是词藻和夸张而已。……

"中学时代"的诗有几篇已经超脱模仿,透露出纯粹普希金的诗的因素。我们认为这样的诗是:《窗》,《心愿》等。它们好坏不等,然而有几篇以那时代的标准看来,简直是优美得很。那个时代是不够精细、不甚求全责备的。

……(普希金在中学毕业以后所写的诗)可以称为"过渡时期"的诗。从这些诗中已经能看出普希金来了;但是,他仍旧或多或少地忠于文学传统,仍旧是他的前代诗家的学生,尽管是常常"青出于蓝"。他成了一个多才多艺的诗人,但还没有独树一帜。他只是孕育着——如果可以这么说——普希金,却还不是一个普希金。在"过渡时期"的诗中可以看到普希金和他以前的文学的活的历史联系。……

我们认为这"过渡时期"的诗是:《安纳克利融的坟墓》,《黑色的披肩》,《我耗尽了我自己的愿望》,《贤明的奥列格之歌》,《生命的驿车》,《酒神之歌》,《你和您》等。

为了使读者更清晰地理解所谓普希金"过渡时期"的诗是什么,我们想举出纯粹普希金的诗来作一个对照。这些诗是从一八一九年就有的,顺序如下:《独处》(这首诗只在内容上,而不是在形式上,可以算作纯粹的普希金的诗),《给 N.N》,《多丽达》,《白昼的明灯熄灭了》,《葡萄》,《海的女神》,《缪斯》,《征象》,《你憔悴而缄默》,《致大海》等。

在"过渡时期"的诗中,普希金首先仍旧是前代诗家——尤其是巴杜式科夫——的学生,不过是"青出于蓝"了。他的诗已经比老师们的诗更为优美,而且,就整体而言,有一种成为他的特色的更深厚的坚韧。普希金所特有的因素是主宰这些诗的一种哀歌式的忧郁。从起头就可以看出来,忧郁比欢乐和玩笑更投合、更切近于普希金的缪斯。常常是这样,他的一篇诗开始带着高兴和玩笑的调子,最后以忧郁的情绪收场。这忧郁的情调,仿佛是一篇乐章的最后的旋律,只有它留在你的心灵上,并且把以前的种种印象都盖过了。……普希金的忧郁绝不是温柔脆弱的心灵的甜蜜的哀愁,不是的。它永远是一颗坚强有力的心灵的忧郁;它对读者具有一种魅力,在读者的心底深刻而有力地回荡着,和谐地震撼着他们的心弦。普希金从不沉溺于忧郁的情感;的确,这种情感时常在他心里振鸣着,但并没有抹煞心灵别种声音的合奏,以至成为单音。有时候,他在一阵沉郁以后,会像狮子耸动鬃毛似的突然摆摆头,想把悒郁的阴云逐开。这种强烈的乐观情绪尽管没有完全把悒郁抹去,却给了它一种特别的爽气,使心神振作。……在普希金"过渡时期"的诗中,最好的是那些诗作,它们或多或少地透露出忧郁的情调。因此,那些完全没有这种情调的诗,就显得平淡有如散文;而有了它呢,没有意义的诗也成为有意义的了。举例说,《我耗尽了我自己的愿望》这首诗,尽管很薄弱,却会使读者不自主地注意到它的最后一节:

  就好像当初冬凛冽的风
  盘旋,呼啸,在枯桠的树梢头
  孤独的——感于迟暮的寒冷,
  一片弥留的叶子在颤抖……

  ……在"过渡时期"的诗中,我们认为最薄弱的是:《黑色的披肩》等。

  《贤明的奥列格之歌》完全是另外一回事了:诗人知道怎样给这一篇抒情意味多于史诗意味的诗投上一层诗意的朦胧——这朦胧,对于古代英雄和事件以及关于他们的缥缈的流传是很合宜的。因此,这篇作品充满了诗的美,这种美又为蕴蓄其中的哀歌情调和纯俄

国风的叙述加强了。普希金甚至能将奥列格的马说得津津有味,使读者也和奥列格一样急欲看看他的战斗的老伙伴的遗骨:

> 英武的奥列格上了马,走出庭院,
> 　　还有伊格尔王子和年老的宾客
> 随他来到德聂伯河边,果然看见
> 　　高贵的马骨在丘陵上暴露着;
> 它受过雨水的冲洗,又蒙上尘埃,
> 　　附近丛生着野草,在风中摇摆。

这首诗在情调和内容上都能一贯地保持含蓄;最后一节很成功地总括了全诗的意义并且在读者的心上留下了充足的印象。

(以上摘译自《亚历山大·普希金的作品》第四章)

每一首诗应该是主宰诗人的强烈思想的果实。假如我们只把这思想认作是诗人理性活动的结果,那我们就不仅抹煞了艺术,而且连艺术的可能性也否定了。如果真是这样的话,作一个诗人有什么困难呢?有谁不会由于癖性、需要和有利可图,而成了诗人呢,假如他只需转一些念头,然后就把它填进一些现成的形式中?不,无论就诗人的天性或就诗人的自白来看,诗人并不是这样去做的。凡是本性不是诗人的人,尽管让他想出一些深刻的,真实的,甚至神圣的思想吧,他的作品仍旧不过是烦琐的,虚假的,畸形的,死的——它不会说动任何人,很快地就使人不相信它所表达的思想,尽管这思想是完全真实的!然而,群众却正是把艺术看成了这种东西,他们所要求于诗人的也正是这种东西!在闲暇的时候转一转念头,想出一个优美的思想,然后把它装进一个杜撰的形式中,好像钻石必须镶在金子上。这就是一切了!不,我们所说的不是这种思想,这种思想绝不能主宰诗人而成为他的生动的作品的胚胎!艺术并不容纳抽象的哲学思想,更不容纳理性的思想:它只容纳"诗的思想",而这"诗的思想"——它不是三段论法,不是教条,不是箴言,而是活的热情,是"真情"(пафос)……这"真情"是什么意思呢?——创作并不是消遣,而是艺术的制作;不是喜好或者闲暇的果实,而是艺术家的劳作;

就连艺术家自己也往往不明了,一个新作品的胚胎怎样落到了他的心上,他怀着这"诗的思想"的种子,有如母亲在子宫里怀着胎儿。创作的过程和生育的过程是相仿的,在这过程中不能没有痛苦——自然是精神的痛苦。因此,如果诗人决心从事于这种工作,这意味着有一种强有力的力量、有一种不能克服的热情在推动着他。这种力量,这种热情——就是"真情"。"真情"的诗人是思想的爱好者,他把它当作美丽的生命那样爱着,心里充满了它。他并不是以智慧,以理性,以感情,或者以任何一种心灵的本能来冥想它,他是以整个的全面的精神内容来对待它的。因此,他的作品的思想并不呈现为抽象的思想,并不是死的形式,而是活的创造,其形式的富于生命的美说明了那作品是有着庄严的思想的。在这里面没有织补或者安装的迹象,没有思想和形式的分野,而是由两者融合而成的整个的有机体。思想是从理智产生的;但能产生和创造活的东西的,是爱情而非理智。因此,抽象的思想和诗的思想之间的区别是很明显的:前者是理性的果实,后者是作为热情的爱情的果实。但是为什么我们要把它叫作"真情",而不叫作"热情"(Страстъ)呢?这是因为"热情"这个名词包含着比较属于情绪的概念,而"真情"包含比较属于道德精神的概念。在热情中有很多个人的、自私的、幽暗的、有时甚至是卑鄙低级的因素,因为人不仅可以对一个女人发生热情,也可以对很多女人发生热情;不仅对荣誉有热情,也可以对任何被推崇的事物都有热情;他还可以对金钱,酒和美食发生热情。热情中有很多纯粹是情绪的,血气的,神经的,肉体的和欲望的因素。而真情呢,虽然也有和血液的流动及神经系统的震动相关联的热情,但这种热情是被"思想"在人的心灵里点燃起来的,它是永远朝向着"思想"去追求的。因此,这种热情是纯然精神的,道德的,神圣的。"真情"使单纯由理性所获得的思想转化为对思想的爱情,这爱情充满了力量和热烈的渴望。哲学中的思想是没有果实的;哲学思想通过"真情"才能变为现实中的事件和事实,才能成为活的创造。……

因此,每一首诗都应该是"真情"的果实,都应该充满着"真情"。如果没有"真情",就不能理解是什么使诗人拿起笔来的,是什么给他一种力量,使他开始并且完成一篇往往很长的作品。因此,说"这篇作品有思想,那篇作品没有思想"是不够精确的,我们应该说:"这篇作品的真情何在呢?"或者"这篇作品有真情,那篇作品没有。"这是更为精确的,因为有许多人把"思想"错误地理解为在作品以外到处都可以看到的那种思想了,而实则他们认为所看到的那个思想,不过是为寒伧的形式——那打补丁的衣衫所遮掩的议论罢了,它就常常透过这件破衣衫而露出其赤裸的面目。"真情"则是另外一回事情。除非是完全不懂美学技艺的人,他才能在僵硬而冰冷的作品中看出"真情",才能无视其中的形式和思想简直像是水和油的汇合,或者像是用白线潦潦草草缝起来的。……

普希金被公认为俄国第一个艺术的诗人,他给俄国带来了作为艺术的诗,而不是抒写情感的美丽的语言。自然,这是可以理解的,他绝不能以一个人的力量做到这种地步。我们在篇首曾经说明俄国文学的整个进程,指出俄国诗的起源和发展以及普希金以前的诗人们所做的贡献。这里我们想重复一下我们所用过的比喻,就是:这些诗人之于普希金,犹如大小河流之于汇合一切的海洋。……我们说过,在《亚历山大·普希金的诗》的第一辑中,受以前诗派的影响的诗比第二辑多,第三辑就完全没有了,但即使是在第一辑中,几乎有半数的诗是属于普希金的独特风格的。这第一辑包括从一八一五年到一八二四年的诗作,它们是按照年代排列的,因此很容易看出:普希金每过一年便减少其为学生和模仿者——尽管是超越了先生的学生和模仿者——的因素,而越来越成为一个独创的诗人。第二辑包括从一八二五年到一八二九年所写的诗。只是在一八二五年一部分诗中还可以见到过去诗派的影响,这影响在以后的诗中便完全消失了。读着普希金的模仿的诗作时,你会感到、并且看到即使在普希金以前,俄国也还是有诗存在着的;但是等你读着他的独创风格的诗时,你就不但不相信、而且完全忘了在普希金以前俄国还有诗的这一回事。因为,他的诗展开了如此奇妙而新鲜的世界!这里,你甚至不能说:"它像是那老一套,但又不是那老一套!"相反,你会不自主地叫出来:"不,它完全不是那一套!"杰尔查文的诗句常常是很粗笨、很平淡的,尽管也有时在诗意上鲜明而强烈;然而在诗的格式、文法、造句及音调的要求上,他的诗不只低于狄米特里耶夫,也低于克拉姆金;在这些方面,狄米特里耶夫,甚至奥泽洛夫也在内,远低于茹科夫斯基和巴杜式科夫。有过一个时候,人们不可能不相信在这两个诗人的笔下,俄国诗艺已经达到登峰造极的地步了。可是,若是把这两个诗人的诗艺拿来和普希金的比较,那就恰如把狄米特里耶夫及奥泽洛夫和他们两人相比较一样。……因此,普希金的韵文,在他的独创性的诗中,显得仿佛是在俄国诗史上的一个突变,和过去截然分开,没有一点相像的地方——这种韵文是此前从未有过的新诗的表现。这是怎样的诗行呵!一方面是古代的雕塑和严格的单纯,另一方面是浪漫诗歌的音韵的美妙的错综,这两者在他的韵文中溶和起来了。它所表现的音调的美和俄国语言的力量到了令人惊异的地步;它像海波的喋喋一样柔和、优美,像松脂一样浓厚,像闪电一样鲜明,像水晶一样透明、洁净,像春天一样芬芳,像勇士手中的剑一样的坚固而有力。它有一种非言语所能形容的迷人的美和优雅,一种耀目的光彩和温和的润泽;它有丰富的音乐,语言和声韵的和谐;它充满了柔情,充满了创造的想像及诗的表现的喜悦。假如我们想以一个词语来概括普希金的诗行特征的话,我们只能说它主要是"诗的","艺术的"——这里包括尽了普希金诗的"真情"的全部秘密。……

假如你在读荷马,你会看到充分可能的艺术完整性,但这艺术的完整性并没有占据你的全部注意,你并不单独对它表示惊异;那比一切都更使你注意的是充沛在荷马诗篇中的古希腊人的世界观和古希腊的世界。你处于奥林普斯山的群神之中,你处于战场上的英雄们中间,你不能不迷于这种高贵的单纯,这一度代表全人类的民族的英雄时代的优美的家长制度;但对于你,诗人却好像是站在一旁,他的艺术好像已经必然处于诗篇中,因此你也就不留意他、赞羡他了。读莎士比亚时,主要的也不是那个艺术家,而是那其中深邃的、对人心对世界的观察使你注意;而至于艺术,仿佛你已经默认了。同样,对于伟大的数学家,假如你要指出他对于科学的贡献,你并不提起他在详尽地思考和组合符号上的惊人的能力。在拜伦的诗中,首先令你惊讶的是诗人巨大的人格、超凡的勇敢及其思想和情感的傲岸。在歌德的诗中,你看到一个诗人思想家,他是人的内心世界有力的主宰。在席勒的诗中,你怀着满腔敬爱,祝福那为人类宣扬的讲坛,那人道的宣扬者,那崇高及美的事物之热狂的崇拜者。可是在普希金的诗中,与此相反,你首先看到的是以所有诗的媚惑所武装起来的艺术家,他是为了艺术而被召唤来的,他充满了对于美学上美的事物的兴趣和爱好;他爱一切,因此也容忍一切。他的诗中所有的优点和缺点也就在于此——如果是从这个观点来看他的话,你就会加倍地欣赏他的优点并且宽宥他的缺点,把他的缺点看做是他的优点的另一方面和必然的结果。……

普希金的使命是可以用我们的文学史来解释的。俄国诗是一种移植而非本土的果实。广义地说,任何诗都应该是生活的表现,应该囊括整个物质的和精神的世界。只有思想能使它做到这种地步。但是,为了表现生活,诗应该首先是诗。如果有一篇作品能够被称为"智慧的、真实的、深刻的、但却是散文化的",艺术就不会从这里取得任何胜利。这样的作品有如一个面貌丑陋而心灵却伟大的女人,你可以对她表示惊讶,但爱她却是不行的;只要有一点爱情,也比很多的惊讶使人更为快乐,无论是对那个女人或由她引起惊讶的那个男人而言。缺乏诗的诗作从各方面看来都是贫瘠的;一半散文化的作品常常有益于社会和个人,但这益处也只是一半而已。如果有一个国家,人们可以清楚记得它的诗的原始;如果他们的诗不是自己国民生活的果实,而是世界文化的果实,那么,他们为了诗的充分发展,首先必须选择诗的形式;因为,让我们再重复一句吧,诗应该首先是诗,以后再谈表现这个和那个。因此,普希金就成了普希金,而不能是什么别的样子。在他以前,我们连作为人类精神之一面的这种艺术的前影都没有。在他以前,诗只是美丽情感和崇高思想的一种词藻华丽的表现,而这情感和思想并没有组成诗的灵魂;诗只是被依附上去,被当作一个好的目标所应采取的适当的媒介,就好像"真理"这个老婆婆的苍白的脸应该涂上粉和胭脂似的。用诗的形式来表现道德的或其他的思想——这是对于诗的形式的"功效"一种死的理解,由此产生了所谓"教训的诗"。……我们俄国诗在普希金以前恰恰是一种弄甜了的、带有金皮的药丸。因此,真实的、富于灵感的、创造性的诗只偶尔在某一部分中闪烁一下,这闪烁随即没入词藻的汪洋大海里去了。过去在语言、在韵文方面做了不少成绩,然而却还没有作为诗的诗,就是说,还没有这样的诗:它既表现一些东西,发展了某种世界观;又首先是以诗而出现!普希金的使命就在于:他把诗的秘密给俄国生动地展开了。他既然要把艺术的诗永远变为俄国本土的东西,那么,为了俄国诗有可能在以后表达任何倾向和认识而不必害怕其不成为诗、不必害怕它会转入词藻的散文,——那么,很自然的,普希金便应该以专一的艺术家而出现。

再者,我们在普希金以前虽然有过诗人,但没有一个艺术家的诗人。因此,即使是普希金青年时期的不成熟作品如《鲁斯兰和柳密拉》、《强盗弟兄》、《高加索的俘虏》和《巴奇萨拉的喷泉》等等的出现也给俄国诗史划了一个崭新的阶段。所有的人们,不只是受教育的,甚至很多初识字的人,都看到了这些作品不只是新的诗作,而且是全新的诗,是他们在俄国语言中不但从未见有前例的,而且连提示的话都没有看到过。于是整个俄国的读书界都在传诵这些叙事诗,少女们把它写在笔记本上,学生们在讲堂上背着先生抄写,店员们坐在柜台后面也在抄录。不仅京都如此,外省荒远的地方也是如此。那时候,人们开始理解,诗和散文的区别不只在于用韵和节奏,而有韵的诗不见得就是诗。这意味着人们已经不把诗领会为外形的东西,而着重它的内质了。假如俄国现在竟而出现了远超过普希金的诗人,他的出现也绝不会引起如此的热闹、如此普遍的热情,因为在普希金之后,"诗"已经不是一种未曾见过,未曾听说过的东西了。因此,如果现在有一个诗人,像普希金似的主要地当作艺术家而出现,尽管他的天才不下于普希金,甚至高过了他,他也只能得到很微弱的成功罢了。

假如说,在我们所列举的那些叙事诗中显然有很多艺术性把它们和以前诗派的作品断然分开,那么,在普希金独创性的抒情诗中,艺术性就更多了。对于我们,那些叙事诗已经丧失了很多从前的魔力,我们已经习惯于它们,从而超越了它们;然而普希金的这些标志着他的独创性的小诗,即使在如今,也仍旧和它们刚问世时一样具有迷人的美。这是可以理解的;叙事诗需要天才的成熟,这要依赖于生活经验,而这种成熟在《鲁斯兰和柳密拉》、《强盗弟兄》和《高加索的俘虏》中还一点都没有,在《巴奇萨拉的喷泉》中也只是见到艺术的成功。可是从另一方面说,青春却是抒情诗的最好的时期。叙事诗要求对于人和生活的知识,要求创造个性和它特有的一种戏剧的安排。抒情诗则要求感觉的丰富——人的胸中最富于感觉的时候难道不是青春的夏天吗?

普希金的韵文的秘密并不在于"他能把俯顺听命的文字溶化在适度的节拍中并且用铿锵的韵脚收尾"这种艺术,而是在于诗的秘密中。要紧的是,普希金的心灵中有诗,这诗不是从书本学来的,它存在于自然里,生活里。这艺术是为人所固有的,它的印记打在诗人的全部创作上。智慧是生命的精神,是它的灵魂;而诗呢,是生命的笑,是它明亮的凝眸,其中有迅速变幻的感觉所透露的各种彩色。我们时常碰到一种女人,自然赋予了她们稀有的美貌,然而她们的异常端正的面容令人觉得有些严峻,举止也不够优雅:这种女人可能是艳丽夺目,令人惊讶;但是她们却不能令人莫名其妙地激动得心跳,她们的美不能够引起爱情,因为其中没有生命,没有诗。同样,如果某种天性,某种生命没有渗透着诗,它是只能引起人们冷冷的惊讶;它所散发的不是爱情——那生命的神圣的火焰,而只是坟墓的阴冷。……

普希金是第一个偷到维纳斯腰带的俄国诗人。不只是他的韵文,而且他的每个感觉,每种情绪,每个思想,每种情景都充满着诗。他从一个特别的角度来审视自然和现实,而这个角度是为诗所独有的。普希金的缪斯是一个贵族少女,她既有炫人的美色和直觉的雅致,又有微妙的情调和崇高的单纯;而且,她美丽的内慧更为娴熟的形式所发展和提高了。这形式就像她的第二天性一样地切合于她。

普希金的独创性的短诗始于一八一九年,以后在每一年中数目都有增加。在这些诗中我们首先注意到的是那些小诗,它们无论在内容或形式上都和古风有别,并且是它们第一次表明了;普希金主要地是具有艺术家的成分。这些小诗的单纯的迷人的美是难以用言语表达的,它们是韵文中的音乐,诗中的雕刻。那浮雕似的表现,那严谨的古典主义油画似的思想,那充分的、有首有尾的整体,那润饰的柔和及细腻,这一切都表明普希金是古代艺术巨匠的卓越的学生。

他并不懂希腊文；一般说来，由于他的多方面的、深刻的艺术本能，他不必像所有欧洲的诗人那样在古典文学中去进修。这种诗的天性不必费什么力气便会成为世界的公民；生活的任何领域对他都不陌生。生活和自然，无论他在哪里看到它们，都会很情愿地、很自如地落在他的彩笔之下。

在普希金以前有相当多的希腊诗的翻译和模仿……然而，尽管如此，在俄文中，除了葛涅吉屈所译的《依里亚特》的有些片段外，就没有一行诗可以说是古诗的近似。这情形一直继续到巴杜式科夫。巴杜式科夫的缪斯是和希腊的缪斯同宗的，他从《希腊诗集》中很优越地译出了一些。普希金并没有从《希腊诗集》中译出过什么，但他却以它的精神写作，甚至于他创作的诗都可以被认为希腊诗的翻译的典范了。这是超越了巴杜式科夫的一大步，这还没有计算普希金在韵文方面的巨大的成就。请看吧，普希金是多么希腊味地，或者是多么艺术地（这两者是没有区别的）讲着他自己的艺术的使命！这使命是他在幼年时期就已感到了的。这是题名为《缪斯》的一首诗。（原诗从略——译者）……

在普希金的集子中，凡是以六步格写的诗都洋溢着古典精神。其中特别优秀的诗有《工作》等。

……谁不熟知普希金的《十月十九日》呢？在对每个遥远的朋友打过招呼以后，诗人说：

> 快快畅饮吧，趁我们还在世上！
> 唉，我们的人数每一刻都在稀少；
> 有的不在了，有的流落在远方，
> 命运看着我们凋零；时光在飞跑；
> 我们不知不觉地佝偻，受冷，
> 渐渐地，我们接近了生命的来处……
> 啊，谁将活得长久，到了老年
> 必须独自一个把这日子庆祝？

> 不幸的朋友！在新的一代中间
> 他成了厌烦、陌生而多余的客人，

> 想起了我们,和我们团聚的一天天
> 他会以颤栗的手掩覆着眼睛……

这是多么深刻而又明亮的悲哀!每一个思想都充满着不依赖于形式的诗,它是艺术的、轻盈的、透明的,它单纯而且不必任何暗喻!这个寿命超过所有友人的人,在新的一代中成了无聊的、多余的、陌生的外人,在追忆自己的友人时以颤抖的手覆盖着眼睛——这不只是诗的文字,这简直是诗的图画!然而,停留在悲哀的感情上是与普希金的精神不合的:像是乐曲的庄严的一转,这首诗以充满振作的情绪的诗行为结束:

> 但愿他高兴的,尽管有些悒郁,
> 把这个日子在杯酒里消磨,
> 一如此刻的我,一个受贬的隐士
> 无怨而又无忧地把它度过。

普希金不肯让命运征服自己;他要从命运的手里夺回哪怕是他所丧失的快乐的一部分。作为一个真实的艺术家,他有对真理的直觉、对现实的衡量,这给他指出了"此地"不但是悲哀的源泉,也是快慰的源泉;这使他在他的病根中去寻求治疗。确实,这种依赖于自己天性内在的富藏的能力使他对天赋和自己的道路的正确性比对冥想的浪漫主义的浮夸有更多的信心。

……普希金的诗的特性之一,他超越了过去诗家最主要的优点之一是:他的诗丰满,完整,含蓄,匀称。情感的诗、自然的诗就没有这种性质:它永远是在用力表现情感,因此匀称和适度就消失在丰盛之中了。在艺术的诗中,适度、匀称、丰满和均衡是作为诗篇基础的创作概念和艺术思想的自然结果。普希金的诗从来没有多余或不足的地方,它的一切总是那么适度,那么恰当其位,结尾和开头总是切合的——而你读完他的一篇诗时,你会觉得,把任何地方予以增减都是不行的。在这方面,和在其他方面一样,普希金主要的是一个艺术家。

作为真实的艺术家,普希金无需为自己的作品选择诗意的对象。

对他说来，所有的对象都是同样充满了诗的。举例说，他的《欧根·奥涅金》是一篇叙述当代现实生活的诗，它不只有充分的诗，也有充分的散文，尽管它是用诗行写的。这里有可爱的春天，炎热的夏天，阴湿多雨的秋天和结冰的冬天；这里有京都，有乡村；有京都的纨绔子弟的生活，也有地主的平静的生活，这些地主谈着一种无味的谈话：

> 不是谈酒，就是谈收成，
> 或者谈狗，或者谈亲戚。

这里有冥想的诗人连斯基，也有捣乱鬼和挑拨是非的沙列茨基，你一会儿看到坠入情网的女人的美丽的面孔，一会儿又看到咖啡座的侍役的睡眼朦胧，手里拿着一把扫帚在开门——这一切都有各自的美并且充满了诗。普希金不必到意大利去找美丽的自然景物：美丽的景色就在他手边，就在俄罗斯，在她的一望无垠的单调的草原上，在那永远灰色的天空下，在她悒郁的乡村和那富豪而又贫寒的城市中。曾被过去的诗人看做卑下的东西，普希金认为是高贵的；曾被他们认为散文的，到普希金的手里成为诗了。普希金认为秋天比春天或夏天都更好，你读着他的诗时，就不可能不同意，至少是当你还未看到他对春天或夏天的描写的时候：

> 人们常常诅咒秋季临末的日子，
> 然而我，亲爱的读者，却不能同意：
> ……（以下二十二行略，详见《秋》——译者）

俄国的冬天比俄国的夏天——这"南方冬天的翻版"——更好，因为它像个冬天的样子，而俄国的夏天呢，它不像夏天，犹如舞台上装饰起来的乡村不像森林里实际的乡村。普希金是第一个理解到这一点的人，他也是第一个这样描写它的人。他笔下的冬天充满了灿烂豪华的诗（见《冬天的早晨》——译者）。

普希金的诗惊人地忠实于俄国的现实，无论是它描写俄国的自然或俄国的性格，因此，人们异口同声地称他为俄国民族的、俄国人民的诗人。……

有一度人们把普希金和拜伦相比。我们已经不止一次指出过了:这种比较是不值一顾的,因为很难找到两个诗人在性情上,从而在诗的"真情"上,比普希金和拜伦更相左的了。人们所以臆测他们相似,是由于对普希金性格的错误的理解。他们在知道普希金的沸腾的、放荡的、充满忧患的青春以后,便以为他一定有一颗骄傲的、倔强的、巨人的心。他们根据他的十几篇手抄的诗,根据其中的一些响亮而大胆——但并不因此而不虚夸和浮浅——的句子,便以为看到了作为诗的宣教者的普希金。对一个人的判断没有比这更错误的了!普希金在三十岁的时候便和沸腾的青春的忧患告别了,这不仅表现在诗中,也表现在他的生活中。他以后读着"手抄稿"的小诗时,连自己也好笑起来!可是,还是言归正传。问题主要是在于:普希金的性情(关于这,最可靠的见证是他的诗)是内倾的、冥想的、艺术的。普希金和热情的活动家不一样,他没有为活的强烈的思想所吸引,把生命和才赋都贡献给它,从而感到幸福和苦痛。他不属于任何学派,任何教义;主体上作为艺术家的他是居住在他的诗的世界观的领域里的。无论在历史或者在自然中,他只看到他的诗的灵感的题目,他只看到那适用于他的创作概念的材料。为什么他是如此而非如彼的?这究竟是普希金的优点还是缺点呢?如果他要是换一种样子,使他走着不合于自己性情的一条道路,那么,毫无疑问,这就会产生比缺点更严重的问题了。事实上是,既然他只忠于自己的性情,我们便不能因此夸奖他或者责备他,一如我们不能因为一个人有了黑色而非棕色的头发,或者是棕色而非黑色的头发,便来夸奖或者责备他。

普希金的抒情诗特别证实了我们对他的性格的猜想。他的抒情诗的基本情感虽然是深刻的,却永远那么平静而温和,而且多么富于人情味!这种情感永远呈现在如此艺术地平静的、如此优雅的形式中!普希金的短诗的内容是什么呢?几乎永远是爱情和友谊,——是这种情感经常主宰着他,成为他一生快乐与悲哀的直接的源泉。他不否定,不诅咒,他带着爱情和祝福观察一切。他的忧郁尽管是深沉的,却也异常光亮而透明;它消释灵魂的痛苦,治疗内心的创伤。普希金的诗——尤其他的抒情诗——的普遍的色泽是人的内在的美和抚慰心灵的人情味。于此,我们想附加一句:如果说任何"人的"情感是美丽的,因为它是人的而非野兽的,那么,普希金所表现的情感,作为"诗的情感",是尤其美丽的。我们这里并没有把诗的形式计算在内;普希金所用的形式永远具有高度的美。我们只是说,普希金每首诗的基本情感,就其自身说,都是优美的、雅致的、娴熟的;它不仅是人的情感,而且是作为艺术家的人的情感。在普希金的任何情感中永远有一些特别高贵的、温和的、柔情的、馥郁的、优雅的东西。由此看来,阅读他的作品是培育人的最好的方法,对于青年男女有特别的益处。在教育青年人,培育青年人的感情方面,没有一个俄国诗人能够比过普希金。普希金的诗没有奇幻的、空想的、虚伪的、怪诞的理想的东西;它整个浸透着现实。它没有给生活的面貌涂上脂粉,它只是把生活本然的真实的美表现出来。因此,普希金的诗不像那些点燃幻想的诗的谎话,它是无害于青年的;而谎话则使人于初次和现实冲激时就和现实处于不利的关系中,使人不合时宜地、枉然地把自己的精力消耗在与现实的致命的斗争上。尽管浸透着现实,普希金的诗——姑且不谈它的形式之高度的艺术的优美——还充满着怎样艺术的优美的情绪呵!我们这个论断还需要佐证吗?——几乎普希金的每一首诗都可以作证。如果我们要想引证的话,那会是无尽无休的。我们只需提出一系列诗的题名就够了;不过,为了使读者对我们的论点获得生动而有力的印象起见,还是抄出几篇在情调和内容上都不相同的小诗来看看吧:

> 你憔悴而缄默;忧郁在折磨着你;
> 啊,那少女的唇边也失去了笑意。
> ……(以下十八行略。详见《你憔悴而沉默》——译者)

这是多么美妙,多么雅致,充满了心灵和温柔,热情而又——用普希金爱用的词句来说——迷人!在任何其他俄国的诗人中,你都不会找到一首诗是这样美妙地把人的优美情绪和在造型方面美丽的形式结合起来的。

> 每当我为爱情与幸福所陶醉,
> 屈着膝默默无言地和你相对,

每当我望着你,心里想:你是我的——
你知道,亲爱的,我是否想望声誉。
……(以下二十六行略。详见《声誉的想望》——译者)

这里是青春的感情;然而,即使在成人的感情中,我们一样可以看到那动人心灵的人情味,那艺术的魅力:

我爱过你:也许,这爱情的火焰
还没有完全在我心里止熄;
可是,别让这爱情再使你忧烦——
我不愿有什么引起你的悒郁。
我默默地,无望地爱着你,
有时苦于羞怯,又为嫉妒暗伤,
我爱得那么温存,那么专一,
啊,但愿别人爱你也是这样。

最后,下面一首诗表现这被生活所诱惑、但却没有被克服的诗人为一种芬芳而神圣的造物所唤起的优美的人情味的感情:

不,不,我不该,不敢,也不能
再疯狂地追求爱情的激动,
……(以下十四行略。详见《给——》——译者)

除去我们已提到和部分引用过的独创性的诗以外,再请读读以下这些诗吧:《焚毁的信》、《给克恩》、《冬天的道路》、《天使》、《夜莺和玫瑰》、《预感》、《小花》、《美人啊,那格鲁吉亚的歌》、《灿烂的城》、《夜的幽暗》、《仿哈菲斯》、《当那声势滔滔的人言》、《正是冬天》、《我的名字》、《每当我在喧哗的市街漫步》、《茨岗》、《我以前是怎样的》、《毒树》、《征象》、《美人》、《默认》、《心愿》、《两个骑士》等。这里只有《为了遥远的祖国的海岸》没有提到。我们没有提它,因为我们要说:普希金的优美的人情味的缪斯无论在情绪上、在形式上,都没有创造一首诗比这更馥郁、更纯净、更神圣而又更美丽的。……

我们说过,阅读普希金的诗会有力地培养、发展和形成人的优美的人情味的感情。是的,我们这样说,却不是对我们文坛上的旧教徒、我们严峻的道学家、我们冷酷无情的反审美的理论家意气用事。在俄国诗人中,绝对没有谁能获得作为教育家的普希金的至上权,无论这教育的对象是青年、成年,或老年(如果他们还没有丧失审美的、人的感情的话)的读者,因为我们没有看到有谁在俄国是比普希金(尽管他是一个伟大的天才和诗人)更"道德"的。旧教徒们还不能忘记:洛蒙诺索夫是怎样;苏马洛科夫是怎样,以及其他某某是怎样的,等等。而至于道学家和理论家们呢(你会看到他们很多人是目光狭小的;尽管他们善良甚至怀着好意,但更多的是法利赛人和塔杜夫①们),当他们把普希金当作不道德的诗人来口诛笔伐的时候,他们老是喜欢引用普希金青年时期的爱情题材的戏作以及长诗《鲁斯兰和柳密拉》(这其中是有很多放纵的诗句的);或者他们就指出《恶魔》,和《枉然的赋与》。然而,首先,他们却不去怪罪杰尔查文——《磨坊主人》和很多相当放纵的歌颂酒色的诗的作者,因为,不管这些诗怎么样,他们认为他是一个极为"道德的"诗人。同样,他们在颂扬波格坦诺维屈的《杜申卡》时,也没有觉得这首诗有什么"不道德"。那么,普希金犯了什么过错呢?他们自己也不明白;因此,还是让我们别理会这些人们吧。……提到了《恶魔》,我们得指出:普希金的"恶魔"并不是最恶的一种,它不过是个捣乱的精灵,还不是魔鬼。再附带说一句:普希金既然不是魔鬼派的诗人,他就有权利怀疑——而且,有时候,他也不可能不感到怀疑的痛苦,因为,只有枯燥、麻木、琐碎的人才没有这种痛苦。《枉然的赋与》这首诗只是精神沮丧和心灵幻灭的瞬间的产物,而这种瞬间对于任何活力充沛的性格都是不可避免的。这首诗绝不是普希金诗的"真情"的表现,它只是那种"真情"的偶然的对立。普希金的诗的使命、特点及趋向更明显地表现在《在欢娱或者无聊的时候》(见原诗——译者)。

既然普希金的诗主要地在于对世界作诗的观察,既然它把世界现状无条件地认为如果不是永远有趣味的、至少必然是永远合乎智慧的——因此,在他的诗中,观察的性质多于冥想的性质,情感和观察多于思索。他的缪斯因为浸润着人情味,所以能为生活中的矛盾

---

① 法利赛人和塔杜夫(莫里哀同名戏剧的主人公)都以贪婪著称。

和不和谐感到深刻的痛苦;但是,她却以一种无我的态度体察这一切,仿佛她已默认了这一切的不可避免性,因此她的心中并不怀有一个更好的现实的理想和信心,对世界的这种看法是普希金性情的自然流露;由于有这种看法,他才有表现在诗中的优柔,温和,深邃和崇高,但他的诗的弱点也在于这种看法。无论如何,照观点来分,普希金是属于这样的一种艺术派别,这种派别如今在欧洲已经完全过时了,甚至在我们中间也已产生不了任何伟大的诗人。现在,分析的精神,百折不挠的研究,热情的、充满着爱和恨的思想成了真实的诗的生命。在这点上,时代超越了普希金的诗,并且从他大部分的诗作剥夺了那当时的活的兴趣,这种兴趣只有当它是对现实的苦恼而迫切的问题的满意回答的时候才能产生。这一点我们还要在论莱蒙托夫的文章中更充分更明白地申说,并且要常常着眼于这两个诗人的比较。

《诗人和群众》一诗表现了普希金的艺术的信条。他蔑视群众,而当他们要求他用诗琴来警世时,他所回答的话充满了高贵的骄傲和有力的愤怒:

> 走开吧!安详歌唱的诗人
> 和你们能有什么关系?
> 你们尽量僵化和腐蚀吧,
> 琴声又怎能使你们复活!
> ……(以下十四行略。详见《诗人和群众》——译者)

事实上,那一群人是可笑而又可怜的,他们所认为的诗,就是把训世的思想填进有韵律的诗行中的一种艺术。他们一成不变地要求诗人给他们歌唱爱情,友谊或其他;如果在一篇充满灵感的诗作中没有一般的训世思想,他们就不能看出诗来。然而,假如达到真理的路不是群众所同意的那样,甚至也不是相反的那样,而是根本忘了他们的存在,用智慧的眼睛来体察事物,那么,不仅是诗人们,就连普希金比作诗人的教士们便都没有任何意义了,如果虔诚的群众不来到祭坛参加祭祀的话。群众,那作为广大人民的群众,是民族精神的守护者,是民族生活的灵感的直接源泉。如果人民(指广大的人民)的精神素质不能产生伟大的诗人,那它就不配称为一个民族或者国家——顶多只能叫它是一种部落罢了。一个诗人的诗如果不是从他那民族坚实的生活土壤里滋生出来的,他就不能是、也不能被叫作人民的或民族的诗人。除去褊狭或幼稚的人而外,应该没有人非要诗人一成不变地歌颂美德、或者用讽刺鞭挞罪恶不可;但是,每一个有理性的人都应该首先要求诗人的诗给他们当前的问题作一种解答,或者至少是为了当前这些沉重的不能解决的问题而充满了苦恼。有哪一个诗人只写他自己,或者是蔑视群众,只为自己而写作,那恐怕只有诗人自己是他的作品的读者了。事实上,普希金所以是伟大的诗人,是在于他用生动美丽的形式体现了诗的观察,而不在于他之为一个思想家和问题的解答人。他的《诗人》一诗是很杰出的,在这首诗里他表现了这个思想,即诗人在阿波罗要求他作神圣的祭祀以前,比所有轻浮的儿童都更轻浮,可是等他一听到神的召唤,他的心灵立刻摇落了生活的不纯洁的梦,像一只醒了的兀鹰。可是,这个思想现在却完全不合用了。我们现代麇集着很多诗人,他们拿起笔来显得很庸俗鄙陋,可是当他们慷慨激昂的时候,却高贵而纯洁;谁都看得出来,他们不过是"做小事情的伟大的人"。谁都知道,这些先生们很快就会把自己写枯竭了。他们为了金钱,用漂亮的话向人宣扬他们一度相信的、而现在连自己也不相信的一些事情。我们的时代只能在这样的艺术家之前屈膝,他的生活是他的作品的最好的注释,而他的作品是他生活的最好的辩解。歌德并不是一个庸俗的"思想、情感和诗"的兜售者;但是他对实际问题和历史的冷淡就使他不能成为我们时代的思想的首脑,尽管他有着广阔的包罗万象的天才。普希金的性格是崇高的、高贵的。然而他对于自己的艺术作用的看法,一如现代欧洲式教育的缺点,是成为他的热情——那最初鼓舞他的创作的热情——逐渐冷却的原因。的确,过度的热情使他创作了在艺术上最薄弱的作品,但在这些作品中可以看到一个强烈的、为主观的追求所鼓舞的性格。而当普希金愈成为一个完善的艺术家时,他的性格也就愈为隐藏而至消失,代之以由他的诗的观察所创造的陌生而豪华的世界。读者们一方面固然不能体味他的晚期作品的艺术完整性(自然,这不是普希金的过错);另一方面,他们也正确地要在普希金的诗中去寻找比原来更多的道德及哲学的问题(自然,这也不是读者的过错)。而这之间,普希金所选择的道路却是为他的性情和使命所规划好了的:他没有选择,他只是要成为他自己,但却不幸地处在这样一个时代,这时代对类似他那种禀赋的人是很不友善的。他的艺术凌驾了那个时代,却没有怎样争取到那个社会。无论如何,我们不能怪罪普希金,质问他为什么不能越出他的性格的牢固的圈子——为什么他要以人的和艺术家的诚恳,写出他卓越的《致诗人》这首诗来(见原诗——译者)。……

没有任何俄国诗人能以如此不可思议的艺术、以幻想的灵活的水淋洒在相当粗糙的民歌材料上。请读读《求婚郎》、《淹没的人》、《鬼怪》和《冬晚》吧——你会惊异地看到,诗人竟能以他的魔杖从枯索的素材中唤出怎样神奇的诗的世界。……这些诗比他的所谓童话诗——那些畸形的歪曲以及本来就已经畸形的诗——要高出千百倍了。但关于这,以后还要提到。……

普希金的诗的特征之一,那使他和以前的诗派严格区别的东西,是他的艺术的诚恳。他不夸大,不粉饰,不耍弄效果;他从没有派给自己一种辉煌的、但却是他未曾经历过的感情。他到处都显示着本然的样子。例如,他听到了他从前爱人的死的消息,为了这爱情,他的诗琴曾经唱过哀歌——这是多么好的一个机会来表现自己的绝望、来描绘热情的悲哀和难忍的痛苦啊!……可是,我们的心——它对我们却是一个永远的谜。……这致命的消息在普希金身上却产生了这样一种效果:(见《在她的祖国》——译者)。是的,人的心是不可捉摸的;也许,正是这同一个人使普希金以后写出了他那奇异的诗《为了遥远的祖国的海岸》。……表现了普希金的艺术的诚恳,还有他那首优美的诗《回忆》:在这首诗里,他没有像一般琐碎的庸才所卖弄的那样,给自己披上魔鬼的辉煌的外套;相反地,他只是当作一个普通人,为自己的迷误而哭泣。这并不意味他有着比别人更多的迷误;而只是说,作为一个强烈而高贵的灵魂,他的痛苦是深刻的,而且他要在自己的良心裁判之前尽情地认错。……同样艺术的诚恳甚至在他对自然的描写中可以看得出来。一般庸才是特别容易在这上面卖弄的,他们喜欢给它点缀上原来没有的彩色,把俄国的自然擅自变为意大利的景色的模仿。我们可以举出普希金的异常卓越的一首诗《我的红光满面的批评家》为证——也许是因为这缘故吧，这首诗是很少为人注意和重视的(见原诗——译者)。

再说几句关于普希金所描绘的自然。他异常忠实而生动地观察了自然，但并没有深入它的秘密的语言。因此，他只是刻画、而没有冥想它。这也帮助说明了：他的诗的"真情"是纯粹艺术的，并且证明他的诗是教育和培养人的感情的有力的工具。如果要找出普希金和欧洲哪一个伟大的诗人相近似的话，他是和歌德最近似的，而且他比歌德更能左右情感的发展和形成。就一方面说，这是他超越歌德的地方，证明了他比歌德更忠实于自己的艺术天性；而从另一方面说，歌德是远超越了普希金，因为歌德富于思想，他不只是描绘自然，而且使自然展开了它庄严的深奥的秘密。因此有了歌德对自然的泛神主义的观察：

　　　　宇宙这本书他能看得懂，
　　　　海洋的波浪和他讲过话。

在歌德看来，自然是一本打开的书，它的内容是思想；在普希金看来，自然是一幅生动的图画，充满了难言的、然而是沉默的美。《乌云》和《雪崩》两首诗是普希金观察自然的典型的例子。这两首诗尽管在内容上很不相同，却都是诗的彩色画。……

我们已经说过普希金的诗的多样性，他有一种惊人的才能，使他轻而易举地往来于相反的生活领域之间。从这方面说，抛开内容的思想深度不谈，普希金很像莎士比亚。甚至他的短诗也和长诗以及戏剧作品一样证明了这一点。……

现在，我们要给所有的短诗作一个总的观察，并且顺便讨论其中的几首。第一辑的诗我们几乎已经都谈到了。普希金在创作生涯的开头时，对于当代历史有很大的兴趣——这倾向很快地就转变了。他歌唱过拿破仑的死；在《致大海》那首卓越的诗中，他称颂了死去的拜伦，他用了不多而有力的字句刻画了拜伦的性格：

　　　　他是由你的精气塑成的，
　　　　海啊，他是你的形象的反映：

> 他像你似的深沉、有力、阴郁,
> 他也倔强得和你一样。

安德列·谢尼埃在古代古典主义的诗歌上是普希金的部分的老师;在以这个法国诗人命名的哀歌中,普希金以不少美丽的诗句忠实地描绘了他的形象。在《十月十九日》这首优美的诗中,我们把普希金当作一个人而认识了,我们看出他是一个可爱的人。这篇诗整个是回忆他的遥远的朋友们的。其中有很多描绘已经成为过去:例如,现在,像连斯基(《奥涅金》中的人物)那样热情的青年诗人已经过去了,再没有人谈着"席勒、荣誉和爱情";然而,也就因为这缘故,这首诗对我们特别珍贵,因为它是过去时代的生动的纪念碑。《浮士德一幕》并不是歌德的伟大诗篇的翻译,而是普希金仿照歌德精神的创作。这是一首优美的诗,但它的"真情"却不完全是歌德式的。《乌鸦朝着乌鸦飞翔》这首美丽的小诗是华尔德·司考特的民歌的俄国风味的改作。第三辑的诗大多贯穿一种忧郁,但不是哀歌式的忧郁。它甚至不是忧郁,而是受生活考验的天才在生活当中深刻观察到的严肃的思想。这一辑的很多诗所表现的人情味的情感达到了一种内心的平静。《在你的青年时代》和《每当我在喧哗的市街漫步》这两首诗特别是这样的。后一首诗的结语是精彩的,最后一节很有点像歌德的泛神主义的世界观。诗人为切近的死的预感而忧伤,于是他想到要永远安息在自己的乡土,尽管对于无知觉的尸体,在哪里腐烂都是一样的——

> 但愿有年幼的生命嬉戏,
> 欢笑在我的墓门之前,
> 但愿冷漠的自然在那里
> 以永远的美色向人示艳。

这首诗和普希金其他的、尤其是长篇的诗作一样,使我们明显地看到:他给生活冲突所指出的道路、他和命运不可避免的悲剧所作的妥协并不在于出世的冥想,而是在于依赖自己的精神力量……

一般说,第三辑诗包括了普希金最好的短诗……在韵文方面也得到很大的成功。可是当时的刻薄的批评家却认为这一辑是很拙劣的。《高加索》,《雪崩》,《加兹别克山上的寺院》,《夜的幽暗》,《仿哈菲斯》,《当那声势滔滔的人言》,《冬天》,《冬天的早晨》,《我的名字》,《每当我在喧哗的市街漫步》,《致诗人》,《鬼怪》,《工作》,《茨岗》,《圣母》,《回声》,《给诽谤俄罗斯的人》,《囚徒》,《冬晚》,《枉然的赋与》,《我以前是怎样的》,《毒树》,《征象》等——在所有这些诗中,一八三二年的吹毛求疵的批评家们却看出了普希金无疑是衰落的征兆!……有教养的人们原来就是如此的!

……在第四辑中有《书商和诗人的会谈》,这原来是放在《欧根·奥涅金》第一章之前作为序言的一首诗。这篇诗属于普希金创作的早期,在第四辑中出现是完全不恰当的。

应该列为第五辑短诗的、属于普希金晚期创作的还有:《乌云》,《北风》,《彼得大帝的欢宴》等。在普希金死后所刊印的第九卷诗作中,最优秀的有:《纪念碑》,《为了遥远的祖国的海岸》,《三条泉水》,《罗曼斯》,《不寐章》,《两个骑士》,《招魂》,《我的红光满面的批评家》,《秋》,《英雄》,《给索罗古柏》,《默认》等。

普希金的精神在晚期达到了怎样浑圆的高度,可以由以下两首小诗看出来——《哀歌》和《三条泉水》(原诗从略——译者)。

我们要用果戈理的意见来结束对于普希金的抒情诗的评论。这意见,自然,是比我们在这里无论怎样做文章都说得更多而且更好的:

"普希金的短诗——这是一个美丽的合集,他在这里表现了各个方面;而且,显然,比他的长篇叙事诗所表现的更为广泛。这些短诗里有几篇是如此突出地光彩夺目,任何人都不难理解;而另一方面,大多数的作品,也就是最精彩的作品,在广大的读者看来仿佛是很普通的,可是要想理解它们,必须有异常精微的嗅觉,并且要有比只能辨识突出的和强烈的特征更高超的味觉。要做到这一步,必须你自己多多少少是这样一个浪荡子,他对于那油腻口重的食品早已餍足了,他不再吞食小鸟,犹如他不想吃顶针一样;他只喜欢这样的菜,这菜好像有一种完全说不出的奇怪的味道,和经常大嚼家里厨子的出品的那种喜悦是完全两样的。他这个短诗集给人呈现了一系列最炫人眼目的图画。这里是一个明朗的世界,那只有古代人才熟悉的世界,在这个世界里自然是被生动地表现了出来,好像是一条银色的河流,在这急流里鲜明地闪过了灿烂夺目的肩膀,雪白的玉手,被乌黑的鬓发像黑夜一样笼罩着的石膏似的颈项,一丛透明的葡萄,或者是为了醒目而栽植的桃金娘和一片树荫。这里包含着一切:有生活的享乐,有朴素,有以庄严的冷静突然震撼读者的瞬息崇高的思想。这里没有一泻无余的骈丽的辞藻,这种辞藻堆砌的结果是:其中每个词句只有当它和别的词句联起来成为一大片时才以其压人的体积显得是有力的;但如果把那个词句分出来,它就变得脆弱无力了。这里没有美的辞藻,这里只有诗;这里没有外表的炫耀,一切是单纯的,充满了并非突然呈现的内在的光彩。一切是那么简洁,这才是纯粹的诗。话是不多的,却都很精确,富于含蕴。每一个字是无底的深渊;每一个字都和诗人一样地把握不住。因此就有这种情形,你会把这些小诗读了又读,而那些显著地闪耀着一个思想的作品,反而不会有这种优点。

"我总是很怕听到很多闻名的文学研究者和专家对于这些短诗的批评。这些人们我是很信赖的,不过直到如今还没有听到他们在这个题目上的议论。这些短诗可以说是一个试金石,可以试出批评者的口味的高低和审美的情绪。多么不可解的事情!好像它们不是为一切人了解的东西!这些诗是这样朴素而崇高,这样鲜明,这样热情,这样放纵情欲而又这样孩子般的纯洁。怎么能不理解它们呢!可是,唉,这却是无可否认的事实:当一个诗人越是诗人的时候,他就越写出只为诗人所熟悉的情感,那么,很明显,环绕他的群众也就越少,终至于到这种地步;他竟可以用手指数出那真正能欣赏他的人来了。"